AF202839

Zum Buch:

Die Blütenfreundinnen zeigen, dass es nie zu spät ist, das Leben neu zu gestalten und sich auf die Suche nach Glücksmomenten zu begeben.
Vier ganz unterschiedliche Perspektiven von Frauen, die mitten im Leben und doch an Scheidewegen stehen. Der erste Band entführt Kristin, Lena, Nicole und Antonia in die spätsommerliche Lüneburger Heide. Der nahende Herbst kündigt sich in den strahlenden Farben der Landschaft an. Die Liebe zu Pflanzen bleibt nicht die einzige gemeinsame Leidenschaft der Frauen. Ein Roman über Freundschaft, Mut und die unvorhersehbaren Wendungen des Lebens.

Zur Autorin:

Ellen Martin ist das Pseudonym einer gebürtigen Hamburgerin. Die Autorin lebt gemeinsam mit ihrer Golden-Retriever-Hündin Lotte in der Lüneburger Heide. Ellen Martin ist erst spät in ihrem Leben zum Schreiben gekommen und veröffentlichte ihr Debüt mit 50 Jahren. Inzwischen hat sie bereits mehr als fünfzig Romane erfolgreich veröffentlicht.

Ellen Martin

DIE
BLÜTEN
FREUNDINNEN

ROMAN

Band 1

HarperCollins

1. Auflage 2024
Originalausgabe
Deutsche Erstausgabe
© 2024 HarperCollins in der
Verlagsgruppe HarperCollins Deutschland GmbH, Hamburg
Umschlaggestaltung von zero-media.net, München
Umschlagabbildung von FinePic®, München
Gesetzt aus der Adobe Garamond
von GGP Media GmbH, Pößneck
Druck und Bindung von GGP Media GmbH, Pößneck
Printed in Germany
ISBN 978-3-365-00830-0
www.harpercollins.de

Antonia

Kalter Kaffee

Nicht alle Menschen können von sich behaupten, Erfüllung in ihrer Arbeit zu finden. Antonia gehört zu den Glücklichen, die diesen Luxus genießen können, doch bis es so weit war, musste sie einen langen und verschlungenen Weg zurücklegen.

Die erste Lehre, die sie in einer Konditorei begonnen hatte, brach sie ab, obwohl es für viele der Traumberuf schlechthin sein mag. Der Duft von frisch gebackenem Kuchen und die kunstvoll verzierten Torten lösten bei ihr nicht die erwartete Begeisterung aus. Auf der Suche nach ihrem Platz in der Berufswelt probierte sie es mit einer kaufmännischen Tätigkeit. Der Bürojob erwies sich ebenfalls nicht als das, was sie sich erhofft hatte. Die Monotonie und die fehlende Kreativität trieben sie schließlich dazu, ihre Anstellung zu kündigen und sich der Kunst zuzuwenden.

Im Gesang und Schauspiel sollten ihre Talente liegen, so dachte sie. Doch das war eine grobe Fehleinschätzung, denn der große Durchbruch blieb aus, und all ihre Träume zerplatzten wie Seifenblasen.

Antonias Familie schüttelte jahrelang fassungslos den Kopf über ihre Sprunghaftigkeit. »Wann wird sie endlich erwachsen?«, fragte ihr Vater mehr als einmal.

Mit Mitte dreißig war es so weit. Antonia fand ihre Berufung und ließ sich zur Altenpflegerin ausbilden. Endlich hatte sie eine Aufgabe gefunden, die Sinn und Struktur in ihr Leben brachten. Inzwischen blickt sie auf eine zwölfjährige Berufserfahrung zurück.

In der Seniorenresidenz, in der sie nach wie vor arbeitet, fand sie nicht nur ihre berufliche Bestimmung, sondern traf auch die Liebe ihres Lebens. Maik, ein Mann, den sie als Besucher kennenlernte, wurde zu ihrem festen Partner. Bereits nach vier Wochen zog er bei ihr ein. Seither gehen sie gemeinsam durchs Leben. Zwar können sie keine großen Sprünge machen, aber sie kommen finanziell über die Runden. Sobald seine Kinder aus erster Ehe volljährig werden und er keine Alimente mehr zahlen muss, wollen die beiden die Reisen unternehmen, von denen sie seit Jahren träumen.

Aktuell ist Maik ohne sie verreist. Beruflich. Als Anlagemechaniker für Heizungs- und Klimatechnik nimmt er seit einer Woche in Kassel an einer Produktschulung teil. Gerade erhält Antonia eine Nachricht von ihm.

Mir brummt der Schädel. Ich muss nur noch das Abendessen überstehen, dann lege ich mich sofort hin. Kusssmiley Maik.

Einen Moment bedauert sie ihn, doch dann denkt sie, dass ihm kein Zacken aus der Krone gefallen wäre, wenn er sie kurz angerufen hätte. Gern hätte sie seine Stimme gehört, ihm von Frau Kellermann, einer liebgewonnenen Heimbewohnerin, berichtet, die heute friedlich eingeschlafen ist. Nach all den Jahren nimmt es Antonia noch immer emotional mit, wenn einer ihrer Schützlinge das Zeitliche segnet.

Um sich abzulenken, beschließt sie hinauszugehen und den Rasen zu mähen, obwohl das eigentlich Maiks Part ist. Er ist für den Garten zuständig, sie kauft ein, sorgt für das leibliche Wohl, kümmert sich um die Wäsche und säubert das Haus. Während sie darüber nachdenkt, wird ihr schlagartig bewusst, dass sie einen wesentlich größeren Beitrag leistet als er. Sie nimmt sich vor, diesen Punkt anzusprechen, sobald er zurückkommt.

Mit ganzer Kraft schiebt sie den schweren Motormäher nebst Auffangkorb in geraden Bahnen über das Grundstück, als sich jemand der Gartenpforte nähert. Mit geschärftem Blick nimmt Antonia die Person ins Visier. Sie erkennt Muriel, Maiks Ex-Frau. Was will die denn hier? Die hat ihr gerade noch gefehlt.

»Er ist nicht zu Hause!«, ruft Antonia ihr zu.

»Das weiß ich. Ich bin gekommen, um mit dir zu reden.«

Verwundert stellt Antonia den Mäher aus. Ihr ist nicht klar, was sie mit dieser Frau zu besprechen hätte. Sollte es wieder um das leidige Thema Kindesunterhalt gehen, wird sie bei ihrem festen Vorsatz bleiben, sich auf gar keinen Fall in diesen Dauerstreit einzumischen.

Muriel streckt Zeige- und Mittelfinger in die Luft. Eigentlich bedeutet dieses Handzeichen Peace, aber daran, dass sie in friedlicher Absicht gekommen ist, glaubt Antonia nicht.

»Zwei«, blafft Muriel aufgebracht. »Seit zwei Monaten ist Maik mit seinen Unterhaltszahlungen im Rückstand. Ich bin es wirklich leid. Was denkt er sich? Es sind auch seine Kinder.«

Antonia ist um Contenance bemüht. »Halte mich bitte da raus. Damit habe ich nichts zu tun. Kläre das mit ihm.«

»Das würde ich gern, aber er reagiert nicht auf meine Mails.«

Noch immer ist Antonia die Ruhe selbst. »Vermutlich hat Maik deine Nachrichten noch gar nicht gelesen. Er ist auf einem Seminar in Kassel.«

Muriels Blick spricht Bände. »Seit wann liegt Kassel an der Ostsee?«

»Bitte? Ich habe keine Ahnung, was du meinst.«

»Ahnungslosigkeit scheint ein grundsätzliches Problem bei dir zu sein.«

Das war unverschämt und eindeutig unter der Gürtellinie. Doch Antonia lässt sich nicht beirren. Sie beherrscht sich und lächelt Muriel mit zusammengepressten Lippen an.

»Maik ist nicht in Kassel auf einem Seminar, wie er dir weisgemacht hat, sondern macht Urlaub an der Ostsee. Ich präzisiere: Er verprasst das Geld, das meinen Kindern zusteht, und macht Liebesurlaub in Timmendorfer Strand.«

Antonia schluckt. Einen Moment hat es ihr die Sprache verschlagen, doch sie fängt sich schnell. »Wie kannst du so etwas Ungeheuerliches behaupten? Was versprichst du dir davon? Hast du nach all den Jahren noch immer vor, einen Keil zwischen Maik und mich zu treiben? Lass es, bitte. Ich bin für diesen Zickenkrieg nicht zu haben.«

»Zickenkrieg? Mach endlich die Augen auf! Maik belügt und betrügt dich nach Strich und Faden. Eigentlich sollte es mir egal sein. Aber er lässt im Hotel Seemöve die Puppen tanzen, während ich nicht weiß, wie ich meine Kinder satt bekomme.«

Antonia ist fest davon überzeugt, dass Muriel nur Ärger stiften will, denn sie gibt nicht auf und insistiert weiter.

»Wenn du mir nicht glaubst, werden dich bestimmt diese Fotos überzeugen.« Sie zückt ihr Handy aus der Hosentasche und stellt es an.

Antonia schaut sich Aufnahmen an, die Maik mit einer fremden Frau im Strandkorb zeigen, beim Essen in einem Restaurant und Arm in Arm auf der Promenade spazierend. Ihr wird sofort klar, dass es sich um aktuelle Aufnahmen handelt, denn Maik trägt das blaue Poloshirt, das sie ihm vor Wochen zum Geburtstag geschenkt hat. Ihr bleibt die Luft weg. »Woher hast du diese Bilder?«

»Von einer Freundin, die ihn erkannt hat. Sie ist davon ausgegangen, dass es sich bei seiner Begleitung um dich handelt und ihr beide eine feudale Auszeit genießt, während ich jeden Euro dreimal umdrehen muss. Die Fotos hat sie mir geschickt, um darzulegen, dass der Mistkerl sehr wohl solvent ist. Er könnte Unterhalt zahlen, wenn er nur wollte, aber er will nicht, weil ihm seine Kinder schnuppe sind. Maik Schneider ist ein Schuft der übelsten Sorte. Das sollte dir jetzt auch klar sein.«

Mit zittriger Stimme bittet Antonia ihre Besucherin zu gehen und sie allein zu lassen.

Als sich die Gartenpforte schließt, fühlt sie sich wie betäubt. Die Bilder auf dem Handy wirken wie ein Schlag ins Gesicht, und die Welt um sie herum beginnt zu verschwimmen. Kraftlos lässt sie sich auf die Gartenbank fallen, versucht die Gedanken zu ordnen, doch alles fühlt sich an wie ein wackeliges Kartenhaus, das gerade zusammenzustürzen droht.

Die guten letzten Jahre mit Maik, die Träume von gemeinsamen Reisen, die scheinbare Harmonie und Loyalität – all das wird von Muriels Enthüllungen überschattet. Antonia kann nicht fassen, dass sie so hintergangen wurde. Der Mann, den sie innig liebt und dem sie blind vertraut hat, zeigt auf den Fotos ein völlig anderes Gesicht.

Wut, Enttäuschung und Verzweiflung kämpfen in ihr um die Vorherrschaft. Wie konnte sie so naiv sein und nicht merken, was er hinter ihrem Rücken treibt?

Was soll sie jetzt tun? Ihn sofort mit den Bildern konfrontieren oder warten, bis er zurückkehrt? Der Tag, der normal begann, nimmt eine unerwartete Wendung. Antonia beschließt, nicht untätig zu bleiben. Sie steht auf, geht ins Haus und schnappt sich ihren Wagenschlüssel.

Als die Sonne langsam hinter den Häusern verschwindet, fährt sie auf die Autobahn in Richtung Norden.

Während der neunzigminütigen Fahrt stellt sie sich darauf ein, Maik in flagranti zu erwischen. Sollte er sagen: »Es ist nicht das, wonach es aussieht«, würde sie für nichts garantieren können.

Sie fährt auf den Hotelparkplatz und stellt ihren Wagen direkt hinter Maiks Firmenwagen ab. Die Blöße, sich an der Rezeption nach seiner Zimmernummer zu erkundigen, gibt sie sich nicht. Sie ruft ihn an.

Er meldet sich nach dem fünften Klingeln mit schlaftrunkener Stimme. »Was gibt es, Toni? Ich war gerade eingeschlafen.«

»Komm raus! Ich will mit dir reden«, antwortet sie in einer Selbstsicherheit, die keinen Widerspruch zulässt.

»Wohin soll ich kommen? Wo bist du?«

»Ich stehe vor deinem Liebesnest und erwarte dich in spätestens fünf Minuten. Ich rate dir, pünktlich zu sein, andernfalls lasse ich meine Wut an deinem Benz aus.«

Er beendet das Gespräch vor ihr, versäumt es jedoch aufzulegen. Antonia wird Ohrenzeuge des nachfolgenden Wortwechsels.

»Verdammt. Meine Ex hat ihre Drohung tatsächlich in die Tat umgesetzt und Toni die Fotos von uns gezeigt. Jetzt ist sie hier und probt den Aufstand.«

»Ach, Schatz«, hört Antonia eine liebliche Frauenstimme säuseln. »Sieh es doch positiv. Jetzt haben die Heimlichkeiten ein Ende, und wir müssen uns nicht mehr verstecken.«

Antonia verspürt den dringenden Wunsch, dieser Tussi mit der lieblichen Stimme die Augen auszukratzen. Aber das ist nichts gegen ihr Verlangen, das Minuten später in ihr aufkeimt, als Maik ihr kaltschnäuzig im strömenden Regen erklärt, dass es aus und vorbei ist.

»Ich habe mich in Josephine verliebt und mich für ein Leben mit ihr entschieden. Das mit uns war doch schon lange nur noch kalter Kaffee. Fahr nach Hause, Toni. Wir reden morgen, wenn du dich beruhigt hast.«

Kristin

Besichtigung

Nach dem Frühling ist der Herbst Kristins zweitliebste Jahreszeit. Unzählige Male hat sie davon geträumt, einmal im September an die Ostküste Kanadas zu reisen, um den spektakulären Indian Summer zu erleben. Aber daraus wird in diesem Jahr nichts. Wieder nichts, denn ihre Arbeit geht vor. Heutzutage kann es sich keine Freiberuflerin leisten, eine Anfrage auszuschlagen. Sogar für eine etablierte Innenarchitektin, wie Kristin Drescher es seit dreißig Jahren ist, sind die Zeiten härter geworden. Lohnende Aufträge sind rar geworden, und die Konkurrenz wird immer größer. Deshalb hat sie nicht gezögert, als ein Immobilienmakler ihr einen Kontakt vermittelt hat, der ihr ein lukratives Einkommen verspricht. Es geht um eine Villa am Tegernsee, die den Besitzer gewechselt hat. Der neue Eigentümer wünscht sich eine Umgestaltung.

»Dafür kommt nur die Beste infrage, und die bist du«, schmeichelte Holger ihr letzte Woche auf Skype.

»Spar dir deine Komplimente. Sag mir einfach, wann und wohin ich kommen soll. Ich werde pünktlich erscheinen.«

Mit der Bahn ist Kristin heute in der Früh von Hamburg nach Oberbayern gereist. Selbstverständlich hätte sie auch mit dem Auto fahren können, aber Ziele, die weiter als fünfhundert Kilometer entfernt sind, mutet sie sich nicht mehr zu. Lieber nutzt sie die Fahrtzeit, um sich im Zugabteil ungestört vorzubereiten.

Für den anstehenden Termin ist sie bestens präpariert. Farbkarten und alles, was sie für das Treffen benötigt, befinden sich in ihrem Musterkoffer. Wechselkleidung, Nachtwäsche und ein riesiger Kulturbeutel, der vornehmlich mit Hautpflegeprodukten befüllt ist, hat sie im kleinen Trolley verstaut. Kristin glaubt, dass eine Frau ihres Alters all das Zeug braucht, obwohl sie selbst bezweifelt, dass die Cremes, Seren und Gesichtsmasken den Altersprozess tatsächlich aufhalten können. Immerhin geben sie ihr das Gefühl, alles gegen den optischen Verfall unternommen zu haben.

Bevor sie das Haus verlässt, wirft sie einen letzten Kontrollblick in den Spiegel. Ihr Businesskostüm sitzt, was auf ihre halblangen, naturblonden Haare nicht zutrifft. Sie stehen hartnäckig ab, und lassen sich weder mit Bürste noch mit Spray bändigen. Kurzerhand streicht Kristin die widerspenstigen Haarsträhnen hinters Ohr.

In München angekommen, fährt sie vom Hauptbahnhof mit dem Taxi zu der besagten Adresse. Die Kosten für den Shuttle wird sie wie üblich auf die Rechnung schlagen.

Während der Fahrer eine Quittung ausstellt, wirft sie einen Blick auf den See, der ihr zu Füßen liegt. Durch die Spiegelung auf der Wasseroberfläche könnte man meinen, in den wolkenlosen Himmel zu sehen..

»Was für ein atemberaubender Ausblick«, schwärmt sie, als der Wagen das Anwesen im Schritttempo verlässt. Gemächlich schlendert sie um das herrschaftliche Gebäude und lugt durch die bodentiefen Fenster.

Wieder am Eingang angekommen, schaut sie auf die Uhr und denkt, dass Holger sich langsam blicken lassen könnte.

Nach zehn Minuten reißt ihr der Geduldsfaden. Sie ruft ihn an. »Wo steckst du?«

»Sag bloß, du bist schon da.«

»Seit einer Ewigkeit stehe ich vor dem Haus und warte auf dich«, übertreibt sie.

»Hast du meine Nachricht nicht erhalten? Ich habe den Schlüssel für dich unter dem rechten Blumenkübel vor der Treppe deponiert.«

Es stimmt, was er behauptet. Seine Kurzmitteilung wurde ihr tatsächlich während der Zugfahrt zugestellt, nur bemerkt hat sie es nicht.

Der versteckte Schlüssel ist rasch gefunden. Mit einer Hand schließt Kristin die Tür auf, mit der anderen hält sie ihr Handy ans Ohr. Bereits im Eingangsbereich verschlägt es ihr die Sprache.

»Wow. Das ist wirklich heftig. Die Vorbesitzer hatten wohl ein Faible für kräftige Farben«, spottet sie und stellt ihr Gepäck in der dunkelroten Diele ab.

Neugierig erkundigt sie sich bei Holger, zu welchem Kurs er dieses hundert Jahre alte Anwesen verkauft hat.

»Bitte was?«, entrüstet sie sich, nachdem ein Betrag in zweistelliger Millionenhöhe gefallen ist. Im Laufe ihrer Selbstständigkeit hat Kristin schon viele Nobelvillen eingerichtet. Auf Sylt, in Florida, Spanien, Italien und an der französischen

Riviera, aber so eine horrende Preisforderung ist ihr bisher noch nie untergekommen.

»Der Wert richtet sich stets nach der Lage.«

Als ob Kristin das nicht wüsste. Dennoch hält sie den Kaufpreis für völlig überzogen. Ein Objekt in dieser Preisklasse könnte sie sich niemals leisten. Ohnehin würde sie viel lieber am Meer leben. Vorzugweise am Atlantik. Als Norddeutsche liegt ihr die Brandung im Blut. Sie mag den Wind, der über die flache Ebene weht, den Salzgeschmack, der in der Luft liegt, und den Sand, der unter den Füßen knirscht, wenn man barfuß am Strand spaziert. Aber bis Kristin diesen Traum verwirklichen kann, muss sie mindestens noch fünf Jahre arbeiten. Frühestens dann wird sie sich in den wohlverdienten Ruhestand begeben können.

Holger holt sie mit einer Frage ins Hier und Jetzt zurück. »Treffen wir uns später im Hotel?«

Verwirrt antwortet sie. »Im Hotel? Bedeutet das etwa, du kommst gar nicht her?«

»Wozu? Ich kenne das Haus in- und auswendig.«

»Aber es war doch vereinbart, dass wir beide uns hier mit dem Käufer treffen. Schließlich gibt es einiges zu besprechen.«

Sein leises Stöhnen entgeht ihr nicht. »Ähm«, beginnt er zögerlich, bevor seine Antwort ins Stocken gerät. »Daraus wird nichts. Er ist bereits abgereist.«

»Bitte? Mister Ich-stinke-vor-Geld hat doch ausdrücklich darauf bestanden, mich persönlich kennenzulernen, bevor er mir den Zuschlag erteilt.« Kristin reagiert stinksauer. »Wenn das so ist, hätte ich mir die weite Anreise sparen können.«

»Aber dann wäre mir das Vergnügen entgangen, dich leibhaftig zu sehen anstatt nur auf dem Bildschirm.«

Holger spricht von Vergnügen. Kristin nennt es ein notwendiges Übel. Dafür, dass sie nach all den Jahren noch immer Kontakt halten, gibt es ihrer Ansicht nach nur einen Grund, und der ist rein geschäftlicher Natur.

»Hallo? Kannst du mich hören, Kristin? Der Empfang ist unterirdisch.«

Zack. Weg ist er. Sie schickt ihm eine Textnachricht, die sogleich zugestellt wird.

Ja, wir sehen uns später im Hotel.

Sie beginnt ihre Begehung im Erdgeschoss. Von außen betrachtet, wirkt das historische Haus beeindruckend, doch der aktuelle Zustand des Inneren ist schlichtweg eine Katastrophe. Dem vorherigen Eigentümer mangelte es eindeutig an Geschmack. Kristin hat nichts gegen Stilmix, doch dieses Mobiliar sieht aus, als handle es sich um eine Ausbeute vom Sperrmüll. Die Wandfarben sind eine Beleidigung fürs Auge. Die schweren Stoffe lassen die Innenräume wie ein Museum wirken. Hier ist keine Umgestaltung, sondern eine komplette Neugestaltung nötig.

Als sie die Küche betritt und eine Präsentationsmappe auf dem Tisch liegen sieht, die offensichtlich von einem Mitbewerber stammt, ist ihre Neugierde geweckt. Sie nimmt die angeheftete Visitenkarte vom Deckblatt.

»Lucie Wellenberg – Home Staging – München«.

Eine Konkurrentin, deren Name Kristin nichts sagt, hat bereits vor ihr eigene Entwürfe präsentiert. Interessiert blättert sie darin herum. Diese Newcomerin hat allen Ernstes vorgeschlagen, das denkmalgeschützte Gebäude im Industrialstyle einzurichten, amüsiert Kristin sich. Sie hebt die Brauen, als sie liest, welche Materialien die Mitbewerberin empfiehlt.

Gebürsteter Stahl, Backstein und Beton. Ist das zu fassen? Im ersten Moment ist Kristin versucht, diese Entwürfe verschwinden zu lassen. Aber dann kommt sie zu der Einsicht, dass Lucie Wellenberg mit diesen absurden Vorschlägen ohnehin chancenlos ist und sie sich die Mühe umsonst gemacht hat. Kristin ist sich sicher, den Auftrag zu erhalten. Daran besteht für sie kein Zweifel.

Im Anschluss begutachtet sie das Wohnzimmer und spricht ihre Eindrücke laut aus. »Auf jeden Fall müssen die alten, verblassten Tapeten weichen. Ich stelle mir helle und frische Töne vor, um den Raum zu öffnen und die natürliche Schönheit der Umgebung hereinzulassen. Die schweren Vorhänge und die dunklen Möbel würde ich durch leichtere, unaufdringliche Alternativen ersetzen, die den Seeblick und die malerische Umgebung betonen.«

Auch in der oberen Etage nimmt sie jeden Raum mit kritischen Augen unter die Lupe. Ihr ist bewusst, dass es eine Herausforderung sein wird, den Charme des historischen Gebäudes zu bewahren und gleichzeitig in ein frisches Design zu überführen. Aber sie ist fest entschlossen, diesem alten Juwel neues Leben einzuhauchen, und beendet den Rundgang.

Noch vor Einbruch der Dunkelheit lässt sie sich zum Hotel bringen. Es dauert nur einen Moment, bis die Rezeptionistin ihre Reservierung im Computer findet. Kristin erhält eine Schlüsselkarte und die besten Wünsche für einen angenehmen Aufenthalt.

Ein Page schnappt sich ihre beiden Koffer und marschiert voraus zu den Fahrstühlen. Auf dem Weg dorthin spricht Kristin ihn an. »Einen schönen Arbeitsplatz haben Sie nach dem Umbau bekommen. Ich kenne das Hotel noch von früher, als es in seinem Urzustand war. Zu der Zeit war ich häufig hier zu Gast.«

Er nickt nur stumm, und Kristin fragt sich, ob es den Mitarbeitern wohlmöglich untersagt ist, mit Gästen zu plaudern, oder ob er lediglich mundfaul ist.

»Suite 205«, vermeldet er wenig später, stellt das Gepäck auf den dafür vorgesehenen Hocker und deutet eine leichte Verbeugung an. Kristin versteht, greift in ihre Manteltasche, zückt einen Geldschein heraus und reicht ihm fünf Euro Trinkgeld.

»Vielen Dank, Frau Drescher«, bedankt er sich und meidet noch immer direkten Augenkontakt.

In dem Moment, als die Zimmertür hinter ihm ins Schloss fällt, wirft Kristin sich rücklings aufs Bett. Eine hervorragende Matratze, befindet sie, auf der sie jetzt liebend gern einschlafen würde. Doch daraus wird nichts, denn ihr steht noch das Treffen mit Holger bevor.

Sie öffnet die Balkontür und setzt einen Schritt hinaus ins Freie. Der sich bietende Panoramablick auf den See und die umliegende Bergwelt wecken Erinnerungen in ihr. An diesem Ort begegneten Holger und sie sich zum ersten Mal. Es stand außer Frage, dass sie füreinander bestimmt waren. Zwei Jahre später wurde in diesem Hotel ihre Hochzeit mit vierzig Gästen gefeiert. Rückblickend war es der glücklichste Tag in Kristins Leben.

Bereits nach einer Minute wird ihr gedanklicher Ausflug in längst vergangene Zeiten jäh unterbrochen. Im Nebenzimmer telefoniert eine Frau. Sie spricht derartig laut, als wolle sie, dass sie auch im achthundert Meter tiefer gelegenen Tal noch jeder hören kann.

»Bisher war es ein Horrortrip. Die Bahn hatte Verspätung, das Hotel, in dem ich ein Zimmer gebucht hatte, steht unter Wasser. Jetzt bin ich in einer exklusiven Nobelherberge gelandet. Immerhin war der Hotelier so fair und übernimmt die Preisdifferenz.«

Nett wäre es von ihr, wenn sie ihre Balkontür schließen würde, denkt Kristin, als die Zimmernachbarin ungeniert fortfährt.

»Ich muss mich kurzfassen, mein Großer, denn bevor ich abgeholt werde, möchte ich unbedingt noch duschen. Er hat mich in ein typisch bayerisches Wirtshaus eingeladen. Lass uns doch morgen ausführlich telefonieren, wenn ich wieder zu Hause bin. Okay? – Bussi.«

Kristin hat genug gehört, sie kehrt ins Zimmer zurück, schnappt sich eine Birne aus dem Obstkorb, der auf dem Tisch steht, und beißt genüsslich hinein.

Lena

Eine ganz neue Erfahrung

Eigentlich gilt Lena als ehrliche Haut. Schwindeln und Trick-
sen liegen ihr nicht. Es sei denn, ihr Sohn Moritz ruft sie aus
Paris an und erkundigt sich nach ihrem Befinden. Dann greift
sie gelegentlich zu einer Notlüge und behauptet, sie fühle sich
super und alles sei fein. Ihr einziges Kind studiert seit einem
Jahr in Frankreich an der Sorbonne Rechtswissenschaft. Es hat
Lena große Überredungskunst gekostet, ihn zu diesem Schritt
zu bewegen. Moritz meinte, er könne nicht fortgehen und
seine Mutter allein zurücklassen. Nicht nachdem sie sich ihr
halbes Leben für ihn aufgeopfert hat. Ihn ohne Vater großzu-
ziehen, stellte für Lena zwar eine Herausforderung dar, aber sie
hat es nie als eine Last empfunden. Nach zwanzig Jahren hielt
sie jedoch die Zeit für gekommen, dass ihr geliebter Sohn sich
auf eigene Füße stellt. Schließlich wollte sie sich nicht nachsa-
gen lassen, ihn zu einem Muttersöhnchen erzogen zu haben.
Obendrein ermöglicht ihr die neue räumliche Distanz, all das

zu tun, wozu sie bisher nicht den Mut aufgebracht hat. Sie datet. Seit seinem Auszug trifft sie sich mit Singlemännern und welchen, die vorgeben, einer zu sein. Hach, was hat sie schon für Reinfälle erlebt. Aber Lena nimmt es mit Humor und verbucht es unter Erfahrung.

»Ich heiße es gar nicht gut, dass du durch die Lande tingelst und dich wildfremden Kerlen an den Hals wirfst«, hielt ihre erzkonservative Mutter ihr jüngst vor. »Wieso machst du es nicht wie anständige Frauen und lernst jemanden auf der Arbeit kennen?«

»Ich bin Apothekerin, Mama«, erwiderte Lena. »Männer, die ich dort treffe, sind entweder erkältet, ernsthaft erkrankt oder bereits dem Tode geweiht.«

Gottlob sieht Moritz es nicht so kritisch wie seine Oma. Er selbst hat seiner Mutter geraten, sich auf die Suche zu begeben, und ihr sogar einige Portale empfohlen. Um sein Gewissen zu beruhigen, käme es ihm sehr gelegen, wenn Lena so bald wie möglich einen geeigneten Partner fände. Aber so schnell, wie er es sich wünscht, funktioniert das nicht, denn seine Mutter ist wählerisch. Gutes Aussehen ist ihr wichtig, aber der Mann an ihrer Seite sollte auch etwas im Kopf haben. Schließlich will sie ihn nicht nur stumm betrachten, sondern sich auf Augenhöhe mit ihm unterhalten.

Beide Kriterien könnte Benno aus Bad Wiessee erfüllen. Er ist mit einundfünfzig fünf Jahre älter als Lena. Zunächst haben sie sich geschrieben. Zwei Wochen später hat sie ihm erlaubt anzurufen. Seine Stimme klang angenehm, und das, was er zu sagen hatte, brachte sie mehrmals zum Lachen. Kurzum stimmte sie seiner Einladung, nach Bayern zu kommen, zu.

Ihr Treffen findet mit einer halben Stunde Verspätung statt, denn der Zug war nicht pünktlich. Benno wartet geduldig auf dem Bahnsteig. Lena erkennt ihn sofort und freut sich, endlich auf einen Mann zu treffen, der tatsächlich ein aktuelles Foto von sich gepostet hat. Er umarmt sie ein wenig unbeholfen, was darauf hindeutet, dass auch er aus der Übung gekommen ist. Benno überreicht ihr einen Blumenstrauß. Keinen, der kunstvoll von einer Floristin in einem Blumenladen gebunden wurde, sondern einen, wie man ihn an Tankstellen kaufen kann. Lena freut sich trotzdem über die Geste, obwohl es ihr lieber wäre, er würde ihr die schwere Reisetasche abnehmen. Aber die schleppt sie allein zum Parkplatz.

Sie lächelt ihn an und fragt: »Wohin entführst du mich?«

Benno deutet auf ihre Füße. »Hast du noch andere Schuhe dabei? Ich würde dir gern bei einer Wanderung die Gegend zeigen.«

»Ich habe vorsorglich meine Trekkingstiefel eingepackt«, antwortet sie und stellt ihr Gepäck auf die Rückbank seiner Limousine. Seine Idee findet zwar Anklang bei ihr, aber ihr knurrender Magen erinnert sie daran, zuerst das Hotel aufzusuchen. Erst einchecken, einen Happen essen, und danach würde sie sich ins Vergnügen stürzen. So lautet ihr Plan.

Benno fährt sie zur Unterkunft, die Lena zuvor online gebucht und bezahlt hat. Das dreistöckige Haus entspricht exakt der Beschreibung aus dem Internet. Es verfügt über klassische, braun lasierte Holzbalkone, die von üppigen, tiefrot blühenden Geranien geschmückt werden. Lenas anfängliche Begeisterung verfliegt schnell, als ihr am Empfang mitgeteilt wird, dass das reservierte Zimmer aufgrund eines Wasserrohrbruchs nicht bezogen werden kann. Die Option, die Übernachtungskosten erstattet zu bekommen, steht im Raum, aber Lena ist nicht bereit, die wenigen Stunden ihres Aufenthalts mit der Suche nach einer Ersatzunterkunft zu verbringen. Hartnäckig besteht sie darauf, dass der Hotelier sich darum kümmert. Benno schlägt ihr vor, die Nacht bei ihm zu verbringen, doch das lehnt sie entschieden ab. Für wen hält er sie? So einfach wird sie es ihm nicht machen. Lena ist fest entschlossen, dem Hotelier die Verantwortung zu überlassen. Nach ihrer Auffassung obliegt es ihm, ein Ausweichquartier für sie zu organisieren. Nachdem er schließlich einwilligt, bittet er um ein wenig Zeit und klemmt sich sofort ans Telefon.

Ohne zu essen, brechen Lena und Benno zu einer Wanderung auf. Der Aufstieg zum Wallberg soll sie mit einem atemberaubenden Ausblick hinunter ins Tegernseer Tal und hinüber zu den umliegenden Bergen belohnen. Die asphaltierte Panoramastraße führt durch romantische Wälder, vorbei an wuchtigen Felswänden. Bennos überlegene Kondition wird schnell offensichtlich. Er legt ein Tempo vor, dem sie bei einer Steigung von zwölf Prozent kaum folgen kann.

Bisher haben sie noch nicht einmal ein Drittel der Strecke zurückgelegt, als ihr die Puste ausgeht. Ihr Mund ist staubtrocken, und ihr Puls klopft rasend schnell im Hals. Lena bittet um eine Pause und schlägt vor, irgendwo einzukehren. Zwar ist Benno wenig begeistert, aber schließlich willigt er ein.

Nach weiteren zwanzig Minuten kommen sie an der Moosalm an, die sie auch bequem mit dem Auto hätten erreichen können. Gerade nehmen sie im sonnigen Außenbereich Platz, als Benno es sich nicht verkneift, ihr vorzuwerfen, erschreckend unsportlich zu sein.

»Ich wandere täglich mindestens zehn Kilometer. Egal ob es regnet oder stürmt. Wandern ist das Beste, um fit zu bleiben.

Ein Blick auf deine Hüften und deine Oberschenkel zeigt mir deutlich, dass auch dir mehr Bewegung nicht schaden würde.«

Lena lässt seine uncharmante Bemerkung unkommentiert, bestellt sich ein Radler gegen den stechenden Durst und wirft einen Blick in die Speisekarte.

»Mich lachen Schnitzel mit Kartoffelsalat oder Gulasch mit Semmelknödel an. Was nimmst du?«

Benno möchte nichts bestellen. Er erklärt ihr wie ein Oberlehrer, dass er am Tag prinzipiell nur zweimal isst und sich Zwischenmahlzeiten grundsätzlich verbietet. Wiederholt fällt das Wort: Hüftspeck. Danach hält er einen Vortrag über gesunde Ernährung.

»Nach dem Aufstehen frühstücke ich einen fettarmen Joghurt mit frischen Früchten, um Punkt sieben gibt es Abendessen. Vornehmlich bereite ich mir gedünstetes Gemüse zu. Manchmal gönne ich mir auch ein Stück Fisch wegen der wichtigen Omega-3-Fettsäuren. Aber heute Abend werde ich mal ein Auge zudrücken und Fünfe gerade sein lassen. Ich habe einen Tisch für uns in einem urigen Wirtshaus bestellt. Besser, du wählst jetzt nur eine kalorienarme Kleinigkeit, sonst hast du später keinen Appetit.«

Besser, du hältst jetzt den Mund, liegt Lena auf der Zunge. Aber sie sagt: »Keine Sorge. Bis Punkt sieben habe ich wieder Hunger.«

»Beabsichtigst du tatsächlich, dich mit vollem Magen bis zum Gipfelkreuz zu quälen?« Er schüttelt verständnislos den Kopf.

Indes hebt sie die Brauen. »Davon, dass wir bis zum Gipfel kraxeln, war nie die Rede.«

»Aber deswegen kommen die Leute doch her.«

»Ich nicht! Ich bin angereist, um dich kennenzulernen.«

Missmutig verzieht er das Gesicht. »Wenn du keine Lust hast, werde ich dich nicht zu deinem Glück zwingen. Trotzdem halte ich deine Einstellung für sehr bedauerlich. Ich hatte dich für agiler und unternehmungslustiger gehalten.«

Lena holt tief Luft. Just in dem Moment, als sie ihm Paroli bieten will, klingelt ihr Handy. Es ist der Hotelier, der inzwischen ein Ersatzzimmer gefunden hat. Er nennt die Adresse und betont, dass es sich um eine Unterkunft der höheren Kategorie handelt, er jedoch aus Kulanzgründen bereit ist, die Mehrkosten zu übernehmen.

»Das ist sehr nett von Ihnen, vielen Dank.« Lena legt auf und schaut Benno prüfend an. Augenblicklich kommt sie zu dem Schluss, es besser an Ort und Stelle zu beenden. Das mit ihnen passt einfach nicht. Lena braucht keinen Besserwisser, der sie unverfroren kritisiert und ihr ständig sagt, was ihr guttut und was nicht. Aber weil sich ihr Gepäck in seinem Wagen befindet, bleibt ihr keine andere Wahl, als ihn zu bitten, mit ihr zurückzugehen.

Sie verzichtet darauf, auf der Alm zu speisen. Als sie ihr Portemonnaie zückt, um die Zeche zu begleichen, wiegelt er ab. »Ich bitte dich, selbstverständlich übernehme ich dein Radler. Du hattest schließlich auch Kosten für deine Anreise.«

Bis zum Parkplatz wechseln sie kein Wort. Erst als sie vor seinem Wagen stehen, erkundigt er sich nach der Adresse der neuen Unterkunft.

»Wow, das nenne ich ein Upgrade. Das Hotel zählt zu den besten am Platz. Deine resolute Art, auf dein Recht zu pochen, hat sich tatsächlich ausgezahlt.«

»Wärst du trotz meiner ›resoluten‹ Art bereit, mich hinzufahren?«

»Ja, sicher. Ich bringe dich hin und hole dich später ab.«

Zwar hat Lena nach dem holprigen Start wenig Hoffnungen, dass der Abend doch noch harmonisch verlaufen wird, dennoch möchte sie Benno nicht vor den Kopf stoßen und nimmt seine Einladung an.

Lenas Suite ist ein Traum. Das Hotel bietet sogar eine Saunalandschaft und ein Schwimmbad. Beides können die Gäste kostenfrei nutzen. Aber Lena steht nicht der Sinn nach einem Besuch im Dampfbad. Geschwitzt hat sie bereits hinreichend während der anstrengenden Wanderung. Nachdem bereits mehrere Nachrichten mit Fragen zu ihrem Date eingegangen sind, ruft sie ihren Sohn an. Lena hält das Gespräch bewusst kurz, denn sie möchte dringend duschen.

Nach dem Besuch im Bad verspürt sie Lust auf eine Erfrischung. Da sie nicht im Zimmer auf Benno warten möchte, begibt sie sich an die Hotelbar und bestellt ein Gingerale.

Der Mann neben ihr schaut ständig rüber.

Noch bevor das Getränk serviert wird, spricht er sie an. »Warten Sie auch auf jemanden?«

»Ja, ich überbrücke die Wartezeit mit einem Drink.«

»So wie Sie schauen, scheinen Sie sich nicht sehr auf Ihre Verabredung zu freuen. Mir wäre es auch lieber, ich hätte das Abendessen bereits hinter mir. Vermutlich wird mir nach meiner Beichte der Kopf abgerissen.«

»Was haben Sie denn Schlimmes angestellt?«

Er bleibt die Antwort schuldig, hopst vom Hocker und geht in kerzengerader Körperhaltung auf eine elegant gekleidete Frau zu. Nach einer kurzen Umarmung verlassen sie die Bar.

Eine Viertelstunde später kehrt er allein an den Tresen zurück. »Ich habe es geahnt«, stöhnt er und winkt den Barkeeper heran. »Einen Scotch auf Eis, bitte.«

»Immerhin ist Ihr Kopf noch dran.«

Er schmunzelt. »Ja, was das angeht, habe ich Glück gehabt.«

Seit einer geschlagenen Stunde nippt Lena an ihrem Glas, während er ununterbrochen auf sein Handy tippt. Wo bleibt Benno? Sie kann es kaum erwarten, abgeholt zu werden, um endlich etwas essen zu können.

Es vergehen weitere dreißig Minuten, und er ist noch immer nicht aufgetaucht. Mittlerweile machen sich Zweifel in ihr breit. Lena fragt sich, ob Benno überhaupt noch erscheinen wird. Sie braucht Gewissheit und ruft ihn an, doch er drückt ihren Anruf dreist weg.

»Offensichtlich wurde ich versetzt«, bricht es verärgert aus ihr heraus. »Das ist mir bisher noch nie passiert.«

Der Sitznachbar schaut auf. »Ihr Treffen findet nicht statt?«

»Was für ein ungebührliches Benehmen«, regt sie sich auf.

»Was halten Sie davon, mir beim Abendessen Gesellschaft zu leisten? Das Restaurant genießt einen ausgezeichneten Ruf.«

Der gehobenen Küche kann Lena nichts abgewinnen. Kleine Portionen zu hohen Preisen sind nicht ihr Fall.

Sie lehnt sein Angebot ab, wünscht ihm einen schönen Abend und zieht sich zurück.

Hätte Benno abgesagt, wie man es von jemandem erwarten darf, der über ein Mindestmaß an Benehmen verfügt, hätte Lena sich auf den Weg in den Ort gemacht und wäre ohne ihn in ein Gasthaus eingekehrt, statt wie bestellt und nicht abgeholt am Tresen zu hocken. Vielleicht wäre noch Zeit geblieben, um auf der Hotelterrasse mit einem Glas Wein in der Hand den Sonnenuntergang zu bewundern. Dafür ist es aber längst zu spät. Es ist bereits stockfinster, und Lena ist stinksauer.

Wutentbrannt marschiert sie zu den Fahrstühlen. Als vor ihr jemand in den Lift steigt, legt sie einen Zahn zu. Es gelingt ihr im letzten Moment einzutreten, bevor sich die Tür schließt.

»Guten Abend«, grüßt eine Frau, die Lena sogleich als die Dame identifiziert, die vorhin in der Bar erschienen ist. Was sie wohl hinter ihrem Rücken versteckt? Lenas ausgeprägter Geruchssinn verrät ihr, dass es sich um etwas Essbares handeln muss. Sie tippt auf Pizza, denn diesen Duft kennt sie nur zu gut. Einmal pro Woche lässt sie sich eine nach Hause liefern, weil es sich für sie nicht lohnt, lediglich für eine Person einzukaufen und selbst zu kochen.

Wie Lena steigt auch die elegante Dame in der zweiten Etage aus. Im Gang folgt sie ihr auf Schritt und Tritt. Doch kurz bevor Lena ihre Suite erreicht, öffnet die Dame die Tür zur 205.

In der 206 begibt Lena sich auf die Suche nach der Minibar. Doch so etwas gibt es hier nicht.

»Room-Service«, flüstert ihre innere Stimme. Rasch greift sie zum Telefon und erkundigt sich nach Gerichten, die auf dem Zimmer serviert werden.

»Ach, wissen Sie was?«, unterbricht sie die freundliche Angestellte, die nicht müde wird, inakzeptable Vorschläge von der Abendkarte zu unterbreiten. »Ich nehme nur eine Flasche trockenen Weißwein.«

Danach durchforstet sie ihre Reisetasche. Lena ist sich absolut sicher, heute Morgen einen Schokoriegel eingepackt zu haben.

Gesucht – gefunden. Kauend tritt sie auf den Balkon.

Draußen ist leises Fluchen zu vernehmen. Die elegante Zimmernachbarin ist nicht zimperlich, was ihre Wortwahl betrifft. Als sie schimpft, dass sie sich diese unnütze Reise hätte sparen können, mischt Lena sich ein.

»Besser hätte ich es nicht ausdrücken können.«

Die Nachbarin lugt beschämt über die Brüstung und entschuldigt sich sogleich. »Tut mir leid, ich bin nicht davon ausgegangen, dass man mich hören kann.«

»Machen Sie sich keinen Kopf. Sie haben mir aus der Seele gesprochen. Ich wäre auch besser zu Hause geblieben. Dieser Trip war der reinste Reinfall. Sieben Stunden Bahnfahrt für die Katz.«

»Sieben Stunden? Woher kommen Sie denn?«

»Gestartet bin ich in Hamburg.«

Sie lacht. »Was für ein Zufall. Ich auch.«

»Um sechs Uhr morgens habe ich auf nüchternen Magen das Haus verlassen. Ich hatte die Absicht, im Bordbistro zu frühstücken. Aber das war mal wieder geschlossen.«

»Dann waren wir wohl im selben Zug unterwegs.«

Lena wird die Pappschachtel über die Brüstung gereicht. »Mögen Sie auch ein Stück Pizza? Ich schaffe ohnehin nicht die ganze Portion. Greifen Sie zu, bevor sie ganz kalt und ungenießbar wird.«

Obwohl Lena sich auf die Zehenspitzen stellt und sich streckt, kann sie den Karton nicht greifen. »Kommen Sie doch rüber zu mir«, bietet sie spontan an. »Ich habe gerade eine Flasche Wein bestellt. Die könnten wir uns auch teilen.«

Sekunden später klopft es an die Tür von Zimmer 206.

Bei fruchtigem Weißburgunder und einer pappigen Pizza verbringt Lena den Abend mit einer Hamburger Innenarchitektin, die ihren Aufenthalt doch noch zu einem Erlebnis macht. Obwohl die Frauen zehn Jahre Altersunterschied trennt, hatte sie seit langer Zeit nicht so viel Spaß wie mit Kristin, wie der Vorname der Hamburger Lady lautet. Obgleich die Dame über einen herzerfrischenden Humor verfügt, bleiben beide beim Sie.

Die Stimmung kippt erst, als Lena fragt, warum Kristin dem netten Herrn aus der Bar am liebsten den Kopf abgerissen hätte.

»Holger hat über mich gesprochen?«

»Nein, so war das nicht!«, stellt Lena sofort klar. »Er hat nur eine vage Andeutung gemacht.«

Kristins ohnehin großen Augen öffnen sich. »Was hat er sonst noch über mich erzählt?«

»Nichts!«, beteuert Lena wiederholt. »Aber eine Sache interessiert mich brennend. Was musste er Ihnen gestehen?«

Erneut wird ihre Neugierde nicht gestillt. Kristin mauert und bedankt sich für den Wein.

»Dito. Danke für die Pizza.«

Kristin verabschiedet sich und wünscht Lena eine gute Nacht.

»Schlafen Sie gut. Vielleicht sehen wir uns morgen beim Frühstück.«

Mit der Vorstellung, am üppigen Büfett zuzuschlagen, legt Lena sich ins Bett und träumt von Eierspeisen mit herzhaften Beilagen.

Nicole

In letzter Sekunde

Noch immer spürt Nicole den Duft von frischen Kräutern und exotischen Gewürzen in der Nase, als sie die Kochschule im Glockenbachviertel verlässt. Der heutige Tag war ein Fest für die Sinne, ein wahres kulinarisches Abenteuer. In der Profiküche eines bekannten Sternekochs hat sie mit fünf weiteren Teilnehmerinnen Meisterwerke geschaffen, von denen sie nie gedacht hätte, dazu in der Lage zu sein. Nicole kann es kaum erwarten, ihre neuen Fähigkeiten zu Hause unter Beweis zu stellen.

Nachdem sie sich durch die belebten Straßen geschlängelt hat, findet sie nach einer Weile einen ruhigen Platz. Sie nimmt auf einer Bank Platz und zückt ein druckfrisches Kochbuch aus dem Rucksack. Es ist das neueste Werk ihres hochverehrten Fernsehkochs, das er ihr zum Abschied geschenkt und sogar signiert hat. Gerade liest sie seine persönlichen Widmung, als ihr Handy vibriert. Ein Lächeln breitet sich auf ihrem Gesicht aus, denn ihre Tochter ruft an.

»Hey Mom, wie war der Kochkurs? Hattest du Spaß?«

Begeistert berichtet Nicole von den köstlichen Gerichten, die sie unter Anleitung ihres Idols zubereitet hat, von den interessanten Menschen, die sie kennenlernen durfte, und von der inspirierenden Atmosphäre, die vom ersten bis zum letzten Moment in der Showküche vorherrschte.

»Schatz, ich danke dir tausendmal. Das war das beste Geburtstagsgeschenk ever, ever, ever. Obwohl ich dafür bis nach München reisen musste, hat es sich wirklich gelohnt.«

Als sie eine kurze Pause einlegt, nutzt ihre Tochter die Gelegenheit, um eine schlechte Botschaft zu überbringen.

»In den Nachrichten wurde gerade berichtet, dass die Bahn morgen streikt.«

Besorgnis schleicht sich in Nicoles Gedanken, denn das bedeutet, dass sie ihre Heimreise nicht per Zug antreten kann. Aber ihre Tochter Sarah wäre nicht ihre Tochter, hätte sie nicht bereits eine Lösung parat.

»Du kannst fliegen, Mama. Allerdings solltest du schnell handeln, bevor alle Flüge nach Hamburg ausgebucht sind.«

Nicole überlegt kurz, bevor sie antwortet. »Gute Idee, ich mache mich sofort schlau.«

Leider ist die Ernüchterung groß, als sie feststellen muss, dass auch andere Leute auf die Idee gekommen sind, aufs Flugzeug auszuweichen. Alle verfügbaren Verbindungen sind restlos ausgebucht. Die Vorstellung, in München zu stranden, löst Panik in ihr aus. Auf keinen Fall kann sie einen weiteren Tag bleiben, zumal Toni sie sehnlich erwartet. Nicole hatte fest versprochen, zu ihr zu kommen, um sie moralisch zu unterstützen.

Antonia, genannt Toni, ist die Schwester ihres verstorbenen Mannes. Sie ist nicht nur Nicoles Schwägerin, sondern auch ihre beste Freundin. Aktuell ist sie ein Häufchen Elend, denn ihr Lebensgefährte hat ihr eröffnet, dass er sich in eine andere verliebt hat.

Um Wort halten zu können, gibt es nur noch eine Möglichkeit. Es muss ihr gelingen, einen Wagen zu leihen. Sollte es klappen, wird Nicole in den sauren Apfel beißen und die weite Strecke selbst fahren.

Ein Funken Hoffnung keimt in ihr auf, als sie ohne lange Wartezeit die Hotline einer Autovermietung erreicht.

Sie kann ihr Glück kaum fassen. Es ist nur noch ein Fahrzeug verfügbar, aber das wird ihr verbindlich zugesagt. Morgen ab neun kann sie es an der Station in Bahnhofsnähe übernehmen. Erleichtert macht Nicole sich auf den Weg zur Pension. Da ihr eine lange und anstrengende Autofahrt bevorsteht, verzichtet sie darauf, sich noch einmal mit den Kochmädels auf einen Abschiedstrunk zu treffen. Mit der Vernunft, die ihr eigen ist, entscheidet sie, früh schlafen zu gehen.

Kristin

Erneuter Rückschlag

Kristin ist froh, der spontanen Einladung ihrer Zimmernach-barin gefolgt zu sein. Nebenan ist es ihr gelungen, die Schmach für eine Weile zu vergessen.

Sie schlüpft in ihren Pyjama und widmet sich vor dem Spie-gel ihrem abendlichen Ritual. Foundation, Lippenstift und Mascara mit Reinigungsmilch entfernen, die Haut tonisieren, Nachtcreme großzügig auf Hals und Gesicht auftragen, aber die Augenpartie aussparen. Die versorgt sie mit einem speziel-len Konzentrat, das gegen dunkle Schatten und Tränensäcke vorbeugen soll.

Eine Viertelstunde später verlässt sie das Bad und setzt sich auf die Bettkante. Sie ist dabei, den Wecker zu stellen, und nimmt ihr Handy zur Hand. Sogleich leuchtet das Display auf und zeigt den Eingang mehrerer Nachrichten, die ausnahmslos von Holger stammen. In der ersten schreibt er, dass es ihm aufrichtig leidtue. Sie liest auch die nachfolgenden.

Sei nicht bockig. Komm runter und lass uns essen.

Hallo Sturkopf, ich habe mich so auf dich gefreut.

Gib dir einen Ruck und begleite mich ins Restaurant.

Wo steckst du? Ich habe mehrmals an deine Zimmertür geklopft.

»Lass mich bloß in Ruhe«, knurrt Kristin, programmiert den Wecker auf sieben und knipst das Licht aus.

Sie ist kurz davor einzunicken, als es im Zimmer plötzlich taghell wird. Die Tür fällt ins Schloss. Ihr Puls erhöht sich, und sie verkriecht sich bis zur Nasenspitze unter der Decke.

»Hast du einen Knall?«, schimpft sie lauthals, als Holger vor ihrem Bett erscheint. »Wie bist du überhaupt hereingekommen?«

»Mit meiner Schlüsselkarte«, erwidert er und grinst frech. »Ich hatte schon die Befürchtung, du seist abgereist. Aber nachdem ich mich davon überzeugen konnte, dass deine Koffer noch hier sind, habe ich dich überall gesucht. Also, wo warst du?«

Sie richtet sich auf und schaut ihn direkt an. »Wieso hast du eine Keycard für mein Zimmer?«

»Das war ein Leichtes. Ich musste lediglich die junge Dame an der Rezeption bitten, mir eine eigene auszustellen.«

»Und das hat sie einfach gemacht?«, empört sich Kristin.

»Anstandslos. Ich habe ihr meinen Namen genannt und versichert, dass du meine Frau bist.«

»Holger Drescher, das ist dreist!«

Er beugt sich herunter und schnuppert an ihr. »Du riechst gut. Hast du dich wieder mit deinen sündhaft teuren Cremes eingeschmiert? Ich mag den Duft. Er erinnert mich an Zeiten, in denen wir noch Tisch und Bett geteilt haben.«

»Deinen Duft mag ich nicht. Du hast eine üble Fahne.«

Er bäumt sich wieder auf, zieht im Gehen sein Sakko aus und wirft es im hohen Bogen auf den Sessel. Wie selbstverständlich sucht er das Bad auf.

»Ist es dir recht, wenn ich deine Zahnbürste benutze?«

»Untersteh dich!«

»Hab dich nicht so, Schatz!«

Nun hält es Kristin nicht mehr in den Federn. Sie schlägt die Decke zurück und folgt ihm.

Fassungslos stellt sie fest, dass er tatsächlich ihre Zahnbürste benutzt.

»Die kannst du, nachdem du fertig bist, gleich im Müll entsorgen«, knirscht sie und belegt ihn mit einem bitterbösen Blick.

»Aber nein, die brauche ich morgen früh noch einmal«, nuschelt er und zwinkert ihr zu.

Kristin hebt drohend den Zeigefinger. »Vergiss es! Auf keinen Fall wirst du in diesem Zimmer übernachten. Weshalb bist du nicht nach Hause gefahren, statt dich bei mir einzuschleichen?«

Er dreht ihr den Rücken zu, beugt sich über das Waschbecken und spuckt aus. Gleich darauf lässt er sich Wasser aus dem Hahn in die Handflächen laufen, führt es zum Mund und gurgelt. Holger gurgelt nicht wie jeder normale Mensch, er gurgelt Lieder. Früher, als die beiden noch zusammen in Hamburg wohnten, sollte Kristin sie immer erraten. Heute stimmt er den Klassiker von Aerosmith an.

Cause I'd miss you baby – and I don't wanna miss a thing.

»Na, erkennst du es?«

Sie schüttelt den Kopf und lügt. »Nein, das Lied habe ich noch nie gehört.«

Mit einem Handtuch tupft er sich über den Mund. Gleich

darauf haucht er sie an. »Besser?« Ohne ihre Antwort abzuwarten, drückt er unverfroren seine Lippen auf ihren Mund.

»Lass das!«, weist sie ihn zurecht. »Was willst du überhaupt hier? Es ist doch alles gesagt.«

»Jemand muss dich aufmuntern.«

Prüfend nimmt sie ihn ins Visier. »Und was sagt deine Ische dazu? Wie heißt sie noch gleich?«

Er antwortet nicht.

»Warte! Ich komme auch ohne deine Hilfe auf ihren Namen. Er lautet genau wie der Hersteller unseres alten Toasters. Severin, korrekt?«

»Unser Toaster war von einer französischen Nobelmarke. Ich weiß es genau, weil du alles für die Küche made in France gekauft hast.«

Ihre Wut ist zurück. »Ja, du weißt alles. Auch, dass längst festgestanden hat, dass ich den Auftrag nicht erhalten werde. Wieso hast du mich trotzdem herbestellt?«

Er beteuert abermals, es erst auf dem Weg zum Hotel erfahren zu haben.

»Du hast behauptet, der Auftrag sei eine reine Formsache.«

»Ach, Schatz, mal gewinnt man, mal verliert man.«

Dieser Spruch macht Kristin noch wütender, denn sie hatte heute nicht zum ersten Mal das Nachsehen. Die Absagen häufen sich, und sie hat keine Erklärung, warum das so ist.

»Du hast gut reden. Deine Verkaufsprovision ist dir sicher. Ich hingegen habe Kosten und Zeit für nichts investiert.«

Er legt seine Hände auf ihre Hüften und zieht sie näher an sich heran. »Wenn es geschäftlich nicht mehr läuft, kannst du jederzeit auf mich zählen. Wir sind immer noch verheiratet, und ich bin für dich verantwortlich.«

Ruckartig löst sie sich aus seiner Umarmung und erwidert, dass eher die Hölle gefriert, bevor sie sich von ihm aushalten lässt.

»Aber ich möchte für dich sorgen, das bin ich dir schuldig.«

»Ich brauche keinen Versorger, Holger. Die letzten zehn Jahre bin ich ausgezeichnet ohne dich zurechtgekommen.«

Vor ihren Augen kickt er seine Schuhe in die Ecke, zieht Hemd und Hose aus und legt sich hin.

Wie früher wählt er die linke Bettseite. Weil Kristin nicht der Sinn nach einer weiteren Debatte steht, gibt sie nach und krabbelt zu ihm. Als sie ihren Kopf auf seine nackte Brust bettet, macht sich ein wohliges Gefühl von Vertrautheit in ihr breit. Sie genießt den Körperkontakt und raunt zufrieden. »Das tut gut.«

»Warum bleibst du nicht für einige Tage hier? Wir beide machen uns eine schöne Zeit«, schlägt er vor.

»Nein, Holger, damit fangen wir gar nicht erst an. Ich reise morgen zurück. Du hast dein Leben, ich habe meins.«

»Du bist herzlos.«

»Nein, ich bin nur vernünftig.«

Er küsst sie zärtlich auf die Stirn und flüstert, dass er sie nach wie vor liebt. »Du bist und bleibst der wichtigste Mensch für mich.«

»Genau«, erwidert sie spöttisch. »Deshalb lebst du in München. Ich in Hamburg.«

Behutsam fährt er mit den Fingerspitzen durch ihre Haare. »Ich habe dich immer geliebt, aber ich konnte nicht mehr mit dir leben. Heute kann ich nicht mehr leben, ohne dich zu lieben.«

Lena

Fahrgemeinschaft

Sieh an, das ist ja eine Überraschung, denkt Lena, als sie Kristin mit dem Herrn aus der Bar einträchtig beim Frühstücken entdeckt. Er hat nur Augen für sie. Das ist nicht verwunderlich, denn Kristin sieht an diesem Morgen fantastisch aus. Heute trägt sie einen Hosenanzug, der ihre beneidenswert schlanke Figur unterstreicht. Die Bluse darunter passt farblich zum Seidenschal, der locker über ihre Schultern fällt. Das gesamte Outfit zeugt von Eleganz und Professionalität.

Ohne sich bemerkbar zu machen, setzt Lena sich ans Fenster. Von diesem Platz hat sie freie Aussicht auf den See, auf dessen Oberfläche an diesem Morgen dicke Nebelschwaden tanzen.

Die Bedienung tritt mit einer auf Hochglanz polierten Thermoskanne an den Tisch und fragt, ob Lena Kaffee wünsche. Sie bejaht und lässt sich von ihr einschenken.

Es scheint ihr nichts auszumachen, allein zu speisen. Das ist sie schließlich gewohnt. Dennoch hätte sie nichts gegen ein wenig Gesellschaft einzuwenden. Doch allem Anschein nach ist damit zu dieser frühen Stunde nicht zu rechnen. Vermutlich schlafen die meisten Hotelgäste noch. Die einzige Person, die wie Lena solo an einem Tisch sitzt, versteckt den Kopf hinter der Sonntagszeitung.

Sie begibt sich zum Büfett und legt Brot, Butter und Aufschnitt auf den Teller und hält Ausschau nach Eiern. Doch sie kann keine finden.

Freundlich erkundigt sie sich bei der Servicekraft.

»Eierspeisen bereiten wir frisch für unsere Gäste zu. Was darf es für Sie sein? Spiegelei, Omelette, Pfannkuchen oder Rührei mit Speck?«

»Letzteres«, antwortet Lena und fragt, ob sie auch einen frischgepressten Orangensaft bekommen könne.

»Selbstverständlich. Nehmen Sie Platz. Wir bringen Ihnen die Bestellung an den Tisch.«

Während sie ihr opulentes Frühstück genießt, denkt sie an Benno. Amüsiert stellt sie sich vor, wie er jetzt seinen fettarmen Joghurt löffelt. Was für ein Freak! Sie ist nicht bereit, einen weiteren Gedanken an ihn zu verschwenden und löscht seine Nummer und ihn aus ihrem Gedächtnis.

Offensichtlich hat Kristin sie entdeckt, denn sie winkt Lena lächelnd zu. Wenig später erhebt sie sich und kommt herüber. »Guten Morgen. Sagen Sie, möchten Sie bei uns mitfahren? Sie müssen doch auch nach München.«

Begeistert stimmt Lena zu. »Wann soll es denn losgehen?«

Kristin schaut auf die Uhr. »In einer halben Stunde? Passt das für Sie?«

»Ja, das schaffe ich. Ich checke gleich aus.«

Zwanzig Minuten später steht Lena mit ihrer Reisetasche im

Foyer und freut sich darüber, dass ihr der steile Fußmarsch zum Bahnhof Tegernsee erspart bleibt.

Einen Wimpernschlag später gibt auch Kristin ihre Schlüsselkarte ab. Sie verabschiedet sich bei der Rezeptionistin mit den Worten: »Es war wieder sehr schön bei Ihnen. Bis zum nächsten Mal.« Dann wendet sie sich Lena zu. »Holger holt nur noch rasch den Wagen, dann können wir starten. Keine Sorge, wir schaffen es rechtzeitig nach München.« Verschwörerisch zwinkert Kristin. »Allerdings nur unter der Voraussetzung, dass Sie mitspielen. Bitte, reichen Sie ihm Ihr Gepäck. Während er es verstaut, werde ich wie der Blitz ums Auto flitzen und mich auf den Fahrersitz setzen. Holger ist nämlich ein miserabler Autofahrer. Ich vermute, dass nur seinetwegen das autonome Fahren erfunden wurde.«

»Alles klar«, bestätigt Lena und kann ihr Kichern kaum unterdrücken.

Zwei Minuten später hält ein dunkler SUV mit laufendem Motor vor dem Eingangsportal. Lena bedankt sich für die Mitfahrgelegenheit und reicht ihm ihre Tasche. In Windeseile rennt Kristin um den Wagen und nimmt das Steuer in Beschlag. Sein Protest folgt prompt. »Was soll das, Kristin?«

»Ich fahre uns.«

»Nein, auf keinen Fall.«

»Diskutiere nicht mit mir. Du weißt, dass ich dir verbal überlegen bin.«

»Solltest du erneut geblitzt werden, halte ich nicht wieder meinen Kopf hin«, knurrt er und steigt neben ihr ein.

Mit Vollgas brettert sie vom Hotelgelände. Lena kommen erste Bedenken, ob es wirklich eine gute Idee war, bei den beiden einzusteigen. Kristins Fahrstil erfordert Nerven wie Drahtseile.

Sie haben das Ortsausgangsschild bereits hinter sich gelassen, als Kristin fragt, ob Lena auch erster Klasse reise.

»Nein, den Luxus leiste ich mir schon lange nicht mehr.«

»Schade, aber nicht tragisch. Vielleicht haben wir Glück, und das Bistro ist heute geöffnet. Dort können wir uns später auf einen Plausch treffen. Wo wohnen Sie in Hamburg?«

»Ich wohne gar nicht in der Stadt, sondern südlich der Landesgrenze.«

Holger stimmt die Hymne ihres Bundeslandes an. »*Wir sind die Niedersachsen, sturmfest und erdverwachsen.*«

»Hör bloß auf zu singen!«, fordert Kristin. »Du triffst keinen Ton.«

Er tätschelt ihr Gesicht. »Früher hat es dir gefallen.«

»Ganz sicher nicht. Du hast schon immer geklungen wie eine Katze, die gerade von einem Auto angefahren wurde.«

»Du bist und bleibst eine Giftkröte!«

Lena hofft, sich verhört zu haben. Sie fragt sich, wie die beiden bloß so miteinander reden können. Sie fühlt sich an Statler und Waldorf erinnert, die zwei Alten aus der Muppet Show. Aber sie wählt einen anderen Vergleich. »Sie kommen mir vor wie ein altes Ehepaar.«

Holger dreht sich um. »Das sind wir. Mit dieser unmöglichen Frau, die unerlaubterweise mit hundert Sachen durch eine geschlossene Ortschaft rast, bin ich seit dreißig Jahren verheiratet.«

Lena ist verwirrt. Gestern hatte Kristin ihr erklärt, alleinstehend zu sein. Es scheint, als könne sie Gedanken lesen.

»Wir leben seit zehn Jahren getrennt«, stellt sie klar.

Lena ist nicht dafür bekannt, indiskret zu sein, aber eine Frage brennt ihr wie Säure unter den Nägeln, die sie nicht für sich behalten kann. »Warum haben Sie sich nicht scheiden lassen?«

»Eine Scheidung zieht Kristin nicht in Betracht, weil sie mich unbedingt beerben will. Sie ist ganz versessen darauf, meine Witwe zu werden.«

Kristin lacht aus voller Brust. Nun weiß Lena, dass er sich einen Scherz erlaubt hat.

»Rede keinen Unsinn! Dich werde ich niemals beerben. Du besitzt die Gene deiner Eltern. Beide sind steinalt geworden. Ich segne hundertprozentig vor dir das Zeitliche.«

Der Humor der beiden ist wirklich speziell. »Ich habe schon viele Paare erlebt, aber Sie zwei sind einzigartig.«

Holger verpasst Kristin einen Stupser. »Hast du das gehört, Schatz? Genau das habe ich vergangene Nacht auch zu dir gesagt. Erinnerst du dich? ›Du bist und bleibst ein Unikat‹, genau das waren meine Worte.«

»Du redest viel, wenn die Nacht lang ist. Aber nun sei still! Ich muss mich auf den Verkehr konzentrieren.«

Er klappt die Sonnenblende herunter und schaut Lena durch den kleinen Spiegel an. »Sie liebt mich. Ganz tief in ihrem Inneren weiß sie es, aber sie will es sich nicht eingestehen.«

Kristin verdreht die Augen. »Hören Sie nicht auf das wirre Geschwafel dieses alten Herren. Stellen Sie Ihre Ohren einfach auf Durchzug.«

»Hallo! Wer ist ein alter Herr? Ich bin in den besten Jahren.«

Er fordert Lena auf, sein Alter zu schätzen. Keine gute Idee, denn das liegt ihr gar nicht. Meist liegt sie meterweit daneben. Geschickt redet sie sich heraus. »Wie heißt es so treffend? Alter ist doch nur eine Zahl.«

Für den Rest der Fahrt klinkt Lena sich aus, schließt die Augen und hört Musik über ihre In-Ear-Kopfhörer.

Am Hauptbahnhof angekommen, geht alles rasend schnell. Kristin vollzieht mit ihrem Mann einen fliegenden Wechsel. Derweil nimmt Lena das Gepäck aus dem Kofferraum. Die Gelegenheit, sich von Holger zu verabschieden, bietet sich ihr nicht. Er rauscht sofort ab.

Gemeinsam gehen die beiden Frauen in die Wandelhalle und bahnen sich den Weg durch eine aufgebrachte Menschenmenge. Sie müssen dringend einen Blick auf die Anzeigetafel werfen, um zu erfahren, auf welchem Gleis ihr Zug abfährt. Doch darauf ist in roter Schrift zu lesen, dass alle Verbindungen ausfallen.

»Was ist denn hier los?«, platzt es aus Kristin heraus.

»Bahnstreik!«, schimpft ein älterer Herr. »Mittlerweile haben wir französische Verhältnisse. Es geht bergab mit diesem Land!«

»War der Streik angekündigt?«, will Lena wissen.

»Ist doch egal. Fakt ist, wir kommen hier heute nicht weg. Kommen Sie, wir müssen uns schnellstens um eine Alternative kümmern.«

Lena folgt Kristin, obwohl sie nicht weiß, was sie vorhat. Wie Kristin es schafft, auf hohen Absätzen und mit zwei Koffern in der Hand schneller zu laufen als sie, ist Lena ein Rätsel.

Nach einem Zweihundertmetersprint stürmt Kristin in die Station einer Autovermietung. Vor ihnen warten mehrere Leute am Counter.

»Es tut mir leid, Herrschaften. Wir haben keine Fahrzeuge mehr zur Verfügung!«, ruft eine Mitarbeiterin wie eine Marktschreierin. »Vielleicht haben Sie bei der Konkurrenz mehr Glück.«

Simultan greifen alle außer Lena zu ihren Handys. Sie nimmt derweil eine Frau ins Visier, die offensichtlich noch einen Wagen ergattert hat. Gerade zeigt sie ihren Führerschein und ihre Kreditkarte vor.

»Laut Buchung geben Sie das Fahrzeug noch heute in Lüneburg zurück«, sagt die Stationsleiterin.

»So ist es geplant. Vorausgesetzt, es kommt nicht zu ellenlangen Staus.«

»Die Station schließt um sechzehn Uhr. Das könnte knapp werden. Wenn Sie es nicht rechtzeitig schaffen, rufen Sie bitte die Kollegen an und geben Bescheid.«

Kristin stupst Lena an. »Die Frau fährt nach Lüneburg.«

Ohne zu zögern, spricht Lena sie an. »Entschuldigung, wir haben gerade gehört, dass Sie in Richtung Norden fahren. Würden Sie uns mitnehmen?«

Skeptisch wird Lena von ihr gemustert. »Wen meinen Sie mit ›uns‹?«

Lena deutet auf Kristin. »Die Bahn streikt, und wir müssen dringend nach Hause.«

»Ich weiß, aber ich habe nur einen kleinen Polo bekommen. Der ist für drei Personen plus Gepäck wohl zu klein.«

Sie dreht sich um und nimmt die Papiere und den Wagenschlüssel entgegen. Lena deutet das mal als ein Nein.

Wie kann man bloß so egoistisch sein, ärgert sie sich. Frauen sollten in der Not zusammenhalten.

Kristin und Lena verlassen die Autovermietung. Kristin hält noch immer ihr Handy ans Ohr. »Warteschleife«, murrt sie, während die Lüneburgerin Kurs auf ihren reservierten Kleinwagen nimmt, der auf dem Parkstreifen steht. Unter Lenas stechenden Blicken wirft sie einen Rucksack auf den Beifahrersitz und steigt ein.

Wieso fährt sie nicht ab? Statt den Motor zu starten, lässt sie die Fensterscheibe herunterfahren.

»Kennen Sie sich mit Kupplung und Schaltung aus?«, ruft sie den beiden Gestrandeten zu. »Ich bin davon ausgegangen, dass der Wagen über ein Automatikgetriebe verfügt.«

Lenas Gesicht formt sich zu einem schadenfrohen Lächeln. »Selbstverständlich kann ich schalten und kuppeln.«

»Dann kommen Sie«, bietet sie überraschend an. »Wenn Sie fahren, nehme ich Sie mit.«

»Sie sind unsere Rettung«, quietscht Kristin.

Lena vertritt eine andere Meinung. »Nicht sie ist unsere Rettung, wir sind ihre.«

Dankbar schaut Kristin die Lüneburgerin an. »An den Kosten beteilige ich mich natürlich. Wenn wir den Mietpreis und die Ausgaben für Benzin dritteln, wäre das doch fair, oder?«

Kein Widerspruch. Alle sind einverstanden.

»Wir sollten noch einmal in die Station zurückkehren, um mich als Fahrerin registrieren zu lassen«, schlägt Lena vor.

Nachdem die Formalitäten mit dem Autoverleiher geklärt sind, stellt Lena Sitz und Spiegel passend für sich ein. Danach programmiert sie das Navi. Kristin quetscht sich auf die Rückbank. Viel Beinfreiheit hat sie nicht. Aber sie beschwert sich nicht.

»Na, dann gebe ich mal Gas.«

Vor der ersten roten Ampel haltend, ergreift die Lüneburgerin das Wort. »Wir haben uns noch gar nicht bekannt gemacht. Ich bin Nicole.«

Kristin und Lena stellen sich auch vor.

»Was hat euch beide nach München verschlagen?«

Euch? Alles klar. Nicole hält sich nicht mit Förmlichkeiten auf.

»Es hatte geschäftliche Gründe«, erklärt Kristin knapp.

»Seid ihr Kolleginnen?«

Lena klärt Nicole auf. »Wir haben uns zufällig im Hotel am Tegernsee kennengelernt. Ich war nicht beruflich dort, sondern hatte ein Trotteldate.«

»Was ist denn das?«

»Ich hatte eine Verabredung mit einem Trottel, der mich am Abend dreist versetzt hat. Dabei bin ich gewöhnlich diejenige, die Typen bei Nichtgefallen sofort abserviert. – Und du? Was hattest du hier zu tun?«

»Ich habe bei einem bekannten Sternekoch an einem Kochkurs teilgenommen und gelernt, wie ein orientalisches Fünfgängemenü zubereitet wird. Das war eine großartige Erfahrung.« Nicole schwärmt von Zimt, Safran, Kumin, Anis, Piment, Chili und Koriander.

»Bäh! Das Kraut mag ich gar nicht«, tönt es angewidert von der Rückbank. »Ich finde, es schmeckt wie Seife.«

Nicole verweist darauf, dass es stets auf die richtige Dosis ankomme, als ein Handy klingelt.

»Das ist meins«, verrät Kristin und kramt in ihrer Handtasche. »Holger! Was will er denn schon wieder?«, stöhnt sie, nimmt seinen Anruf jedoch an. Lena und Nicole können mithören.

»Schatz, die Bahn streikt heute.«

»Ist nicht wahr«, veralbert sie ihn. »Gut, dass du mir Bescheid gibst. Ohne dich hätte ich es gar nicht gemerkt.«

»Wo bist du? Ich höre Fahrgeräusche.«

»Ich bin per Anhalter unterwegs. Ein Trucker war so freundlich, mich mitzunehmen. Im Gegenzug gebe ich ihm gerade einen Handjob. Ich muss jetzt auflegen, er steht kurz vor dem Höhepunkt.«

Nicole ist komplett schockiert. Sie möchte wissen, wem Kristin so eine abstruse Geschichte aufgetischt hat.

»Holger ist ihr Mann«, verrät Lena der konsternierten Beifahrerin.

»Du sagst deinem Gatten allen Ernstes, dass du gerade einen Lkw-Fahrer mit der Hand befriedigst? Geht's noch?«

»So, wie du das formulierst, klingt es nicht lustig«, erwidert Kristin, während Lena gegen einen Lachkrampf ankämpft.

Nicole ist noch immer fassungslos. »Das hältst du für komisch? Na, du hast einen recht schrägen Humor.«

»Holger und ich frotzeln ständig. Neckst du deinen Mann nie?«

»Das ist nicht möglich. Er ist tot.«

Autsch! Kristin ist in einen riesigen Fettnapf getreten.

Nicole presst die Lippen zusammen und atmet tief durch die Nase ein. »An einem Tag, der wie jeder andere schien, wurde mein Leben von einem Moment zum anderen auf den Kopf gestellt. Lutz, meine große Liebe, wurde mir genommen. Ich erinnere mich, als wäre es gestern gewesen. Ein Unfall, hieß es. Ein Unfall, der mir meinen geliebten Mann und den Vater meiner Tochter raubte.«

Kristin beugt sich vor und legt ihre Hand mitfühlend auf Nicoles Schulter. »Das tut mir leid.«

»Die ersten Monate fühlten sich an, als würde ich im Nebel feststecken. Inzwischen sind zwei Jahre vergangen, aber der Schmerz ist immer noch gegenwärtig. Es ist, als ob ein Stück meines Herzens fehlt, als ob ein Teil von mir mit ihm gegangen ist. Von wegen: Zeit heilt alle Wunden.«

»Jeder Mensch geht in seinem eigenen Tempo durch die Trauer. Irgendwann wird es weniger wehtun«, prophezeit Kristin und klingt, als würde sie aus eigener Erfahrung sprechen.

»Ich versuche ein normales Leben zu führen, so wie es die Welt von mir erwartet. Doch täglich schleichen sich Erinnerungen in meine Gedanken. Sein Lachen, seine Berührungen, all die kleinen Dinge, die uns ausmachten. Manchmal glaube ich, er würde gleich um die Ecke kommen, doch dann wird mir mit einer schmerzhaften Klarheit bewusst, dass das nie passieren wird.«

Nicole trocknet ihre Augen mit einem Taschentuch und schnäuzt sich. »Sorry, eigentlich wollte ich nicht weinen. Aber es hat gutgetan, es endlich mal wieder herauszulassen. Zu Hause muss ich mich stets zusammenreißen, denn niemand kann mein Gejammer ertragen.«

Sie stellt das Radio an. Doch statt Musik hören sie die Nachrichten, die keinen Grund zur Erheiterung bieten. Als über den aktuellen Bahnstreik berichtet wird, entrüstet Nicole sich. »Die Deppen legen den ganzen Verkehr lahm. Das ist eine Unverschämtheit und sollte verboten werden.«

Lena widerspricht sofort. »Streiken ist ein Grundrecht. Auch ich habe mich im Sommer den Protesten angeschlossen und meine Apotheke für einen Tag geschlossen. Wie sonst kann man auf die Missstände im ambulanten Gesundheitssystem aufmerksam machen?«

»Du bist selbstständige Apothekerin?«

»Noch. Wie lange ich durchhalten kann, ist fraglich. Steigende Mieten, Inflation, Fachkräftemangel und die zunehmenden Lieferengpässe haben bereits viele Kollegen veranlasst, das Handtuch zu werfen.«

»Was die Medikamentenknappheit angeht, stimme ich dir zu. Als einer meiner Enkel erkrankte, haben wir keinen Hustensaft für ihn bekommen. Noch nicht einmal online.«

Gerade will Lena Nicole sagen, was sie von Onlineapotheken hält, als Kristin vorprescht.

»Du hast schon Enkel?«

»Zwei Jungs. Sie sind fünf und drei. Ein Leben ohne sie kann ich mir nicht vorstellen.«

»Wie alt bist du, Nicole?«

»Ich werde vierundfünzig.«

Kristin zeigt sich erstaunt. »Bitte? Du bist zwei Jahre jünger als ich und schon Großmutter? Wie eine Oma siehst du nicht aus.«

Nicole bedankt sich für das Kompliment. »Hast du Kinder, Kristin?«

»Nein, ich habe nie welche gewollt. Mein Baby war und ist mein Beruf.« Nun macht auch sie keine Mördergrube aus ihrem Herzen und gesteht, dass ihr Unternehmen ebenfalls auf wackligen Beinen stehe, weil sie seit geraumer Zeit Aufträge an Jüngere verliere. »Jugendwahn«, schimpft sie. »Niemand legt mehr Wert auf Erfahrung. Hip zu sein, ist doch keine Frage des Alters.«

Sie kommen vom Hundertsten ins Tausendste und merken gar nicht, wie schnell die Stunden vergehen. Die Offenheit, die sich zwischen den Frauen entwickelt hat, ist schon bemerkenswert. Keine von ihnen wäre auf die Idee gekommen, sich Fremden anzuvertrauen. Aber vielleicht ist gerade die Tatsache, dass sie sich nicht kennen und sich vermutlich nie wiedersehen werden, genau der Grund, weshalb sie frei über ihre Sorgen und Nöte sprechen können.

Obwohl sie zügig vorankommen, wird es ihnen nicht gelingen, den Wagen innerhalb der Öffnungszeiten in Lüneburg abzugeben.

»Wenn wir es ohnehin nicht schaffen, könnten wir doch eine Pause einlegen«, schlägt Kristin vor.

Mit drei großen Cappuccinos und Burger vom Fast-Food-Riesen stehen sie kurz darauf auf dem Rastplatz und stärken sich.

Während Lena ständig gähnen muss, dehnt und streckt Kristin ihren verspannten Körper. Sie hat sich Gedanken gemacht, die sie sogleich ausposaunt.

»Die Mietstation in Hamburg ist durchgehend geöffnet. Demzufolge wäre es doch sinnvoll, wenn ich mich um die Abgabe kümmere. Erst würde ich Nicole absetzen, danach Lena, und anschließend bringe ich den Wagen vollgetankt zur Station. Was haltet ihr davon?«

Nicole ist von ihrer Idee hellauf begeistert. »Das ist ein genialer Vorschlag. Auf diese Weise sparen wir eine weitere Tagesmiete.«

»Läuft mit uns, Mädels«, freut Kristin sich und klatscht mit den beiden ab.

Nicole

Zu viel Glück ist ungesund

Statt in den Tiefen der Handtasche nach ihrem Haustürschlüssel zu fischen, wählt Nicole den Zugang durch den Garten. Ihre Enkel flitzen um die Apfelbäume herum und spritzen sich mit Wasserpistolen nass. Als sie ihre Großmutter bemerken, stürmen sie euphorisch auf sie zu.

»Oma ist wieder da!«, ruft Fabian und überholt seinen jüngeren Bruder. Nicole breitet ihre Arme aus und geht in die Hocke, um die Jungs fest zu umarmen.

»Was für ein schöner Empfang«, freut sie sich und überschüttet ihre kleinen Racker mit Küsschen.

Gleich darauf betritt ihre Tochter mit einem Stapel Teller in der Hand die Terrasse.

»Das nenne ich Timing! Heute wird gegrillt«, verkündet Sarah und stellt das Geschirr auf den Tisch. Nicole hält Ausschau nach ihrem Schwiegersohn und entdeckt ihn neben dem Schuppen. Er steht am Holzkohlegrill und nickt ihr nur kurz zu. Sein verbissener Gesichtsausdruck lässt vermuten, dass mal wieder dicke Luft zwischen den Eheleuten herrscht.

»Esst ohne mich. Ich habe Toni versprochen, sie zu besuchen.«

Durch die offene Terrassentür betritt Nicole ihre Küche und findet sich mitten im Chaos wieder. Offensichtlich hat Sarah ihre Abwesenheit genutzt und alle Mahlzeiten unten zubereitet, anstatt in ihrer Küche im Dachgeschoss zu kochen. Nicole widersteht ihrem Drang, den Müll zu entsorgen, die Arbeitsplatte zu säubern und den Boden zu wischen. In der Erwartung, dass Sarah es später erledigen wird, schluckt sie ihren Ärger hinunter.

Da nach der stundenlangen Autofahrt ein wenig Bewegung guttun wird, entscheidet Nicole, mit dem Fahrrad zu Toni zu radeln. Sie könnte den reizvolleren Weg über die Schnuckenroute nehmen, aber da ist sonntags zu viel los. Von August bis September, wenn die Landschaft ihren ganz besonderen Reiz versprüht und der herb-krautige Duft der blühenden Besenheide in der Luft liegt, strömen die Ausflügler in Scharen in die Region, um entlang der rot-violetten Heidefelder zu wandern.

Während Nicole kräftig in die Pedale tritt, fragt sie sich, wie es wohl ihrer Schwägerin geht.

Wenige Minuten später trifft sie bei Toni ein. Ein Blick in ihre geröteten Augen verrät, dass viele Tränen geflossen sind. Nicole nimmt sie tröstend in den Arm. Bereits bei der ersten Berührung bricht es hemmungslos aus Toni heraus.

»Wie kann er mir das antun? Wir waren doch glücklich«, krächzt sie. »Was habe ich falsch gemacht?«

Dass Toni sich die Schuld gibt, ist so typisch für Frauen, die verlassen werden, ärgert sich Nicole. Für sie liegt die Antwort nach dem Warum klar und deutlich auf der Hand. Maik Schneider war und ist ein gewissenloser Schuft. Dass er sich in eine andere Frau verliebt hat, hält Nicole für einen absoluten Glücksfall. Glück für Toni, Pech für die Neue, die ihm auf den Leim gegangen ist. Sie hat den Mann an der Seite ihrer Schwägerin schon immer für einen notorischen Faulpelz gehalten, der ungeniert auf Kosten anderer lebt und nur auf seinen eigenen Vorteil bedacht ist. Aber das möchte Toni jetzt sicher nicht hören. Also schweigt Nicole und hört ihr geduldig zu.

»Er hat gesagt, es sei eine Qual für ihn gewesen, morgens neben mir aufzuwachen. Ich hätte ihm die Luft zum Atmen genommen. Erst bei seiner neuen Freundin kann er sich wieder als Mann fühlen.«

Während sie erzählt, welche Gemeinheiten er ihr zum Abschied noch an den Kopf geworfen hat, steigt die kalte Wut in Nicole auf.

»Aber weißt du, was der Gipfel der Unverschämtheit ist?« Toni klopft sich mit dem Finger auf die Brust, um der nachfolgenden Äußerung mehr Gewicht zu verleihen. »Ich habe im Juni und Juli die Alimente für seine Kinder bezahlt. Doch davon ist kein Cent bei seiner Ex angekommen. Mit dem Geld, das ich ihm gegeben habe, hat er es an der Ostsee krachen lassen.«

Völlig unerwartet legt Toni den Schalter um. Ihre anfängliche Verzweiflung weicht unbändiger Wut. »Hilfst du mir, seine Sachen wegzuräumen?« Ohne die Antwort abzuwarten, wirft sie Nicole eine Rolle Müllsäcke zu, in die seine Garderobe gestopft werden soll.

»Warum willst du ihm diese lästige Arbeit abnehmen? Lass ihn doch seine Sachen selbst einpacken.«

»Darauf warte ich nicht. Schon morgen werde ich ihm die Sachen frei Bordstandkante an seine neue Adresse liefern. Nie wieder wird er einen Fuß in mein Haus setzen«, bestimmt sie.

Ihr Haus? Nun, das ist nicht ganz richtig. Es steht ihr nur zur Hälfte zu. Toni und Lutz haben es zu gleichen Teilen von ihren Eltern geerbt. Also gehört es zu fünfzig Prozent auch Nicole, aber das soll jetzt kein Thema sein.

Während Hemden, Pullover und Hosen in Plastiktüten wandern, kommt Toni auf München zu sprechen. »Hat es dir dort gefallen?«

Obwohl Nicole sich sicher ist, dass es Toni im Grunde gar nicht interessiert, was sie erlebt hat, erzählt sie von ihrem Wochenende.

»Ich hatte großes Glück, dass ich Lena und Kristin kennengelernt habe. Ohne sie würde ich immer noch vor der Autovermietung stehen.«

»Du hast deinen Mietwagen wildfremden Frauen überlassen? Bist du noch ganz bei Trost? Was passiert, wenn sie den Wagen nicht zurückbringen oder ihn zu Schrott fahren? Du bist die Vertragspartnerin. Bei Verlust oder Beschädigung haftest du.«

Tonis Bemerkung löst sofortiges Unbehagen in Nicole aus. War sie wirklich zu gutgläubig? Was, wenn sie recht behält? Sie hat sich von den Frauen verabschiedet, ohne Adressen, geschweige denn Telefonnummern auszutauschen. Gut, Lena ist Apothekerin im Nachbarort. Sie aufzuspüren, wäre kein Hexenwerk. Aber von Kristin, die als letzte Fahrerin den Wagen zurückgeben wollte, obwohl sie gar nicht angemeldet war, weiß Nicole nur, dass sie irgendwo in Hamburg wohnt.

»Das wird schon«, beruhigt sie sich und wirft einen Blick auf Tonis Anrichte. »Da liegt noch Post für Maik. Was soll ich damit machen?«

»Wegwerfen! Ich will nichts mehr im Haus haben, was mich an ihn erinnert.«

Nicole untersucht die Umschläge. Rechnungen können es nicht sein, denn die werden alle an ihre Schwägerin adressiert und ausschließlich von ihr bezahlt.

»Schau mal, Toni. Dieser Brief trägt den Absender einer Lotteriegesellschaft.«

»Das ist bestimmt nur Werbung. Wirf ihn weg!«

»Das Schreiben sieht aber sehr seriös aus.«

Irritiert blickt Toni auf. »Öffne den Umschlag.«

Beide stecken die Köpfe zusammen und warten gespannt darauf, den Inhalt zu lesen.

Nicole findet keine Worte. Toni schon. Sie flippt komplett aus. »Das gibt's doch nicht. Jahrelang hat er auf meine Kosten gezockt. Lotto, NKL und SKL, ausgerechnet jetzt hat der Lump gewonnen!«

»Da steht etwas von ›Hauptgewinn‹.«

Toni stürmt zum Küchentisch, auf dem ihr Laptop steht. Da sie offensichtlich Maiks Zugangsdaten kennt, loggt sie sich in sein E-Mail-Konto ein und überprüft, ob ihm der Gewinn auch elektronisch mitgeteilt wurde. Genau das ist der Fall.

Ihre Stimmung hebt sich augenblicklich. »Er war wohl mit wichtigeren Dingen beschäftigt, denn er hat die Nachricht noch nicht gelesen«, tönt sie und grinst.

Als Nicole sieht, wie Toni die Mail löscht, will sie eingreifen. Doch dafür ist es zu spät.

»Erledigt«, verkündet Toni sichtlich zufrieden.

»Willst du ihm die Mitteilung wirklich vorenthalten?«

»Natürlich! Ich meine es nur gut mit ihm. Entweder hat man Glück in der Liebe oder Glück im Spiel. Beides zu haben, ist ungesund.« Sie kichert. »Und seine Gesundheit ist ihm doch so wichtig.«

Kristin

Teures Foto

Ab Lüneburg tuckert Kristin nach Lenas Anweisungen über die Dörfer. Sie kommen nur schleppend voran. Ständig muss sie hinter Pferdekutschen herfahren und unzählige Fahrradfahrer überholen, die im Pulk nebeneinander radeln und die ganze Fahrbahn beanspruchen. Sicherlich wäre sie längst in Hamburg angekommen, hätte sie die längere, aber schnellere Route über die Autobahn gewählt, wie ihr das Navi vorgeschlagen hat. Aber Lena scheint es nicht eilig zu haben heimzukehren. Sie schlägt tatsächlich vor, eines der vielen Ausflugslokale aufzusuchen und ein Stück Buchweizentorte zu essen. Sie meint, die Spezialität dieser Region sollten sie sich auf keinen Fall entgehen lassen.

»In Lindas Café gibt es die beste. Sie backt alles selbst. Komm schon, ich lade dich ein.«

»Ach, Lena«, seufzt Kristin. »Ganz ehrlich, lieber würde ich so schnell wie möglich den Wagen abgeben und danach auf direktem Weg nach Hause fahren. Für heute reicht es mir.«

»Dann lass uns wenigstens noch schnell im Hofladen einkaufen. Ich habe nichts, rein gar nichts im Kühlschrank, und nach Pizza steht mir heute nicht schon wieder der Sinn.«

Was soll's, denkt Kristin, auf eine Viertelstunde mehr oder weniger kommt es auch nicht mehr an.

Lena kauft Eier, Brot und Schinken, während Kristin die bunten Flaschen und Gläser in den rustikalen Holzregalen inspiziert. Heideblütenhonig kennt sie, aber was ist Heideblütenaufstrich? Etwa Marmelade aus Erika? Davon hat sie noch nie etwas gehört.

»Es handelt sich um ein feinherbes Gelee und schmeckt hervorragend auf Käse«, erklärt die Verkäuferin und präsentiert einen Blütensirup, der sich ausgezeichnet für einen »Heide-Spritz« eignen soll. »Ähnlich wie ein Hugo, nur besser«, versichert sie.

Kristin kostet ein Stück Wildschweinsalami und überlegt, ob sie eine Konserve mit Heidschnuckenragout mitnehmen sollte. Gerade will sie eine Dose in den Einkaufskorb legen, als Lena kopfschüttelnd davon abrät. »Wenn du Heidschnucke essen möchtest, dann kaufe lieber Frischfleisch und bereite es selbst zu.« Damit hat sich Schnuckenbraten für Kristin erledigt. Sie kauft nichts, lobt aber den Charme des Ladens, als sie die Fahrt fortsetzen. »Man bekommt ein ganz anderes Einkaufsgefühl als im Supermarkt.«

»Früher habe ich dort regelmäßig eingekauft. Aber seit ich ohne Moritz lebe und die Umsätze stark rückgängig sind …«

»Ich gehe meist auswärts essen, dabei habe ich früher leidenschaftlich gern gekocht.«

Lena überrascht mit einem Vorschlag. »Warum bekochen wir uns nicht gegenseitig? Vielleicht hat Nicole auch Lust, sich uns anzuschließen. So begeistert, wie sie von ihrem Event gesprochen hat, würde es ihr bestimmt auch gefallen.«

»Nette Idee, aber dafür fehlt mir die Zeit. Mein Job lässt mir kaum Spielraum für private Unternehmungen.«

»Wie traurig«, erwidert Lena und schaut Kristin mitleidig an. »Das Leben besteht doch nicht nur aus Arbeit.« Gleich darauf betritt sie ein Minenfeld. »Was ist das eigentlich mit dir und Holger? Ich habe den Eindruck, dass eure Geschichte noch nicht auserzählt ist.«

»Oh doch, glaub mir, das ist sie längst. Für mich gibt es kein Zurück«, erwidert Kristin und freut sich, das zweite Etappenziel erreicht zu haben. Am Markt vor einem schmucken Fachwerkhaus, in dem sich im Erdgeschoss die Apotheke befindet, steigen beide aus. Über dem Laden liegt Lenas Wohnung. Sie lädt Kristin ein, einen Tee bei ihr zu trinken, aber sie möchte direkt weiterfahren. Kurzerhand öffnet Kristin den Kofferraum, damit Lena ihre Reisetasche herausnehmen kann.

»Vergiss deine Jacke nicht«, erinnert Kristin sie und greift zum Blouson.

»Die Jacke gehört mir nicht. Wenn es nicht deine ist, muss Nicole sie vergessen haben.«

Kristin stöhnt leise auf, denn ihr steht nicht der Sinn danach, den Weg noch einmal zurückzufahren, um sie Nicole zu bringen.

»Gib sie mir. Ich erledige das morgen nach Geschäftsschluss«, bietet Lena an.

Sie verabschieden sich. Kristin düst ab.

Endlich herrscht Stille, und sie kann das Wochenende gedanklich Revue passieren lassen. Holgers Worte hallen in ihr nach. »Schatz, du fehlst mir«, hat er ihr wiederholt ins Ohr geflüstert, während seine Hände über ihren Körper wanderten.

Statt sich ihr Liebesspiel in Erinnerung zu rufen, hätte sie besser die Augen nach etwaigen Radarfallen aufgehalten, denn völlig unerwartet wird sie auf den Elbbrücken von einem hellen Blitz getroffen.

Reflexartig tritt sie auf die Bremse. Zu spät. Sie wird wieder ein Knöllchen kassieren. Dabei darf sie sich keine weiteren Punkte leisten, sonst droht ihr ein Fahrverbot. Ihr? Nein, es wird Nicole oder Lena treffen, denn nur die beiden sind als Fahrerinnen registriert. Das schlechte Gewissen macht sich in Kristin breit.

Immerhin klappt die Wagenabgabe reibungslos. Danach steigt sie in den Bus und kommt nach einer halben Stunde endlich zu Hause an.

Ihre Vermieterin, Ilse Konrad, steht am Fenster. Sie winkt, und Kristin ahnt, dass sie nicht passieren kann, ohne von ihr angesprochen zu werden. Und richtig. Bereits im Treppenhaus empfängt sie die rüstige Seniorin. Sie trägt einen dunkelblauen Einteiler und ist wie immer perfekt frisiert.

»Hast du eine Minute? Ich brauche deinen fachlichen Rat.«

Kristin stellt ihr Gepäck ab und folgt Ilse ins Bad.

Die Grande Dame deutet auf verschiedene Natursteinfliesen, die auf dem Boden liegen. »Ich kann mich nicht entscheiden. Das Grau ist mir zu hell, das Schwarz ist mir zu dunkel.«

Erstaunt fragt Kristin nach. »Dann ist es dir wirklich ernst? Du willst dein Badezimmer barrierefrei umbauen lassen?«

»Ich will nicht, ich muss, denn das Altersheim ist keine Option für mich. In diesem Haus wurde ich vor einundachtzig Jahren geboren. Wenn ich es verlasse, dann mit den Füßen voran in einem Sarg.«

»Damit lass dir bitte ganz viel Zeit«, erwidert Kristin und meint es auch so. Sie mag Ilse. Die entzückende alte Dame hat Niveau und verfügt über eine beeindruckende Bildung. Man könnte sie als wandelndes Lexikon bezeichnen, denn sie kennt sich in allen Bereichen bestens aus. Ob Politik, Geschichte, Kunst oder Literatur, Ilse weiß Bescheid. Als sie Kristin nach der Trennung von Holger die obere Etage ihres Hauses vermietet hatte, befürchtete Kristin zunächst, Ilse würde mehr Zuwendung erwarten, als sie bereit war, ihr zu geben. Aber ihre Bedenken waren völlig unbegründet. Ilse suchte keinen Anschluss, sie verfügte über mehr private Kontakte als ihre Mieterin. Im Laufe der Jahre haben sich die beiden angefreundet. Schon viele Male verbrachten sie gemeinsam das Weihnachtsfest. Einmal im Monat erledigt Kristin einen Großeinkauf für Ilse, besorgt Getränke und Sachen für den täglichen Bedarf, die zu schwer oder zu sperrig sind, um sie im Hackenporsche zu transportieren. Im Gegenzug gießt Ilse Kristins Blumen, wenn sie auswärts zu tun hat, und nimmt die Post für sie aus dem Briefkasten.

»Steht dein Angebot noch, dass ich während der Renovierung bei dir oben duschen darf?«

Kristin bejaht und rät dazu, die anthrazitfarbenen Fliesen zu wählen.

»Wie lange wirst du am Tegernsee zu tun haben?«, erkundigt Ilse sich. Kristin könnte mit den Achseln zucken und die Ahnungslose spielen, behaupten, dass die Entscheidung noch nicht gefallen sei, aber sie sagt es frei heraus. Ilse etwas vorzumachen, kommt für sie nicht infrage.

»Ich habe den Auftrag nicht erhalten.«

»Schon wieder nicht?« Ilse legt eine bedeutungsschwangere Pause ein. »Vielleicht bist du zu teuer. Du solltest deine Preise herunterschrauben. Das Geld sitzt nicht mehr so locker wie früher.«

»Der Kerl hat Geld wie Heu. Daran kann es nicht gelegen haben.«

»Die Reichen sind am geizigsten. Das war schon immer so. Es ist trotzdem schade. Ich hatte gehofft, dass du auswärts zu tun hättest, wenn die Handwerker morgen anrücken. Die alten Kacheln und Bodenfliesen abzuschlagen, wird bestimmt enormen Krach verursachen.«

»Zerbrich dir nicht den Kopf. Auf mich musst du keine Rücksicht nehmen. Baulärm macht mir nichts aus.«

Ohne zu fragen, ob Kristin mittrinken möchte, füllt Ilse zwei Gläser mit Likör. »Wie ist es dir überhaupt gelungen, heute schon zurückzukommen? Die Bahn streikt doch.«

»Ich hatte großes Glück. Rein zufällig bin ich auf zwei bemerkenswerte Frauen gestoßen, die auch Richtung Hamburg unterwegs waren und mich mitgenommen haben. Lena habe ich bereits gestern im Hotel kennengelernt. Sie sprüht förmlich vor Lebensfreude. Mit ihr kann man richtig Spaß haben. Nicole ist das komplette Gegenteil. Zunächst dachte ich, ich könnte mit der humorlosen Heidekönigin nicht warm werden. Doch der erste Eindruck hat sich nicht bestätigt. Auch sie hat

mich mit ihrer natürlichen und hilfsbereiten Art tief beeindruckt.«

Ilse lächelt. »Siehst du, das Leben steckt voller Überraschungen. Man muss sich nur darauf einlassen.«

Nicole

Zweigenerationenhaus

Toni benötigt keine weitere Aufmunterung mehr. Gegen neun kann Nicole sie guten Gewissens allein lassen und nach Hause radeln. Sie geht nicht davon aus, dass in ihrem Garten zu dieser Zeit noch gegrillt wird. Es ist bereits stockfinster, und Sarah hat die Jungs bestimmt schon ins Bett gebracht. Nicole hofft, dass etwas vom Abendessen übrig geblieben ist. Vielleicht ein kaltes Kotelett, eine labberige Wurst oder wenigstens ein Schälchen Salat. Doch was das betrifft, hat sie sich gewaltig verrechnet. Der Rest vom Schützenfest besteht lediglich aus zwei Scheiben Baguette, die inzwischen furztrocken sind.

Ihre Küche gleicht nach wie vor einem Schlachtfeld. Als Nicole auf die Terrasse geht und erkennt, dass die jungen Leute es noch nicht einmal für nötig gehalten haben, den Tisch abzuräumen, platzt ihr der Kragen. »So haben wir nicht gewettet«, ärgert sie sich.

Als Sarah das erste Mal schwanger wurde, haben Nicole und Lutz den werdenden Eltern das Dachgeschoss mietfrei überlassen. Ihre Tochter und Patrick waren noch in der Ausbildung und hätten sich von ihrem geringen Gehalt keine eigene Wohnung leisten können. Die Großeltern in spe spendierten ihnen eine Einbauküche, überließen den beiden ihr nagelneues Bad und übernahmen sämtliche Kosten für die Babygrundausstattung. Kurzum, sie ermöglichten Sarah und ihrem Mann einen perfekten Start in ein sorgenfreies Familienleben.

Nicole ringt mit sich. Liebend gern würde sie die Treppe hinaufstiefeln und fragen, wann Sarah und Paddy beabsichtigen, ihren Dreck wegzuräumen. Aber im letzten Moment entscheidet sie sich, selbst für Ordnung zu sorgen. Sie will unbedingt Streit vermeiden. Lieber hält sie den Mund.

Zuerst räumt sie die Arbeitsplatte ab, danach holt sie das Geschirr von draußen und stellt es in die Spülmaschine. Gerade befüllt sie einen Eimer mit Wischwasser, um den Boden zu feudeln, als Sarah hinter ihr erscheint.

»Du bist schon zurück? So früh habe ich gar nicht mit dir gerechnet. Ich musste erst warten, bis Leon und Fabian eingeschlafen sind. Danach wollte ich aufräumen.«

Es liegt Nicole auf der Zunge zu fragen, ob sich Sarahs Göttergatte die Hände am Grill verbrannt hat. Das würde erklären, warum er keinen Finger krümmt. Ihr Schwiegersohn entwickelt sich immer mehr zum Pascha. Doch bevor sie ihren Pfeil abschießen kann, kommt ihre Tochter ihr mit einer Bitte zuvor.

»Kannst du morgen die Jungs in den Kindergarten bringen?«

Was soll denn diese überflüssige Frage? Das macht Nicole jeden Tag von Montag bis Freitag. Sie bringt sie hin und holt sie wieder ab. Um das tun zu können, hat sie vor Jahren ihren Vollzeitjob als Übersetzerin aufgegeben und erteilt nur noch gelegentlich Abendkurse an der Volkshochschule, die dank künstlicher Intelligenz immer weniger Teilnehmer anzieht. Statt eine Fremdsprache richtig zu lernen, greifen die Menschen lieber zu einer App, die mal mehr, mal weniger funktioniert.

Sarah erkundigt sich nach ihrer Tante. »Wie ging es Toni heute? Hat sie ihren Kummer wieder im Wein ertränkt?«

Nicole führt den feuchten Wischmopp im Achterschwung über den Boden. Diese Technik soll angeblich den Rücken schonen. »Was meinst du mit *wieder*?«

»Als ich gestern bei ihr vorbeigeschaut habe, war sie völlig von der Rolle. Ich wollte sie überreden, uns zum Heideblütenfest zu begleiten. Aber das war keine gute Idee, denn sie war sturzbetrunken. Statt mit Paddy und den Kindern auf den Umzug zu gehen, bin ich bei ihr geblieben, bis sie auf dem Sofa eingenickt ist.«

Nach dieser Aussage löst sich Nicoles angestaute Wut in Luft auf. Sie ist mächtig stolz auf Sarah, denn ihr wird mal wieder bewusst, dass auf ihre Familie stets Verlass ist. Die Bartels haben schon immer in allen Lebenslagen fest zusammengehalten. »Das war sehr mitfühlend von dir«, lobt Nicole ihre Tochter.

»Toni wird über Maik hinwegkommen«, mutmaßt Sarah. »Irgendwann wird sie erkennen, dass sie ohne ihn besser dran ist.«

»Ich habe mir fest vorgenommen, sie die nächste Zeit unter meine Fittiche zu nehmen«, verkündet Nicole, während sie noch angestrengt überlegt, wie sie Toni ablenken kann.

»Vielleicht gelingt es mir, sie dazu zu bewegen, mich abends auf meinen Joggingrunden zu begleiten.«

»Vergiss es, Mama! Nach Feierabend ist sie viel zu erschöpft, um sich noch sportlich zu betätigen. Die Arbeit hat ihr bereits vor der Trennung die körperlichen Grenzen aufgezeigt. Ich finde, sie sollte Urlaub machen und verreisen. Ein Tapetenwechsel würde ihr guttun. Vielleicht lernt sie einen netten Mann kennen, der ihr über die schwere Zeit hinweghilft.«

Auf den ominösen Blick ihrer Tochter kann Nicole sich keinen Reim machen. Fragend schaut sie Sarah an.

»Sie braucht jemanden, der ihr die Erinnerungen an Maik aus dem Kopf vögelt.«

»Sarah!«, echauffiert Nicole sich. Sie ist über die Wortwahl regelrecht entsetzt. »Toni würde nie allein verreisen. Um das zu tun, fehlt ihr der Mut.«

»Dann begleite sie doch. Ein unverbindlicher Urlaubsflirt würde auch dir gut zu Gesicht stehen.« Sarah grinst schelmisch, während sie eine anzügliche Handbewegung macht. »Etwas Amore, Mama. Mal wieder küssen, fummeln und so. Bei deinem Aussehen wird es dir nicht schwerfallen, einen geeigneten Lover zu finden.«

Entschieden und vermutlich viel zu schroff kontert Nicole. »Spinnst du? Für wen hältst du mich? Ich bin doch keine Sextouristin. Also wirklich! Manchmal wundere ich mich wirklich über deine schamlosen Bemerkungen. So haben dein Vater und ich dich nicht erzogen.«

Sarah nimmt ihrer Mutter den Wischmopp aus der Hand und schaut sie ernst an. »Du musst Papa endlich loslassen. Um dein Leben allein zu verbringen, bist du viel zu jung.«

Nicole macht sich gerade. »Wieso allein? Ich habe doch euch.«

»Merkst du es denn nicht? Du lebst nicht mehr, du funktionierst nur noch. Ich möchte dich endlich wieder glücklich sehen und dich laut lachen hören.«

Nicole kann auf Kommando lachen und gibt ihr eine Kostprobe.

»Was ist denn so lustig?«, fragt Patrick. Er steht im Türrahmen und trägt bereits seinen Schlafanzug. In strengem Ton fordert er seine Frau auf, ihm nach oben zu folgen. »Jetzt, bitte!«

»Ich komme, wenn ich hier fertig bin«, erwidert Sarah selbstbewusst. Er schneidet eine Grimasse und zieht sich eingeschnappt zurück.

»Habt ihr Streit?«

»Nicht mehr als sonst.«

»Worum geht es?« Keine Antwort. Nicole setzt nach. »Worüber zankt ihr? Was ist das Problem?«

Sarah hebt die Brauen. »Lass uns reden, wenn Paddy uns nicht belauschen kann«, wispert sie, drückt ihrer Mutter ein Küsschen auf die Wange und folgt ihrem Despoten.

Besorgt schaut Nicole ihr nach. Was braut sich hier zusammen? Sie ahnt nichts Gutes. In Momenten wie diesem fehlt ihr Lutz unbeschreiblich. Wie gern würde sie sich jetzt mit ihrem Mann beraten.

Sarahs Worte hallen noch immer in ihr nach. Sie solle Lutz endlich loslassen, hat sie ihr geraten. Doch wie lässt man einen geliebten Menschen los?

Nicole schmiedet einen Plan. Morgen, nachdem sie die Kinder zur Kita gebracht hat, beabsichtigt sie, zum Friedwald zu fahren und seine Ruhestätte aufzusuchen. Wie gewohnt wird sie auf der Bank Platz nehmen und auf die imposante

Rotbuche blicken, unter der seine Urne bestattet wurde. Im Stillen wird sie mit ihm reden, obwohl ihr bewusst ist, dass er ihr nicht antworten kann. Dennoch gibt es keinen besseren Ort für Nicole, um Kraft zu tanken. Kraft, die sie dringend benötigt, um den traurigen Alltag ohne ihn zu überstehen.

Antonia

Euphorie eines triumphalen Moments

Nicole ist gerade aus der Tür, als Toni den Computer anstellt und ihr Onlinebanking aufruft. Akribisch prüft sie alle Zahlungsausgänge, bis sie auf die Buchung stößt, nach der sie gesucht hat. Ihr Herz pocht vor Aufregung, als sie feststellt, dass das besagte Los von ihrem Konto bezahlt wurde. Demzufolge sollte der Gewinn auch an ihre Bankverbindung ausgeschüttet werden. Glückshormone tanzen einen wilden Samba in ihrem Inneren. Die Lotteriegesellschaft kann die Zahlung getrost an Maik Schneider adressieren. Seit der Einführung von IBAN ist es völlig unerheblich, ob Empfänger und Kontoinhaber identisch sind. Ein Abgleich findet nicht mehr statt.

Schon bald wird Antonia Bartels eine vermögende Frau sein.

Mit wenigen Klicks ändert sie ihre Zugangsdaten. Vorbei sind die Zeiten, in denen Maik freien Zugang hatte. Er wird keine Gelegenheit mehr haben, sich einen Überblick über ihre

Finanzen zu verschaffen, die dank seiner Spielsucht künftig mehr als rosig aussehen werden.

In diesem Moment spürt Toni eine Leichtigkeit, die sie seit Langem nicht mehr empfunden hat. Das Gewicht der vergangenen Tage, das von grenzenloser Enttäuschung geprägt war, ist von ihren Schultern abgefallen. Der Schmerz, den dieser Mistkerl ihr zugefügt hat, verblasst in der Euphorie ihres triumphalen Moments.

»Soll er doch mit seiner neuen Flamme glücklich werden. Ich werde es sein, obwohl es gemeinhin heißt, dass Geld allein nicht glücklich macht. Bei mir funktioniert es wunderbar«, posaunt sie schadenfreudig. Mit geschlossenen Augen atmet sie tief durch. Ab jetzt wird Traurigkeit keinen Raum mehr in ihrem Herzen haben, denn die Zukunft liegt vor ihr wie ein unbeschriebenes Blatt Papier. Eine Zukunft ohne Geldsorgen.

Antonia kann ihr Glück kaum fassen und köpft zur Feier des Tages eine Flasche halbtrockenen Sekt. Künftig könnte sie sich Champagner leisten, aber das teure Schickimickigebräu hat sie noch nie gemocht.

Nach reiflicher Überlegung beschließt sie, ihren unerwarteten Reichtum nicht öffentlich zu machen. Niemand soll von ihrem Geldsegen erfahren. Auch Nicole und Sarah nicht, denn Geld weckt bekanntlich Begehrlichkeiten. Eventuell wird sie Muriel einen Betrag zukommen lassen. Als Dankeschön dafür, dass sie ihr die Augen geöffnet hat. Aber vielleicht auch nicht.

Lena

Omegahoch

Die Sonne strahlt am wolkenlosen Himmel, als Lena am Montagmorgen die Tür zu ihrer Apotheke aufschließt und ihre beiden Angestellten, Maria und Julia, hereinlässt.

Nach einer kurzen Begrüßung begeben sich die Frauen in die kleine Küche zu ihrem obligatorischen Morgenkaffee, der bereits durch die Maschine läuft. Während sie ihre weißen Kittel anziehen, sprechen sie über das herrliche Wetter, das laut Vorhersage noch die ganze Woche andauern soll. Es ist von Temperaturen bis zu dreißig Grad die Rede, bei einer Regenwahrscheinlichkeit von null Prozent.

Die Unterhaltung verstummt abrupt, als kurz darauf die Türglocke erklingt. Das vertraute Geräusch kündigt den Beginn eines neuen Arbeitstages an. Die ersten Kunden betreten den Laden. Maria und Julia machen sich auf, sie zu bedienen.

Indes nimmt Lena einen Schluck Kaffee und richtet ihren Blick auf den Terminkalender. Heute ist der Tag, an dem sie den Vertreter eines Pharmaunternehmens erwartet. Sie hegt die Hoffnung, dringend benötigte Medikamente, die der Großhandel nicht liefern kann, direkt von ihm zu bekommen.

Inmitten ihrer täglichen Routinearbeit wird ihr eine Stunde später das Eintreffen des Pharmareferenten angekündigt.

»Lena, Herr Wohlfahrt ist da. Soll ich ihn zu dir schicken?« Sie verneint und empfängt ihn persönlich. »Bitte folgen Sie mir ins Büro«, lädt sie ihn ein.

Der Raum ist klein und schlicht eingerichtet – ein Schreibtisch, zwei Stühle und Regale mit frei verkäuflicher Arznei. Lena bietet ihm einen Platz an und überreicht ihm den Ausdruck ihrer Wunschliste. Während er die aufgeführten Präparate aufmerksam studiert, kann sie nicht umhin, sein Gesicht näher zu betrachten. Das Gefühl, ihn zu kennen, beschleicht sie.

»Waren Sie schon einmal hier bei mir?«, fragt sie und nimmt ihn genauer ins Visier.

Lächelnd antwortet er, dass er das erste Mal im Norden zu tun habe und Lena heute sein allererster Termin sei. »Bisher war ich im Rhein-Main-Gebiet tätig.«

Lena runzelt die Stirn, versucht sich zu erinnern. Sein markantes Gesicht und die ausdrucksstarken Augen sind ihr nicht fremd.

»Die ersten drei Präparate auf Ihrer Liste sind als Generika lieferbar. Die anderen leider nicht«, erklärt er bedauernd und reicht ihr den Zettel zurück.

»Immerhin. Besser als nichts«, erwidert Lena und denkt noch immer angestrengt nach, wo sie Herrn Wohlfahrt schon einmal gesehen hat. »Darf ich Ihnen einen Kaffee anbieten?«

»Bei der Wärme lieber ein Wasser, wenn es keine Umstände macht.«

»Kommt sofort«, verspricht sie, erhebt sich und holt ein Glas und eine Flasche aus der Küche.

Als sie zurückkommt, fällt ihr sofort auf, dass er sein Sakko abgelegt hat und sich die langen Hemdsärmel aufkrempelt.

»Das Wasser ist bedauerlicherweise nicht sehr kalt«, entschuldigt sie sich und schenkt ihm ein.

Er bedankt sich und prostet ihr zwinkernd zu.

Sie hat große Mühe, den Blick von ihm abzuwenden. Keine Frage. Herr Wohlfahrt ist enorm attraktiv, verfügt über eine sportliche Figur und sonnengebräunte Haut, was zu dieser Jahreszeit nicht ungewöhnlich ist. Dennoch ist das kein Grund, ihn fortlaufend anzustarren. Bevor es peinlich wird, fragt Lena, wann sie mit der Lieferung rechnen dürfte. »Lieber heute als morgen. Sie wissen ja, wie angespannt die Lage ist.«

»Ich habe einige Musterpackungen dabei. Wenn es Ihnen hilft, hole ich sie aus meinem Wagen.«

»Ja, das wäre wunderbar«, säuselt sie und ist selbst über ihre hohe Stimme erschrocken. Sie schluckt und presst ein künstliches Lächeln heraus. Herr Wohlfahrt steht auf und geht hinaus zum Parkplatz.

Julia nutzt seine Abwesenheit und lugt ins Büro. »Wow, was für eine Sahneschnitte«, flüstert sie. »Wäre ich nicht schon vergeben, könnte er mir gefährlich werden.«

Mit einem Karton in der Hand kehrt er zurück. Lena deutet eine Kopfbewegung an, mit der sie Julia signalisiert, sie allein zu lassen.

»Das ist ja wie Weihnachten«, freut Lena sich, als sie den Inhalt des Kartons überprüft. »Herr Wohlfahrt, Sie sind meine Rettung.«

»Freut mich, dass ich helfen kann«, erwidert er und trinkt den letzten Schluck aus dem Glas. Lena befürchtet, dass er sich jetzt verabschieden wird. Aber sie möchte ihn noch nicht gehen lassen.

»Werden Sie unser Gebiet dauerhaft betreuen?«

»Das ist der Plan«, antwortet er und fügt an, dass er seine Wohnung in Frankfurt aufgegeben hat und vor zwei Wochen umgezogen ist.

»Wohin? Nach Hamburg?«

Lenas Neugierde scheint ihm nichts auszumachen, denn er antwortet, ohne zu zögern, auf ihre persönliche Frage. »Leider nicht. Dort war auf die Schnelle nichts Passendes zu bekommen. Aber ich habe etwas Nettes in einem kleinen Heidedorf gefunden. Dort lässt es sich auch gut aushalten.«

»Dann sind wir ja fast Nachbarn.«

»Und hoffentlich auch Geschäftspartner«, erwidert er und stellt sein Tablet an. »Wollen wir jetzt die Mengen besprechen? Wenn ich jetzt Ihre Bestellung aufnehme, lege ich sogleich eine Kundenummer für Sie an. Das beschleunigt den Prozess.«

Galant hat er die private Unterhaltung beendet und ist zum eigentlichen Grund seines Besuchs zurückgekehrt.

Lena nickt. Just in dem Moment, als sie den Erstauftrag auf dem Display unterschreibt, schneit Maria ins Büro.

»Eine Frau Drescher ist hier und möchte dich sprechen.«

Der Name Drescher sagt Lena nichts. »Bitte sie um einen Moment Geduld. Wir sind hier gleich fertig.«

Maria entfernt sich und Herr Wohlfahrt steckt sein Tablet in die Hülle. Per Handschlag verabschiedet er sich und geht voraus. Lena ist ihm dicht auf den Fersen. Völlig unerwartet bleibt er stehen und dreht sich um. »Übrigens, es ist schön, dass es auf diesem Weg mit uns geklappt hat«, sagt er, verlässt die Apotheke und lässt Lena ratlos zurück.

Was hat er denn damit gemeint?, wundert sie sich, als sie plötzlich Kristin vor dem Regal mit den Hautpflegeprodukten entdeckt. »Bist du Frau Drescher?«

Kristin nickt und fragt, ob Lena einen Moment Zeit für sie habe. »Ich muss dir etwas gestehen«, verrät sie und macht ein schuldbewusstes Gesicht. »Ich wurde gestern geblitzt. Wie schnell ich war, kann ich nicht mit Gewissheit sagen.«

Lachend schüttelt Lena den Kopf. »Eine große Überraschung ist das nicht. Du fährst nämlich wie eine gesengte Sau. Wo ist es denn passiert?«

»Auf den Elbbrücken.«

»Du hast dich tatsächlich von dem festen Blitzer erwischen lassen? Meine Güte, Kristin, der Kasten steht dort länger, als ich denken kann.«

»Ich weiß, aber ich war in Gedanken. Es nützt nichts, ich muss es Nicole sagen, bevor ihr das Knöllchen zugestellt wird. Ich bin auf dem Weg zu ihr und dachte, es sei eine gute Idee, ihr bei der Gelegenheit den Blouson zu bringen. Dann musst du dich nicht extra bemühen.«

»Es hätte mir nichts ausgemacht«, versichert Lena. »Die Jacke ist oben in meiner Wohnung. Warte, ich hole sie rasch runter.«

Kristin nutzt den Moment und liest das Schild mit den Öffnungszeiten. »Du schließt gar nicht über Mittag«, sagt sie kurz darauf zu Lena. »Schade, ich dachte, ich könnte dich gegenüber in die Eisdiele einladen.«

»Das ist schlecht. Erst geht Maria in die Pause, danach ist Julia dran. Aber vielleicht überlegst du dir meinen Vorschlag von gestern noch einmal.«

»Meinst du deine Idee mit dem gemeinsamen Kochen?«

»Genau. Wenn du Nicole triffst, frag sie doch mal, was sie davon hält. Es wäre doch schade, wenn wir uns aus den Augen verlieren würden, nachdem wir uns gerade kennengelernt haben.«

Kristin runzelt die Stirn. »Wird erledigt«, verspricht sie spontan und macht sich auf den Weg.

Kristin

Kindermund tut Wahrheit kund

Die ursprüngliche Idee, Nicole mit einem Blumenstrauß zu überraschen, verwirft Kristin. Bei der vorherrschenden Wärme wären Schnittblumen nur ein kurzes Vergnügen. Sie entscheidet sich für eine Hortensie im Topf. Kristin zahlt, setzt sich in ihren Wagen und startet ihre Irrfahrt, denn ganz genau kann sie sich nicht mehr an den Weg erinnern, den sie gestern in entgegengesetzter Richtung zurückgelegt hat. Mehrfach glaubt sie richtig abzubiegen, doch das ist jedes Mal reines Wunschdenken. Nicoles Haus liegt in einer Sackgasse. Kristin strengt ihre grauen Zellen an und erinnert sich an ein dreieckiges Verkehrsschild, auf dem ein Schaf abgebildet ist.

Während die Wege gestern übervölkert waren, ist heute niemand zu sehen. Ein Trecker nähert sich. Kristin hält an, steigt aus und winkt dem Fahrer zu. Sie hofft, dass er ihr weiterhelfen kann. In einem Nest wie diesem sollte doch jeder jeden kennen.

»Entschuldigung, darf ich Sie etwas fragen? Ist Ihnen eine Nicole bekannt? Kurze braune Haare, Mitte fünfzig, sportliche Statur, verwitwet und Oma von zwei kleinen Enkelsöhnen?«

Der Landwirt beäugt sie skeptisch. Offensichtlich erwartet er zunächst eine Erklärung, weshalb Kristin das wissen will. Sie nennt ihm den Grund. »Ich möchte etwas bei ihr abgeben.«

»Sie meinen wohl Nicole Bartels. Die wohnt im Bachstieg. Hundert Meter geradeaus und dann die erste Straße rechts. Es ist das letzte Haus auf der linken Seite.«

Kristin bedankt sich und folgt seiner Anweisung. Eine Minute später hält sie vor Nicoles Zuhause.

Auf ihr Klingeln wird die Tür sofort geöffnet. Ein Dreikäsehoch mit Kulleraugen schaut sie frech an. »Omi, da ist eine Frau gekommen!«, ruft er und rennt davon. Kristin späht durch die offene Haustür und sieht die Hausherrin auf sich zukommen.

Nicole wischt sich die Hände an einer Schürze ab und schaut Kristin verwundert an. »Was führt dich denn her? Geht es etwa um den Leihwagen? Oh, bitte sag mir nicht, dass du einen Unfall gebaut hast. Ich habe den Mietvertrag nämlich mit einer Selbstbeteiligung von tausend Euro abgeschlossen.«

»Keine Sorge, das Auto wurde unbeschadet zurückgegeben.« Kristin deutet auf den Blouson. »Den hast du gestern liegen gelassen.«

Der Stein, der Nicole gerade vom Herzen fällt, ist laut zu hören. »Das ist aber lieb von dir. Komm doch bitte herein. Ich bin gerade dabei, das Mittagessen vorzubereiten.«

Mit der Topfpflanze unter dem Arm betritt Kristin den Flur. »Für dich«, sagt sie knapp und fragt, ob sie die Schuhe ausziehen solle.

»Das ist hier nicht nötig. Aber warum bringst du mir Blumen?«

Vor den Ohren der Kinder die Wahrheit zu sagen, traut Kristin sich nicht. »Ich habe sie gesehen und konnte nicht daran vorbeigehen«, redet sie sich heraus.

»Danke. Ich liebe Hortensien«, freut Nicole sich. »Magst du mit uns essen? Es gibt Kartoffelpuffer, entweder mit Apfelmus oder mit Kräuterquark. Alles aus eigenem Anbau.«

»Du stellst selbst Quark her?«

Nicole lacht. »Nein, den habe ich gekauft, aber alles andere stammt aus meinem Garten.«

Mit ihrem Kennerblick nimmt Kristin das Interieur in Augenschein. Nach ihrem Geschmack wirkt alles ein wenig überladen. Nicole scheint Nippes zu mögen, aber letztlich findet Kristin es sehr gemütlich. »Schön hast du es hier.«

»Klein, aber mein«, erwidert Nicole und schickt die Jungs aus der Küche. »Geht noch einen Moment spielen. Ich rufe euch, wenn das Essen fertig ist.« Im Sauseschritt flitzen sie hinaus.

»Zwei kleine Energiebündel«, stellt Kristin fest und fragt, ob Nicole täglich für die Kinder koche.

»Sarah kommt erst gegen drei von der Arbeit. Ich halte das für zu spät, um Mittag zu essen. Wenn ich die beiden um zwölf aus der Kita abgeholt habe, bereite ich uns meist nur eine Kleinigkeit zu. Pasta, Ofengemüse, Pfannkuchen oder wie heute einfach nur Kartoffelpuffer.«

»Du engagierst dich sehr für deine Familie. Bleibt da überhaupt noch Zeit für dich?«

»Mehr als genug. Ich brauche diesen Trubel um mich herum. Andernfalls würde ich nur grübeln und Trübsal blasen.«

Jeder nach seiner Fasson, denkt Kristin und fragt, ob sie helfen könne.

»Wenn du willst, kannst du Teller und Besteck auf die Terrasse bringen. Das Wetter ist zu schön, um drinnen zu essen.«

Kristin geht hinaus und deckt den Tisch. Dabei lässt sie ihren Blick über das riesige Grundstück schweifen. Der Garten ist in mehrere Abschnitte aufgeteilt. Im vorderen Bereich gibt es eine Rasenfläche mit seitlichen Blumenrabatten. In der Mitte wurde ein Gemüsegarten angelegt. In mehreren Hochbeeten hat Nicole Salat, Tomaten, Paprika und Kräuter angebaut. Im hinteren Teil befinden sich knorrige Obstbäume, deren Äste reichlich Früchte tragen und in der glühenden Mittagshitze Schatten spenden.

»Dein Grundstück ist ja riesig«, entweicht es Kristin tief beeindruckt, als Nicole eine Platte mit Reibekuchen auf den Tisch stellt.

Sie spannt einen großen Sonnenschirm auf und ruft ihre Enkel, die gerade auf den Schuppen klettern. »Alles in allem sind es zweieinhalbtausend Quadratmeter.«

»Und die bewirtschaftest du ganz allein?«

»Zum größten Teil, aber wenn die Äpfel und Birnen demnächst reif werden, packen meine Tochter und mein Schwiegersohn bei der Ernte mit an.«

Für mich wäre das nichts, denkt Kristin. Sie ist froh, dass Ilse einen Hausmeister beschäftigt, der die wesentlich kleinere Grünfläche um die Stadtvilla herum pflegt.

»Gibt es kein Apfelmus?«, beschwert sich ein Enkel.

»Ach, Fabian, das habe ich ganz vergessen«, gibt Nicole zu und huscht in die Küche.

»Sie wird immer vergesslicher«, murmelt er und schüttelt den Kopf. »Na ja, Oma ist nicht mehr die Jüngste.«

Kristin ist sich sicher, dass diese Worte nicht seinem Hirn entsprungen sind, er wird sie aufgeschnappt haben und plappert sie einfach nach.

»Ich finde, eure Oma macht einen enorm fitten Eindruck. Außerdem ist sie nicht alt.«

»Aber sie hat Streifen im Gesicht.«

»Was meinst du mit ›Streifen‹?«

Er streckt seinen kleinen Zeigefinger aus und zieht feine Linien über seine Stirn. »Solche Streifen!«

»Du meinst wohl Falten.«

»Ja, aber so viele wie du hat sie nicht.«

Kristin weiß nicht, ob sie lachen oder sich empören soll. Sie entscheidet sich fürs Lachen.

»Na, was hast du wieder Freches ausposaunt?«, fragt Nicole und stellt zwei Schalen mit Apfelmus und Kräuterquark auf den Tisch.

»Wir haben uns über Streifen unterhalten«, erklärt Kristin kichernd. »Mir wurde gerade attestiert, dass sich in meinem Gesicht mehr davon befinden als in deinem.«

»Wer ist die Frau, Omi?«, fragt der andere Knirps, während er die Gabel fest mit einer Faust umklammert und sich den ersten Bissen zum Mund führt.

»Kristin ist eine Freundin von mir, Leon.«

Wow, so schnell steigt man von einer zufälligen Reisebekanntschaft zur Freundin auf, denkt Kristin und lässt Nicole wissen, dass es ausgezeichnet schmeckt.

»Manchmal sind die einfachen Gerichte die besten.«

»Und ich dachte, du wärst eine passionierte Hobbyköchin.«

Nicole schüttelt den Kopf. »Lutz war ein wahrer Meister-koch. Mit seinem Talent hätte er jede Kochshow im Fernsehen gewonnen. Ich kann nur bodenständige Hausmannskost zube-reiten, die aber exzellent.«

»Apropos. Lena hat vorgeschlagen, dass wir uns sporadisch treffen und gemeinsam kochen. Was hältst du davon?«

Nicole überlegt nicht lange. »Das ist eine prima Idee. Kann ich den Anfang machen? Ich habe dir doch von Toni erzählt. Sie kann ein wenig Abwechslung gebrauchen. So ein Weiber-treffen wäre genau das Richtige, um sie auf andere Gedanken zu bringen. Oder wäre es euch nicht recht, wenn sie dabei ist?«

Kristin ist mit allem einverstanden. Hauptsache, sie kann für ein paar Stunden dem Baulärm entfliehen. Vor Ilse zu be-haupten, der Krach würde ihr nichts ausmachen, war schlicht-weg falsch.

»Quatsch! Ich habe nichts dagegen, und Lena wird auch ein-verstanden sein. Sie ist ganz erpicht darauf, den Kontakt mit uns zu halten.«

Die Kinder haben aufgegessen. »Gehen wir jetzt zum Baden, Omi?«

»Ihr seht doch, dass ich Besuch habe. Wartet auf Mama. Sie kann später mit euch zu den Teichen gehen.«

»Wir wollen aber jetzt! Du hast es versprochen.«

»Jetzt nicht. Außerdem habt ihr gerade gegessen. Danach müsst ihr ohnehin noch eine Stunde warten. Alles klar?«

Nach diesem Machtwort ziehen die beiden simultan eine Schnute, doch gleich darauf hopsen sie von den Stühlen und jagen sich durch den Garten.

Kristin hilft beim Abdecken. In der Küche angekommen, nimmt sie ihren ganzen Mut zusammen. »Ich wurde gestern geblitzt.« So, nun ist es raus. »Auf den Elbbrücken bin ich in eine Radarfalle getappt. Wie schnell ich unterwegs war, kann ich nicht genau sagen.«

»Aha, das ist also der eigentliche Grund für deinen Besuch und die Blumen.«

»Bitte, sei nicht sauer. Ich zahle das Bußgeld selbstverständlich.«

»Wenn das so ist, sollten wir keine große Sache daraus machen. Sobald der Bescheid bei mir eintrudelt, reiche ich ihn an dich weiter.«

Kristin ist erleichtert. Schneller, und viel leichter als gedacht, ist das Thema erledigt.

»Passt es euch am Freitag? Oder ist euch der Samstag lieber?«

Kristin möchte Lena die Entscheidung überlassen.

»Ich fahre auf dem Rückweg an ihrer Apotheke vorbei und werde sie fragen. Danach melde ich mich bei dir. Verrätst du mir, wie ich dich telefonisch erreichen kann?«

Die beiden tauschen Handynummern aus und gründen sogleich eine Whatsapp-Gruppe.

Kurz darauf verabschiedet sich Kristin, doch bevor sie abfährt, programmiert sie das Navi, das ihr eine völlig andere Streckenführung vorschlägt. Sie lässt sich darauf ein.

Keine Minute später sieht sie ein riesiges Heidefeld vor sich liegen, auf dem ein Schäfer mit geschickten Gesten seine Herde aus Schafen und Schnucken über das blühende Gelände lenkt. Hunde flitzen umher, gehorsam den Anweisungen ihres Herrchens folgend. Der Anblick fasziniert Kristin, sie beschließt anzuhalten.

Den Wagen parkt sie am Straßenrand, schnappt sich ihr Handy und beginnt die Szenerie festzuhalten. Ein Klick hier, ein Klick da. Sie schießt unzählige Fotos, die die Stimmung und den Frieden dieses Augenblicks festhalten.

Doch sie möchte mehr als nur Bilder und entscheidet sich, ein kurzes Video aufzunehmen, das sie Ilse später vorführen möchte. Die Kamera fängt die Bewegungen der Tiere ein, den geschäftigen Schäfer und die Weite der Heidelandschaft.

Während sie den Film dreht, überkommt sie eine angenehme Ruhe. Es ist ein kleiner Moment des Innehaltens, ein Geschenk an sich selbst.

Die Entscheidung, sich auf den Weg zu Nicole zu begeben, erweist sich als goldrichtig.

Warum ist sie nicht schon früher auf die Idee gekommen, einen Ausflug in diese Gegend zu unternehmen, statt zu einer Stippvisite an die Küste zu fahren?

Ihr wird bewusst, dass es nicht zielführend ist, sich immer nur auf bekannten Pfaden zu bewegen. Auch ein Abstecher in eine andere Richtung kann zu unvergesslichen Eindrücken führen. Die Lüneburger Heide, nur einen Katzensprung von Hamburg entfernt, entpuppt sich als verzauberter Ort, der mehr als einen Besuch wert ist.

Antonia

Döner

Als Toni erfahren hat, dass das Zimmer der verstorbenen Frau Kellermann bereits neu vergeben wurde, muss sie schlucken. Ein mürrischer Griesgram der Sonderklasse wohnt jetzt darin. Die Heimleitung hat das Personal bereits ausdrücklich vor ihm gewarnt.

Toni soll dem Neuen das Essen aufs Zimmer bringen, weil er sich mit Händen und Füßen weigert, die Mahlzeiten in Gemeinschaft im Speisesaal einzunehmen.

»Er heißt Gruber. Präge dir den Namen ein, denn das Namensschild wurde noch nicht ausgetauscht«, wird Toni aufgetragen.

Sie klopft an und begrüßt den Neuzugang. »Hallo, Herr Gruber, ich bin Antonia Bartels. Schön, Sie kennenzulernen.«

Er sitzt im Sessel und starrt stur aus dem Fenster, ohne Notiz von ihr zu nehmen.

»Sie können mich auch Toni nennen«, bietet sie an, als ihr

Handy in der Hosentasche vibriert. Gewöhnlich lässt sie es während ihrer Schicht ausgestellt, aber heute macht sie eine Ausnahme. Ungeduldig wartet sie schon den ganzen Tag auf die Bestätigung ihrer Bank, die sie darüber informiert, dass der Lotteriegewinn eingegangen ist. Ein kurzer Blick auf das Display zeigt, dass es sich um keine Nachricht, sondern um einen Anruf von Maik handelt. Wegdrücken oder rangehen? Sie entscheidet sich, das Gespräch anzunehmen. »Was willst du noch?«, fragt sie knapp.

Sogleich poltert er los. »Wie kommst du dazu, alle meine Sachen in Müllbeuteln auf Josephines Auffahrt zu stellen?«

»Was sollte ich sonst damit anstellen? Sie verbrennen?«

»Warum hast du die ungewaschene Wäsche nicht von der sauberen separiert, statt meine ganze Garderobe unsortiert in Säcke zu stopfen?«

Toni weiß genau, wovon er spricht. Mit enormer Genugtuung hat sie am Vorabend jeden einzelnen Beutel, den Nicole gepackt hat, noch einmal geöffnet und seine Schmutzwäsche oben draufgelegt.

»Jetzt bin ich gezwungen, alles in die Reinigung zu geben. Hast du eine Ahnung, was mich das kostet?«

»Erzähle keinen Blödsinn! Die Sachen müssen nicht chemisch gereinigt werden. Eine Waschmaschine wird deine Neue doch wohl haben.«

»Ich habe mich abgründig geschämt, als Josephine mit spitzen Fingern die dreckigen Socken herausgefischt hat.«

»Wenn sie dich wirklich liebt, wird sie deinen Fußschweiß ertragen, so, wie ich es all die Jahre getan habe.«

»Was ist mit dem Kaffeevollautomaten? Den habe ich bezahlt.«

»Was willst du damit? Da kam doch ohnehin nur noch kalter Kaffee heraus, oder wie hattest du dich ausgedrückt?«

»Dreh mir nicht die Worte im Mund um. Ich hatte gemeint ...«

Toni ist es völlig egal, was er gemeint hat, sie legt auf und wünscht Herrn Gruber einen gesegneten Appetit.

Gerade will sie sich zurückziehen, als der Griesgram murmelt, dass gegen Käsefüße Fußbäder mit Salbei helfen. »Natron leistet auch gute Dienste. Der erhöht den pH-Wert.«

»Danke für den Tipp, aber der kommt für mich leider zu spät.«

Auf dem Flur trifft sie auf ein unbekanntes Gesicht. Der junge Mann geht von Tür zu Tür und kontrolliert die Namensschilder.

»Zu wem wollen Sie?«, will Toni wissen, als sie eine Papiertüte mit der Aufschrift »Döner-Papst« in seiner Hand entdeckt.

»Gruber heißt der Typ.«

»Ist der *Typ* ein Angehöriger von Ihnen?«

»Sehe ich so aus, als würde ich meinen Opa besuchen? Er hat bestellt, ich liefere nur aus.«

»Sie können doch nicht im privaten Bereich der Bewohner herumspazieren. Zuerst müssen Sie sich am Empfang melden.«

»Da war aber niemand! Wo finde ich diesen Gruber denn nun? Der Döner wird gleich kalt, und ich habe es eilig.«

»Geben Sie her«, sagt Toni und schickt den Boten zurück ins Foyer.

»Halt! Vorher kriege ich zwölf Euro.«

»Bitte, wie viel? Das ist überaus happig.«

»So lautet der Preis. Der Typ darf gerne auf fünfzehn Euro aufrunden. Schließlich habe ich seinetwegen schon eine Viertelstunde sinnlos verplempert.«

Der Bursche hat echt Nerven, denkt Toni, ärgert sich jedoch vielmehr darüber, dass der Empfang nicht besetzt war. Diebe und Gauner lieben Seniorenheime. Für sie ist es ein Eldorado, um alte und hilflose Menschen zu bestehlen. Genau aus diesem Grund wurden in dieser Einrichtung strenge Sicherheitsmaßnahmen ergriffen. Zutritt erhält nur jemand, der persönlich bekannt ist oder sich angemeldet hat.

Toni sucht Herrn Gruber erneut auf. Wieder klopft sie, bevor sie eintritt. »Haben Sie einen Döner bestellt?«

»Schon vor Stunden. Das alte Brot und den billigen Aufschnitt können Sie gleich wieder mitnehmen. Das mag ich nicht.«

»Schade, aber das ist kein Problem, ich räume es gleich weg. Es ist nur so, Herr Gruber«, beginnt Toni in ihrer ruhigen und freundlichen Art, »selbstverständlich können Sie sich auswärts etwas bestellen. Sagen Sie beim nächsten Mal einfach vorher am Empfang Bescheid. Die Kollegin ruft Sie an, wenn die Lieferung eingetroffen ist, dann können Sie hinuntergehen, den Boten direkt bezahlen und Ihren Döner mit aufs Zimmer nehmen.«

»Ich werde diesen Raum nicht verlassen!«

»Anders wird es aber nicht funktionieren. Wir können und dürfen niemanden unbeaufsichtigt durch das Haus spazieren lassen. Es geschieht zu Ihrer eigenen Sicherheit. Verstehen Sie das, Herr Gruber?«

»Ich verstehe, dass ich im Knast gelandet bin.«

Toni bleibt geduldig. »Was machen wir denn jetzt mit Ihrem Döner?«

»Ich will ihn nicht mehr. Werfen Sie ihn weg!«

»Er kostet stolze zwölf Euro. Ganz schön teuer, wenn Sie mich fragen. Preiswerter wäre es, wenn Sie ›Döner‹ auf Ihren

Speisewunschzettel schreiben würden, wenn Sie ihn so gerne mögen.«

»Kindergarten!«, raunzt er und weist ihr die Tür.

»Alles klar, ganz wie Sie wünschen. Bis morgen, Herr Gruber.«

Toni schnappt sich das Tablett, legt die Dönertüte darauf und marschiert zum Lift. Nach acht Stunden Arbeit mutet sie sich die Treppe nicht mehr zu. Erste Erschöpfung hat sich in ihr breitgemacht, und sie sehnt sich danach, endlich Feierabend zu haben.

Im Fahrstuhl trifft sie auf eine Kollegin aus der Spätschicht.

»Gehe ich recht in der Annahme, dass du gerade bei unserem Neuzugang warst?« Toni nickt. »Er ist ein Nörgler der übelsten Sorte. Der wird uns noch das Leben schwermachen.«

»Er ist neu hier und muss sich erst eingewöhnen. Das kennst du doch. Geben wir ihm ein wenig Zeit.«

»Woher nimmst du bloß deinen Optimismus und deine Engelsgeduld?«

»Das ist ganz einfach. Ich stelle mir vor, wie es sein wird, wenn ich das Alter unserer Schützlinge erreicht habe und auf fremde Hilfe angewiesen bin. Dann möchte ich, dass man auch mir empathisch und freundlich begegnet.«

Der Dönerbote wartet bereits ungeduldig. Er wechselt von einem Bein auf das andere. Als er Toni erblickt, stürmt er erbost auf sie zu. »Hören Sie, ich habe nicht den ganzen Tag Zeit. Gleich beginnt das Abendgeschäft. Mein Chef hat schon zweimal angerufen und gefragt, wo ich bleibe.«

Toni drückt ihm den mittlerweile erkalteten und durchgeweichten Döner in die Hand. »Richten Sie Ihrem Chef aus, dass er sich erst einmal mit den Bestimmungen eines Seniorenstifts vertraut machen soll, bevor er seine Laufburschen herschickt. Tut mir leid für Sie, aber Herr Gruber möchte den Döner nicht mehr.«

»Das können Sie nicht bringen! Die zwölf Euro zieht mein Boss mir vom Lohn ab.«

Ach, was soll's, denkt Toni. Was sind schon zwölf Euro gegen einen satten Lotteriegewinn. »Geben Sie schon her.«

Sie öffnet ihr Portemonnaie, zieht einen Zehner aus dem Fach und legt eine Zweieuromünze dazu.

»Und was ist mit Trinkgeld?«

»Übertreiben Sie es nicht! Seien Sie froh, dass ich Ihnen den Matsch überhaupt abnehme. Ich mag nämlich gar keinen Döner.«

Auf dem Nachhauseweg nähert Toni sich einer Joggerin. Der quietschgelbe Sportdress macht sofort klar, dass es sich um Nicole handelt. Toni hupt und fährt rechts ran, kurbelt die Fensterscheibe runter und spricht sie an. »Willst du zu mir?«

Nicole bejaht. »Ich wollte dich abholen. Hast du Lust, mich auf meiner Runde zu begleiten?«

Es ist nicht nötig, dass Toni antwortet. Ihr Blick sagt bereits alles.

»Es war lediglich eine spontane Idee. Du musst nicht mitkommen, wenn du nicht willst.«

Nicole steckt ihre Nase ins Wageninnere. »Puh, was müffelt hier derartig nach Knoblauch?«

»Ein Döner. Hast du Interesse?«

»Nein danke, aber ich möchte etwas von dir wissen. Hast du am Samstag frei?« Toni nickt. »Fein, dann lade ich dich zu meiner nachträglichen Heideblütenfeier ein.«

»Wieso?«

»Weil wir beide am offiziellen Heideblütenfest nicht teilnehmen konnten. Ich, weil ich in München war, du, weil du sturzbetrunken warst und auf dem Sofa eingeschlafen bist.«

»Sarah hat übertrieben. Ich war maximal ein wenig angeschickert.«

»Keine Wortklauberei, bitte. Wir kochen etwas Leckeres, und für nette Gesellschaft habe ich auch schon gesorgt. Du wirst Kristin und Lena kennenlernen, zwei wirklich tolle Frauen. Ich verspreche dir, das wird ein Spaß.«

Noch ist Toni nicht überzeugt, aber sie sagt zu. »Wann soll es denn losgehen?«

»Um drei, aber du kannst gern früher kommen und nicht erst am Samstag. Wann immer du reden möchtest, bin ich für dich da. Sag, wie geht es dir?«

»Ich bin erschöpft. Der Tag war anstrengend.«

»Dann ruh dich aus. Sollte dir doch die Decke auf den Kopf fallen, dann weißt du ja, wo du mich findest.«

Lena

Überraschungsmenü

Es ist Samstagmittag kurz vor eins, als Lenas Apotheke sich mit Kunden füllt, die auf den letzten Drücker ihre Medikamente abholen. Sie selbst steht hinter dem Tresen und bedient einen älteren Herrn, der nach einer Packung Kopfschmerztabletten fragt. Ihr Blick fällt auf die Uhr – nur noch ein paar Minuten, dann kann sie den Laden abschließen.

Kurz darauf atmet nicht nur Lena, sondern auch ihre Mitarbeiterin erleichtert auf. Der letzte Arbeitstag der Woche ist geschafft. Sie erledigt noch administrative Aufgaben, als Maria ins Büro tritt, um sich zu verabschieden. »Welche Pläne hast du fürs Wochenende?«, erkundigt sie sich bei ihrer Chefin.

»Ich bin verabredet. Mir bleibt eine knappe Stunde, bis ich abgeholt werde.«

Maria grinst. »Triffst du dich mit Herrn Wohlfahrt?«

Überrascht über die Frage schaut Lena sie an. »Nein, wie kommst du darauf? Ich werde mit drei Frauen kochen, ohne zu wissen, was es später zu essen geben wird. Jeder soll das mitbringen, was er mag.«

Sie erzählt von ihrem Einkauf auf dem Markt am Morgen, wo sie Gemüse in allen Variationen und eine Maispoularde gekauft hat. Dazu hat sie eine Flasche hochprozentigen Wacholderschnaps besorgt, der im Nachbarort in einer kleinen Privatbrennerei produziert wird und unter Kennern zu einem der besten Gins zählt.

»Ist dir inzwischen eingefallen, woher du Herrn Wohlfahrt kennst?«

»Nein, ich habe mir den Kopf zerbrochen, aber ich tappe immer noch im Dunkeln.«

»Könnte es sein, dass du ihn gar nicht persönlich getroffen hast, sondern es sich bei ihm um einen Mann von der Datingplattform handelt?«

Plötzlich geht Lena ein Licht auf. »Du könntest recht haben. Vielleicht war er einer dieser Beaus, von dem ich angenommen habe, es würde sich ohnehin nur um ein Fakeprofil handeln.«

Lena sortiert Anfragen von Männern grundsätzlich sofort aus, bei denen ihr das enorm gute Aussehen nicht real erscheint. Kein attraktiver und vermeintlich erfolgreicher Mann hat es nötig, online nach einer Partnerin zu suchen. Diese Männer sind längst vergeben und treiben sich nicht auf der virtuellen Resterampe herum.

Lena nimmt ihr Handy zur Hand, um ihre Vermutung zu überprüfen. Doch schon nach kurzer Kontrolle muss sie feststellen, dass Herr Wohlfahrt nicht in ihrer Kontaktliste auftaucht.

Maria geht und gibt sich mit Kristin die Klinke in die Hand.

»Ich bin zu früh, ich weiß, aber ich dachte, ich fahre lieber rechtzeitig los.«

»Kein Problem«, versichert Lena und fragt, ob sie sich heute an die vorgeschriebene Geschwindigkeitsbegrenzung gehalten hat.

»Ich fahre nur noch mit Tempomat. Das letzte Mal war mir eine Lehre.«

Lena lacht. »Nun, das kommt ganz darauf an, wie hoch man den Tempomat einstellt.«

Durch den Hintereingang verlassen sie das Ladengeschäft und steigen die Stufen hinauf in die Wohnung.

Während Lena sich nebenan herausputzt, wartet Kristin im Wohnzimmer. Sie sitzt auf dem bequemen Sofa und genießt mit geschlossenen Augen die vorherrschende Ruhe.

»Bist du eingeschlafen?«, fragt Lena verwundert, als sie eine Viertelstunde später verkündet, startklar zu sein.

Kristin reißt die Augen auf und seufzt. »Du ahnst nicht, wie nervenaufreibend die letzten Tage für mich waren. Meine Vermieterin lässt ihr Erdgeschoss barrierefrei umbauen. Ursprünglich war davon die Rede, dass es nur ums Bad geht. Aber dann hat sie sich von den Handwerkern bequatschen lassen, im Zuge der Arbeiten gleich alle Räume zu modernisieren. Nun werden sämtliche Türschwellen entfernt und die vorhandenen Zargen gegen breitere ausgetauscht. Letztlich handelt es sich um eine Komplettrenovierung, die Wochen dauern wird.«

»Warum ist das nötig? Ist sie mobil eingeschränkt?«

»Ob Ilse einen Rollstuhl braucht? Nein, sie ist zwar nicht mehr die Jüngste, aber sie ist fit wie ein Turnschuh. Es geht ihr um Vorsorge.« Kristin wechselt das Thema. »Was bringst du zum Kochen mit?«

»Geflügel, Auberginen, Zucchini, rote Zwiebeln und Paprika.«

»Super, ich habe Wein, Beeren, Mascarpone und Sahne besorgt.«

»Klingt doch vielversprechend.«

Gut gelaunt machen sich die beiden in Kristins Wagen auf den Weg zur heutigen Gastgeberin.

Nicole hat sich große Mühe gegeben und ihre Terrasse mit üppigen Blumengestecken aus Heide und Herbstastern geschmückt und Laternen mit Kerzen aufgestellt, die in der Dämmerung für stimmungsvolles Licht sorgen sollen.

Wie sehr sich die Dekoqueen ins Zeug gelegt hat, fällt Kristin sofort auf. Nach einem Lob überreicht sie ihr den Korb mit den Einkäufen. »Hast du schon Post erhalten?«, fragt sie vorsichtig. Doch Nicole verneint und wendet sich Lena zu.

»Darf ich euch Toni vorstellen? Sie hat mir beim Schmücken geholfen.«

Die Frauen machen sich bekannt, nehmen draußen Platz und warten darauf, dass Nicole ihren Begrüßungsdrink kredenzt.

Mit einem Heide-Spritz stoßen sie an.

Toni kippt ihr Glas in zwei Zügen und fragt in die Runde, wie das gemeinsame Kochen ablaufen solle. »Macht einer von uns die Vorspeise, und die anderen kümmern sich um den Hauptgang und das Dessert?«

»Es gibt keinen Plan«, erklärt Nicole und schaut Lena erwartungsvoll an. »Wie hast du es dir vorgestellt?«

Sie sollte es wissen, schließlich war dieses Treffen ihre Idee. Doch Lena zuckt nur mit den Achseln.

»Vielleicht verschaffen wir uns zunächst einen Überblick über die Zutaten. Danach können wir entscheiden, was wir zubereiten«, schlägt Toni vor.

Im Gänsemarsch gehen sie in die Küche. Nicole öffnet den Kühlschrank und präsentiert eine geräucherte Forelle. »Ich dachte, die könnten wir als Einlage für eine Kartoffelcremesuppe verwenden. Abgeschmeckt mit Dill aus meinem Kräuterbeet«

»Heiße Suppe bei diesem Wetter?«, äußern Toni und Lena simultan. Bei einer Temperatur von achtundzwanzig Grad im Schatten steht ihnen nicht der Sinn nach einem Gericht, das auch noch von innen wärmt.

Nicole schüttelt sogleich eine Alternative aus dem Ärmel. »Wir können die Filets auch auf Salat essen. Du hast doch Rucola mitgebracht, Toni«, erinnert sie ihre Schwägerin.

Diese Idee findet allgemeine Zustimmung.

Nicole filetiert den Fisch, während Kristin die Salatblätter wäscht, Lena bereitet ein Dressing zu, indes Toni Weißbrotscheiben in der Pfanne röstet. Obwohl die Küche nicht größer als sechzehn Quadratmeter ist, stehen sich die Frauen nicht im Weg. Binnen zehn Minuten ist die Vorspeise fertig, und sie nehmen wieder auf der Terrasse Platz.

»Köstlich«, schwärmt Toni.

»In Gesellschaft schmeckt es doppelt lecker«, meint Lena.

Als wäre gerade ein Stichwort gefallen, erkundigt Kristin sich nach Nicoles Enkeln. »Es ist so still heute. Wo stecken deine beiden Rabauken?«

»Sarah unternimmt mit ihnen einen Ausflug in den Wildpark.«

»Ohne Paddy?«, hakt Toni erstaunt nach.

»Er ist im Stadion. Heute spielt der HSV.«

»Wollen wir wetten?«, schlägt Toni vor. »Ich tippe, die Hamburger kassieren in der letzten Minute wieder ein Gegentor und verlieren. Wer hält dagegen?«

Die Begeisterung hält sich in Grenzen. Kristin erklärt, sich wenig bis gar nicht für Fußball zu interessieren, Lena redet sich damit heraus, dass sie sich lediglich in der Ersten Bundesliga und in der Champions League auskennt. Nur Nicole ist dabei und tippt auf ein Remis. Der Wetteinsatz wird klar definiert.

»Wer verliert, übernimmt später den Abwasch.«

Kristin überlegt kurz. »Und was geschieht, wenn der HSV gewinnt?«

Nicole und Toni kreischen amüsiert auf. »Das wird garantiert nicht passieren.«

Nach dem ersten Gang beschließen alle, eine Pause einzulegen und den Wein zu probieren, den Kristin mitgebracht hat.

Gut gekühlt genießen sie den edlen Tropfen, bevor sie sich der Zubereitung der Hauptspeise zuwenden. Nicole schlägt vor, das Geflügel nach katalanischer Art im Römertopf zu schmoren.

»Wer schneidet die Zwiebeln?«

Kristin ist sofort raus. Sie versteckt sich hinter Lena, um sich vor dieser Aufgabe zu drücken.

Doch ihr Abtauchen hat ihr nichts genützt. Nicole spricht ausgerechnet sie an. »Wärst du so freundlich?«

»Nein, bitte nicht. Ich mache alles, aber bitte verschone mich mit Zwiebeln.«

»Du magst keinen Koriander, das habe ich mir gemerkt. Aber was hast du gegen Zwiebeln? Magst du die etwa auch nicht essen?«

»Doch, sogar sehr gern, nur schneiden kann ich sie nicht. Schon früher habe ich es stets Holger überlassen, Knoblauch und sogar Bärlauch zu hacken, um zu vermeiden, dass sich dieser typische Geruch an meine Finger heftet.«

Bevor dieser Punkt in einer Endlosschleife endet, bietet Lena an, diese Aufgabe zu übernehmen.

»Wow, du hast verdammt scharfe Messer«, stellt sie bewundernd fest. »Überhaupt ist deine Küche vom Feinsten ausgestattet.«

»Die Sachen hat Lutz angeschafft. Er war ein begeisterter und begnadeter Koch, nicht wahr, Toni?«

Toni verzieht das Gesicht und antwortet in gereizter Tonlage. »Wir sind doch heute zusammengekommen, um Spaß zu haben, oder wird das wieder eine Lutz-Gedenkfeier? Ja, mein Bruder war ein ambitionierter Koch und ein toller Mensch, aber er ist schon zwei Jahre nicht mehr unter uns. Finde dich endlich damit ab!«

Nicole schluckt. Lena versucht die unangenehme Situation zu entschärfen und fragt, ob das Gemüse sofort oder erst später in den Topf gegeben werden soll.

»Entscheidet ihr«, krächzt Nicole und verlässt den Raum.

Kristin schüttelt den Kopf über Tonis drastische Bemerkung. »Bist du wirklich die mitfühlende Schwägerin, von der Nicole gesprochen hat, oder hatte Lutz noch eine weitere Schwester?«

»Tut mir leid, du hast recht. Das hätte ich mir verkneifen müssen. Es ist nur so, dass auch mein Partner mich verlassen hat. Vor zehn Tagen nach sieben glücklichen Jahren. Aber für mich kommt es nicht infrage, ihm monatelang nachzutrauern. Ich lasse mich nicht vom Schmerz gefangen nehmen, sondern sehe positiv in die Zukunft.«

»Wie kannst du das miteinander vergleichen? Er hat sich für eine andere Frau entschieden und ist nicht gestorben.«

»Für mich ist er das! Würde es nach mir gehen, soll er in der Hölle schmoren.« Toni dreht sich um und nimmt die Flasche Schnaps in Augenschein. »Seit wann gönnt Nicole sich den teuren Gin aus der Nobeldestille?«

»Den habe ich mitgebracht«, erklärt Lena und schnippelt weiter, während sie mit Kristin vielsagende Blicke austauscht.

Ungefragt öffnet Toni die Flasche und schnuppert daran. Gleich darauf begibt sie sich auf die Suche nach Nicole. Sie findet sie im Gäste-WC.

»Entschuldige, Süße. Ich habe es wirklich nicht böse gemeint. Trotzdem hätte ich das nicht sagen dürfen. Erst recht nicht im Beisein deiner neuen Freundinnen. Dennoch solltest du für heute das Thema mal ruhen lassen und das gemeinsame Kochen genießen. Bitte, verzeih mir und komm wieder in die Küche.«

Nicole kehrt zurück, ohne sich die Kränkung anmerken zu lassen. Ihr fällt sofort die geöffnete Schnapsflasche auf, und sie versteht den Wink mit dem Zaunpfahl. Sie nimmt vier Gläser aus dem Schrank und reicht den edlen Gin pur. Auf weitere Zugaben wie Zitrone, Gurke oder Rosmarin verzichtet sie. Die hat der gute Tropfen nicht nötig. Er besticht durch eigene Aromen. »Prost, Mädels.«

Nicole

Gastgeberqualität

Nur weil Nicole sich ihrer Rolle als Gastgeberin bewusst ist, macht sie gute Miene zum bösen Spiel. Tief in ihr brodelt es. Wie konnte Toni es sich herausnehmen, sie derartig heftig anzufahren?

Lena schiebt den Römertopf in den Backofen. »Was meint ihr? Ist Ober- und Unterhitze oder Heißluft besser?«

Nicole übernimmt die Einstellung am Herd und auch die Gesprächsführung. »Habt ihr gestern Abend ferngesehen? Ich habe auf Arte eine französische Komödie angeschaut, in der André Dussollier die Hauptrolle gespielt hat.«

»Ich liebe französische Filme. Wie lautete der Titel?«, möchte Lena wissen.

»*Der Nesthocker.*«

»Den kenne ich!«, ruft Kristin. »Den habe ich auf DVD. Der ist wirklich lustig, müsste aber schon älter sein.«

»Ja, mindestens zehn, wenn nicht sogar zwanzig Jahre. Wie

auch immer, ich habe mich köstlich amüsiert und kann ihn nur wärmstens empfehlen, wenn man mal wieder aus vollem Herzen lachen möchte.«

Toni beteiligt sich auch an der Unterhaltung. Sie würde gerne mal Urlaub an der französischen Riviera machen, lässt sie die Frauen wissen.

Nicole stellt klar, dass der Film in Paris gespielt hat.

»Da war ich auch noch nie. Aber was nicht ist, kann ja noch werden«, erwidert sie mit einem süffisanten Lächeln.

»Ich war auch noch nie in Paris, obwohl mein Sohn dort studiert. Vielleicht sollte ich ihn mal besuchen. Wollt ihr mitkommen? Moritz ist bestimmt ein guter Stadtführer.«

»Vier Singlefrauen reisen ausgerechnet in die Stadt der Liebe?«, mokiert sich Nicole über Lenas Vorschlag. »Nein, wenn ich verreise, sollte das Ziel im Süden liegen, in der Sonne unter Palmen. Italien, Spanien oder Portugal würden mich reizen.«

»Ja, aber unbedingt am Meer«, fügt Kristin an.

»Strand ist mir nicht wichtig, Hauptsache es gibt dort keine Berge«, platzt es aus Lena heraus. »Meine Wanderung zum Wallberg wirkt noch immer negativ in mir nach.« Sie berichtet ausführlich von ihrem unerfreulichen Zusammentreffen mit Benno und bringt die Frauen mit ihrer Schilderung zum Lachen.

Wie im Flug ist eine Stunde vergangen. Nicoles Handy bimmelt. Sie hat den Timer auf sechzig Minuten gestellt. Schon ist es Zeit fürs Hauptgericht.

»Brust oder Keule?«, fragt sie und tranchiert den Vogel, während Toni die Beilagen verteilt und Kristin eine weitere Flasche Wein öffnet.

Sie kosten gerade den ersten Bissen, als Sarah mit den Kindern auf der Terrasse erscheint. »Wir wollen nur kurz Hallo sagen. Weiterhin guten Appetit.«

Nicole nickt und ist froh, dass Sarah ihre Privatsphäre respektiert. Genau darum hat sie ihre Tochter am Morgen gebeten. »Später erwarte ich Besuch. Es wäre schön, wenn ich die Terrasse und den Garten heute mal nur für mich hätte.«

Antonia

Adam 1978

Toni hat Nicole schon lange nicht mehr so ausgelassen erlebt wie an diesem Tag. Kristin und Lena scheinen ihr gutzutun. Vielleicht bringen die beiden nicht nur frischen Wind in Nicoles Alltag, sondern läuten sogar eine neue Epoche ein. Das wäre ihr zu wünschen, denn sie ist viel zu jung, um ihr restliches Leben als trauernde Witwe zu verbringen.

Nachdem Sarah und die Kinder sich zurückgezogen haben, nimmt Kristin das Gespräch wieder auf. »Stellt euch vor, ihr kommt unerwartet zu Geld. Was würdet ihr damit machen?«

Wie kommt sie darauf, ausgerechnet diese Frage zu stellen, denkt Toni und verschluckt sich um ein Haar.

»Wie viel Geld?«, hakt Lena nach.

»Gehen wir mal von zehntausend Euro aus«, schlägt Kristin vor. Noch während die anderen überlegen, weiß sie schon, wofür sie es ausgeben würde. »Ich könnte die Summe in meine Streifen investieren«, lässt sie lachend verlauten.

Die Nachfragen folgen prompt. Nur Nicole ist im Bilde. »Im Ernst? Du würdest wegen der wenigen Falten um die Augen an dir herumschnippeln lassen? Das käme mir nie in den Sinn. Ich hätte viel zu viel Angst davor, anschließend wie eine dieser entstellten Promis auszusehen.«

Lena nennt Namen von VIPs, die ihr als abschreckendes Beispiel dienen. »Nein, im Gesicht werde ich niemals etwas machen lassen. Eventuell käme eine Fettabsaugung an den Hüften für mich in Betracht. Sie sind schon recht ausladend.«

»Das nennt man weibliche Rundungen«, entrüstet sich Toni. »Wenn der Bazi aus Bad Griesbach das nicht zu schätzen wusste, ist er selbst schuld. Ich halte gar nichts von Schönheits-OPs. Ein bisschen Straffen hier, ein wenig Aufpolstern da, wo führt das hin? Warum glauben Frauen, dass sie mit Mitte vierzig noch immer aussehen müssen, als wären sie zwanzig?«

Kristin verteidigt ihre Entscheidung. »Ich bin nicht Mitte vierzig, sondern gehe stramm auf die sechzig zu. Und wie zwanzig will ich gar nicht wirken. Man darf mir meine Lebenserfahrung ruhig ansehen.«

»Dann bleib, wie du bist. Du hast doch gar keinen Grund, an deinem Äußeren herumzumäkeln.« Nicoles Worte des Lobes verfehlen ihr Ziel.

»Man hält mich für eine alte Schachtel. Deshalb bekomme ich keine Aufträge mehr.«

»Und du glaubst, dass ein Facelifting etwas an deiner Lage ändert? Kristin, ich habe dich wirklich für klüger gehalten.«

Lena lenkt den Fokus wieder auf sich. »Findet ihr mich zu dick?« Sie steht extra auf, um ihr Hinterteil zu zeigen.

»Du willst deinen Speck loswerden? Dann begleite mich abends auf meiner Joggingrunde.«

»Noch ist es hell«, meint Nicole und bietet an, Lena die Strecke zu zeigen. »Wir müssen nicht laufen, aber vielleicht habt ihr alle Lust auf einen Verdauungsspaziergang.«

Lena und Kristin stimmen zu. Toni streikt. Sie möchte sich derweil um das Dessert zu kümmern.

Die drei sind noch keine zehn Minuten fort, als die Haustür zuklappt. Toni kippt gerade Sahne in einen Topf, als Paddy in der Küche erscheint und sich eine Flasche Bier aus dem Kühlschrank nimmt.

Sie muss den ersten Schritt auf ihn zugehen, denn er schenkt der Tante seiner Frau keinerlei Beachtung. »Na, wie ging das Spiel aus?«

»Eins zu zwei verloren. In der Nachspielzeit haben sie noch einen Gegentreffer kassiert.«

Damit steht fest, dass Toni nicht abwaschen muss.

»Ist Nicoles Besuch endlich weg?«

»Nein, sie unternehmen einen Spaziergang und sind bestimmt gleich wieder da.«

»Na, super«, murrt er. »So habe ich mir mein Wochenende vorgestellt. Nicole hat uns dazu verdonnert, in der Mansarde zu schwitzen, weil sie sich wildfremde Leute eingeladen und den Garten zur Sperrzone erklärt hat.«

Toni traut ihren Ohren nicht. »Es ist noch immer ihr Haus, in dem sie euch seit Jahren kostenfrei wohnen lässt. Also rede nicht so!«

»Warum wohnen wir denn noch hier? Bloß weil Sarah sich weigert, ihre Mama in der nicht enden wollenden Trauer alleinzulassen. Ginge es nach mir, wären wir längst ausgezogen. Das Dachgeschoss ist ohnehin viel zu klein für uns. Wir brauchen dringend ein zweites Kinderzimmer und nicht nur das.«

Er führt die flache Hand an seinen Hals. »Mir steht dieses Großfamilienleben bis hier. Man kann keinen Pups lassen, ohne dass er von der Oberbefehlshaberin kommentiert wird.«

»Seit wann leidest du unter Flatulenzen?«

»Wieso fragst du mich das? Ich leide nicht unter Blähungen.«

»Oh, doch, mein Lieber! Du leidest gewaltig unter *geistigen* Blähungen, die dir den Blick auf die Realität vernebeln. Hast du dich mal gefragt, wo ihr ohne deine Schwiegereltern gelandet wärt? Ist dir eigentlich bewusst, was Nicole Tag für Tag für euch leistet? Sie reißt sich einen Arm für euch aus, und du dankst es ihr mit solch frechen Sprüchen.« Wutentbrannt nimmt sie ihm die Flasche ab. »Du willst Bier trinken? Dann geh hinauf und sieh nach, ob sich welches in deinem Kühlschrank befindet!«

»Was ist denn hier los?«, fragt Sarah, die den Streit bis oben hören konnte. Toni ist um Deeskalation bemüht, schließlich können die Frauen jeden Moment zurückkehren. Deshalb zaubert sie eine Ausrede aus dem Hut.

»Dein Mann ist verärgert, weil sein Verein mal wieder verloren hat. Ich habe ihm geraten, seine Dauerkarte zurückzugeben und stattdessen dem FC Sankt Pauli beizutreten.«

Mit dieser Erklärung gibt Sarah sich zufrieden. »Komm, Schatz, die Kinder müssen baden. Das könntest du heute mal übernehmen.«

Mit der festen Absicht, Nicole kein Wort über Paddys Frechheiten zu verraten, durchforstet Toni den Vorratsschrank. Sie sucht Gelatine und Vanilleschoten, um Pannacotta herzustellen. Beide Zutaten sind nicht vorhanden, deshalb beschließt sie, die Eismaschine anzuwerfen. In spätestens einer Stunde sollte ihre Nachspeise fertig sein.

Nicht nach einer Stunde, sondern erst gegen Abend löffeln die Damen das reichhaltige Dessert, das aus cremigem Eis und einem Soßenspiegel aus pürierten Waldbeeren besteht.

Die Sonne ist untergegangen, und es hat sich spürbar abgekühlt. Nicole entzündet ihre Fackeln und Kerzen. Eine bunte Lichterkette sorgt für stimmungsvolle Beleuchtung.

»Das war ein ganz toller Tag«, schwärmt Kristin und meint, dass diese Treffen unbedingt wiederholt werden müssen. »Sobald die Bauarbeiten bei mir abgeschlossen sind, kommt ihr drei zu mir nach Hamburg.«

»Sagtest du nicht, das könne Wochen dauern?«, erwidert Lena.

»Ich erachte das für eindeutig zu spät. Wir sollten den Spätsommer ausnutzen, bevor das trübe Herbstwetter Einzug hält«, schlägt Toni vor und lädt die drei kurzerhand zu sich ein. »Nächsten Samstag bei mir, okay?«

Nach dieser Einladung umfasst die Whatsapp-Gruppe vier Personen.

Kristin ist im Begriff, den Heimweg anzutreten. Nach einem stundenlangen Aufenthalt möchte sie Nicoles Gastfreundschaft nicht überstrapazieren. Sie sucht Augenkontakt zu Lena, die versteht den Hinweis und nickt.

»Vorher muss ich allerdings noch einmal wohin«, erklärt Kristin.

»Schade, ihr wollt wirklich schon aufbrechen?«, bedauert Nicole. »Ach, kommt schon. Der Abend ist doch noch jung.«

»Eigentlich würde ich gern noch ein Stündchen bleiben. Aber ich habe keine andere Wahl. Kristin hat mich in ihrem Wagen mitgenommen und bringt mich wieder zurück«, erklärt Lena.

Kristin stellt klar, dass sie es gar nicht eilig hat, nach Hause zu kommen. »Ich muss nur dringend zur Toilette.«

Nicole begleitet sie und zeigt ihr das Gäste-WC, während Toni eine weitere Flasche Wein entkorkt. Sie nutzt den kurzen Moment, um Lena unbemerkt eine Frage zu stellen.

»Hast du diesen Benno auf Tinder kennengelernt?«

Lena verneint. »Tinder ist nichts für mich. Dort treffen sich nur Leute unterhalb meiner Altersklasse. Ich bin bei anderen Datingportalen angemeldet.«

»Ich habe schon viel davon gehört, habe aber keine Ahnung, wie das funktioniert. Bisher gab es keinen Grund, mich dafür zu interessieren. Würdest du es mir irgendwann mal erklären?«

»Kein Problem«, versichert Lena, nimmt sofort ihr Smartphone aus der Tasche und stellt es an. »Schau her. Es ist ganz einfach. Hier meldest du dich an. Danach füllst du einen Fragebogen aus.«

»Nicht jetzt! Nicole ist im Anmarsch.«

»Na und? Es ist doch nichts Verwerfliches dabei.«

»Was ist nicht verwerflich?«, hakt die Hausherrin nach.

»Ich zeige Toni gerade, wie Datingportale funktionieren.«

»Dann warte einen Moment, bitte!«, ruft Kristin. »Das möchte ich auch gern wissen.«

»Also gut«, stimmt Lena zu. »Wer von euch macht den Anfang?« Ratlose Blicke treffen sie. »Mit einer von euch muss ich beginnen. Es macht wenig Sinn, die kostenlose Testversion zu nutzen, dort kann man nur ein verpixeltes Foto von sich hochladen, das auf den ersten Blick klarstellt, dass es einem nicht ernst ist. Besser, ihr schließt einen Premiumvertrag ab. Bei dem sind die Erfolgsaussichten um einiges höher.«

»Der Spaß kostet Geld? Dann bin ich raus«, entscheidet Kristin.

Nicole hebt abwehrend beide Hände in die Höhe. »Für mich kommt das nicht infrage. Ich suche keinen neuen Mann. Aber ich würde dennoch gern erfahren, wer sich auf solchen Portalen herumtreibt. Zeig doch mal, wer sich bei dir gemeldet hat.«

Die Frauen stecken die Köpfe zusammen, als Lena ihnen ihre Matches zeigt.

»Der sieht doch nett aus. Warum hat es mit ihm nicht geklappt?«

»Schon nach der ersten Mail wurde offensichtlich, welche Absichten er verfolgt. Von Typen wie ihm wimmelt es auf Partnerbörsen. So einen Mann suche und brauche ich nicht. Ich wünsche mir einen Partner, der mich auf Händen trägt, und keinen, der nur auf eine unverbindliche Bettgeschichte aus ist.«

»Wieso muss ein Mann dich auf Händen tragen?«, platzt es aus Kristin heraus. »Du kannst doch laufen.«

»Du weißt, dass ich das nicht wörtlich gemeint habe. Ich hätte gern jemanden an meiner Seite, auf den ich mich verlassen kann, der mich schätzt und mich hin und wieder verwöhnt. Das habe ich mir nach der Pleite mit Moritz' Vater redlich verdient.«

»Was stimmte nicht mit ihm?«

»Er war ein Narzisst. Treffender kann ich ihn nicht beschreiben. Er hielt sich für besonders und einzigartig. Keine Gelegenheit hat er ausgelassen, mich kleinzumachen, vorzugsweise vor versammelter Mannschaft. Das hat ihm besondere Freude bereitet. Noch vor der Geburt unseres Sohnes habe ich ihm den Laufpass gegeben. Das war die beste Entscheidung meines Lebens.«

»Und danach? Du bist doch nicht seit zwanzig Jahren unbemannt, oder?«

Lena seufzt. »Es gab Männer, aber die Beziehungen waren nicht von langer Dauer, eher so wie Sommergewitter, die schnell vorüberziehen und nur kurz für Aufregung sorgen. Meist hatte es mit meinem Sohn zu tun. Er war ein aufgeweckter, quirliger Junge, der meine ganze Aufmerksamkeit und Liebe einforderte. Damit kamen meine Lebensabschnittsgefährten nicht zurecht.«

Nach Jahren, in denen sie nicht an ihn gedacht hat, fällt Lena in diesem Moment Nico ein. Mit ihm hätte es klappen können. Für ihn war sie sogar bereit, ihre Apotheke aufzugeben und gemeinsam mit ihm in eine andere Stadt zu ziehen. Doch kurz bevor es so weit war, bekam er kalte Füße. Die Verantwortung war ihm doch zu groß. Nach dieser Enttäuschung entschied sie, sich so lange mit ihrem Dasein als Singlemama abzufinden, bis Moritz alt genug war, um das Nest zu verlassen.

»Wisch mal weiter«, fordert Toni, sie ist ganz erpicht darauf zu erfahren, wer es noch in Lenas Sammlung geschafft hat. Ihre Euphorie endet abrupt, als sie auf ein bekanntes Gesicht stößt. »Das glaube ich nicht«, erbost sie sich. »Dieser Mistkerl.«

»Kennst du ihn etwa?«

»Länger als sieben Jahre. Das ist Maik.«

»Dein Ex?« Lena fühlt sich augenblicklich wie eine Ehebrecherin, obwohl Toni mit Adam1978 gar nicht verheiratet war.

»Ich brauche einen Schnaps«, erklärt Toni. Sie wartet nicht, bis Nicole sich erhebt, sondern marschiert selbst in die Küche, um die Flasche Gin zu holen.

Kurz darauf füllt sie einen Doppelten in ihr Weinglas und kippt den Inhalt in einem Zug hinunter. »Seit wann läuft da was zwischen euch?«

»Zwischen Adam und mir? Nichts! Wir haben uns nur einmal getroffen. Danach haben wir uns nicht wiedergesehen.«

»Wann war das?«

»Irgendwann im Winter. Ich weiß es wirklich nicht genau, schließlich hat er keinen bleibenden Eindruck bei mir hinterlassen.«

»Und warum befindet er sich noch immer in deiner Liste?«

»Vermutlich, weil sein Account nach wie vor aktiv ist.«

Toni steht kurz davor auszuflippen. Sie greift zur Flasche, um sich nachzuschenken, doch das lässt Nicole nicht zu.

»Sei doch vernünftig. Das bringt doch nichts.«

»Begreifst du denn nicht, was Lena mir gerade offenbart hat? Maik hat sich nicht plötzlich und völlig unerwartet in diese Josephine verliebt. Nicht der Blitz war schuld, der ihn aus heiterem Himmel und mit voller Wucht getroffen hat, als er ihr zufällig begegnet ist. Es war das Ergebnis einer langen Suche. Das bedeutet, er hatte mich schon viel länger satt. Mindestens seit dem letzten Winter. – Oh, mein Gott. Das muss ich erst verdauen.«

Kristin schaut Nicole auffordernd an. »Nun gib Toni endlich einen Schnaps. Es ist doch nicht zu übersehen, dass sie dringend einen nötig hat. Ich bringe dir nächste Woche eine neue Flasche mit.«

Toni atmet tief durch. »Nicht nötig. Ich habe mich wieder im Griff.«

Lena wirkt sichtlich betroffen. Sie scheint es zutiefst zu bereuen, sich überhaupt auf dieses Thema eingelassen zu haben.

Offenbar ist es ihr ein Bedürfnis, Toni ihr Bedauern auszusprechen. »Es tut mir leid. Wenn ich geahnt hätte …«

Weiter kommt sie nicht, denn Toni unterbricht sie sofort.

»Mach dir bitte keine Vorwürfe. Es ist weder deine Schuld noch bin ich dir böse. Ich bin wütend auf mich, weil ich nicht gemerkt habe, was er all die Zeit hinter meinem Rücken getrieben hat.«

»Das zeigt doch, dass sich Lug und Betrug nicht lohnen. Egal wie geschickt man sich anstellt, letztlich kommt alles ans Licht. Deshalb halte ich es mit dem Leitsatz: Ehrlich währt am längsten.«

»Danke für dein Wort zum Sonntag«, knurrt Toni trotzig. Aber Kristins Bemerkung lässt sie nicht kalt.

Egal wie geschickt man sich anstellt, letztlich kommt alles ans Licht? Etwa auch die Sache mit dem Lotterielos?

Erste Zweifel keimen in ihr auf, doch die lässt Toni nicht zu. Nach reiflicher Überlegung kommt sie zu dem Schluss, dass es sich gar nicht um Betrug handelt, wenn sie den Gewinn einstreicht. Das Geld dient lediglich als Mittel zum Zweck, um ausgleichende Gerechtigkeit herzustellen. Es ist eine Wiedergutmachung, eine Art Schmerzensgeld, das ihr zusteht, redet sie sich ein.

Lena und Kristin verabschieden sich. »Bis nächsten Samstag.«

Toni bleibt noch. Sie will Nicole beim Aufräumen und Abwaschen zur Hand gehen, obwohl sie das gar nicht muss. Schließlich hat sie die Fußballwette gewonnen.

Kristin

Konkurrenzbeobachtung

Bereits um neun flieht Kristin am Montagmorgen vor dem Baulärm. Bevor sie das Haus verlässt, schaut sie bei Ilse vorbei und fragt, wie sie es schafft, den Krach stoisch zu ertragen.

»Ganz einfach, ich habe mein Hörgerät ausgestellt.«

Kristins Vorschlag, sie in ein Café zu begleiten, um gemütlich zu frühstücken, lehnt Ilse mit der Begründung ab, sie könne die Handwerker nicht unbeaufsichtigt lassen.

Nach einem gemütlichen Spaziergang erreicht Kristin ihr Stammlokal am Eck. Trotz schönsten Wetters wählt sie einen Platz im Innenbereich. Dort ist es ihr möglich, am Laptop zu arbeiten, ohne von der Morgensonne geblendet zu werden. Außerdem liebt sie den Duft, der drinnen vorherrscht. Die Melange von frisch geröstetem Kaffee und ofenwarmem Gebäck bereitet ihr stets ein wohliges Gefühl.

»Hallo, Frau Drescher. Was darf es heute für Sie sein?«, fragt die Bedienung. »Wie immer?«

Kristin nickt und freut sich auf Milchkaffee und einen Bagel mit Frischkäse.

Während sie genüsslich kaut, entgeht ihr nicht, dass alle anderen Gäste von der Serviererin geduzt werden. Sie fragt sich, warum nur sie formell angesprochen wird. Ein Kontrollblick auf die umliegenden Tische liefert die Erklärung: Kristin ist die Älteste.

Sie stellt ihren Laptop an und gibt den Namen Lucie Wellenberg in die Suchmaschine ein. Sekunden später erscheinen die ersten Ergebnisse mit Fotos.

Wie Kristin nicht anders erwartet hat, ist sie blutjung und bildschön. Mit versteinerter Miene studiert sie Lucies Referenzliste und erfährt, dass sie das Objekt am Tegernsee ergattert hat. Doch nicht nur das. Bereits zuvor hat ihr die Newcomerin Aufträge vor der Nase weggeschnappt. Wie kann das sein? Kristin verfügt doch auch über eine Internetpräsenz mit Vorhernachher-Bildern.

»Darf ich Ihnen noch etwas bringen?«, erkundigt sich die Bedienung. Kristin möchte nichts mehr trinken, sondern wissen, weshalb die junge Konkurrentin erfolgreicher ist.

Sie bittet die Serviererin um ihre Meinung. »Bitte, seien Sie ehrlich. Was halten Sie von meiner Homepage?«

»Ganz nett.«

»Nur ganz nett?« Kristin hat dem Webdesigner für diesen Auftritt einen Haufen Geld bezahlt.

»Ich finde sie ein wenig unpersönlich. Außerdem ist diese Art der Präsentation nicht mehr zeitgemäß. Wer heutzutage auf sich und sein Unternehmen aufmerksam machen will, postet auf Instagram oder TikTok. In Ihrem Fall auch auf Facebook, das ist die Plattform für das ältere Semester.«

Danke, das reicht, denkt Kristin und verzieht beleidigt das Gesicht.

»Ich sollte ehrlich sein, Frau Drescher.«

Kristin presst ein Lächeln heraus. »Ja, das weiß ich sehr zu schätzen, vielen Dank.« Sie zückt ihr Portemonnaie und zahlt mit einem Fünfziger. »Geben Sie mir auf dreißig heraus.«

»Wenn Sie Unterstützung brauchen, kann ich den Kontakt zu einem Bekannten herstellen. Er ist ein Ass, was kreative Präsentationen angeht.« Sie stellt ihr Smartphone an und führt Kristin ein kurzes Video vor. Es zeigt eine Floristin, die den Zuschauern einen Einblick in ihren typischen Arbeitsalltag gibt. Man sieht sie beim Einkauf auf dem Großmarkt, in der Totalen in ihrem Laden beim Binden eines Brautstraußes. Zwischen den einzelnen Sequenzen macht sie Faxen und erklärt in Hamburger Mundart, warum sie die Beste ist, wenn es um florale Kunst geht.

»Seit sie regelmäßig Reels und Storys postet, ist die Frau Kult und kann sich vor Aufträgen kaum noch retten.«

»Das mag mit Blumen funktionieren, kommt aber für meine Branche nicht infrage. Ich bin eine ernst zu nehmende Innenarchitektin mit internationaler Reputation.«

»Na ja, ich wollte nur helfen.«

Just in diesem Moment wird Kristin bewusst, dass sie sich extrem arrogant verhalten hat. Statt den Vorschlag sofort abzu-lehnen, sollte sie der Kellnerin dankbar sein. Denn sie hat recht. Kristin muss mit der Zeit gehen, wenn sie den Anschluss nicht verlieren will.

»Sie haben mir sogar sehr geholfen«, erklärt sie und nimmt eine Visitenkarte aus ihrer Handtasche. »Wenn Ihr Bekannter Zeit und Interesse hat, würde ich mich sehr über seinen Anruf freuen.«

Antonia

Deal

Laut Auskunft der Kollegen hat Herr Gruber die letzten zwei Tage weder sein Zimmer verlassen, noch hat er das Essen angerührt. Toni denkt, dass das so nicht weitergehen darf, und setzt sich zum Ziel, ein ernstes Gespräch mit ihm zu führen.

»Was haben Sie vor?«, spricht sie den Senior in strengem Ton an, der offensichtlich nicht aus eigenem Antrieb in die Einrichtung gezogen ist. Physisch könnte er gewiss noch autonom wohnen, aber nicht mehr lange, sollte er weiterhin in den Hungerstreik treten.

»Gehen Sie mir nicht auf den Geist!«

»Dito, Herr Gruber. Ich gehe noch einmal hinaus, klopfe an Ihre Tür, und dann sagen Sie freundlich: ›Herein. Guten Morgen, Frau Bartels. Schön, dass Sie wieder da sind. Hatten Sie ein erholsames Wochenende?‹«

»Ich dachte, ich darf dich Toni nennen?«

»Ja, das hatte ich Ihnen angeboten. Allerdings wusste ich zu diesem Zeitpunkt noch nicht, dass Sie ein ausgewachsener Sturkopf sind.«

»Na, du nimmst wohl kein Blatt vor den Mund.«

Toni entgeht sein kurzes Lächeln nicht. Noch hat sie ihn nicht überzeugt, denn er weist sie abermals ab. Doch sie lässt sich nicht abwimmeln.

»Warum kommen Sie nicht mit nach draußen? Die Sonne scheint, es ist warm, aber noch nicht zu heiß. Schon bald könnte sich die Wetterlage ändern. Der Herbst nähert sich in großen Schritten, dann wird es regnen und stürmen.«

»Sturm ist erst, wenn die Schafe keine Locken mehr haben.«

Toni schmunzelt. »Immerhin haben Sie Ihren Humor mitgebracht. Das gibt mir Hoffnung.«

»Raus jetzt! Ich zahle kein Vermögen, um mich terrorisieren zu lassen.«

»Eigentlich schätzen es die Bewohner, wenn ich Zeit mit ihnen verbringe und einen Plausch mit ihnen halte.«

»Ich nicht!«

»Das ist offensichtlich. Aber keine Sorge, Herr Gruber. Wir sind hier darauf bedacht, dass es Ihnen gut geht. Wenn Sie nicht essen wollen, dann gibt es andere Mittel und Wege, um Sie zu ernähren. Aber, wenn Sie mich fragen …«

»Ich frage dich aber nicht.«

»Ich sage es trotzdem! Legen Sie es wirklich darauf an, auf die Pflegestation verlegt zu werden? Dort ist es nicht sehr gemütlich. Das kann ich Ihnen versichern. Warum nutzen Sie Ihre bemerkenswerte Energie nicht, um aktiv am Leben teilzunehmen? Manch einer würde Sie um Ihre Konstitution beneiden. Die Frau, die vor Ihnen dieses Zimmer bewohnt hat, hätte …«

»Du redest zu viel. Mach einen Abflug.« Er stellt den Fernseher an und kehrt ihr demonstrativ den Rücken zu.

Toni erkennt, dass es in diesem Moment keinen Sinn hat, weiter auf ihn einzuwirken.

Sie begibt sich in die Großküche und kontrolliert auf dem Weg dorthin ihr Handy. Noch immer hat sie keine Nachricht von der Bank erhalten. Wie lange lässt sich die Lotteriegesellschaft Zeit, um den Gewinn zu transferieren? In dem Schreiben war von einer Woche die Rede. Die ist längst verstrichen.

Es ist bereits später Vormittag, als es Toni gelingt, die richtige Telefonnummer herauszufinden. Um ungestört dort anzurufen, begibt sie sich hinaus in die Außenanlage. In ausreichender Entfernung zu ihren Kollegen, die neben dem Hauptgebäude eine Raucherpause einlegen, ruft sie bei der Gewinnhotline an.

»Guten Tag, mein Name ist Antonia Bartels. Ich habe eine Frage. Wann wird der Gewinn ausgeschüttet? Es sind bereits mehr als sieben Tage vergangen, aber bisher … – Mein Name? Wie bereits erwähnt, heiße ich Antonia Bartels und bin die Ehefrau.«

»Bartels? Nicht Schneider?«

»Ich habe bei der Hochzeit meinen Nachnamen behalten.«

»Tut mir leid, Frau Bartels. Ich bin nur befugt, mit dem Gewinner persönlich zu sprechen. Datenschutz! Ich hoffe auf Ihr Verständnis.«

»Was soll denn der Blödsinn? Wir wollen doch nur wissen, wann mit der Zahlung zu rechnen ist.«

Mist! Toni legt auf und befürchtet, mit ihrem Anruf schlafende Hunde geweckt zu haben. Sie ärgert sich über sich selbst, weil sie nicht die Füße stillgehalten hat. Sollte ihre ungeduldige

Nachfrage dazu führen, dass ihr das Geld durch die Lappen geht, würde sie sich das niemals verzeihen.

Kreidebleich setzt sie ihre täglichen Aufgaben fort.

»Gruber hat sein Mittagessen schon wieder zurückgegeben, ohne es anzurühren«, vermeldet eine Praktikantin. »Willst du noch einmal dein Glück versuchen? Dir kann doch niemand etwas abschlagen.«

Obwohl Toni keine Hoffnungen hegt, dass es ihr gelingen wird, ihn zu überzeugen, bringt sie das Tablett auf sein Zimmer.

»Heute gab es Gulasch. Was hat Ihnen an diesem Gericht nicht behagt? Dass Sie kein Vegetarier sind und sehr wohl Fleisch essen, weiß ich, seit Sie sich einen Döner bestellt haben.«

»Ich habe eine Aversion gegen Fertigsoßen. So einen Fraß würde ich noch nicht einmal meinem Hund vorsetzen.«

»Was wäre denn nach Ihrem Gusto?«

»Lammkeule à la Provence. Über Stunden hat meine Frau aus Knochen, Gemüse und Rotwein einen intensiven Bratenfond hergestellt. Zu dem butterweichen Fleisch hat sie ein Gratin gereicht, bei dem sie die Erdäpfel in hauchdünne Scheiben geschnitten und mit Bergkäse überbacken hat. Oh, das war ein Genuss.« Während Gruber offensichtlich gedanklich am Esstisch seines ehemaligen Zuhauses sitzt, den Wein dekantiert und sich die gebügelte Stoffserviette auf den Schoß legt, holt Toni ihn in die Gegenwart zurück.

»Erdäpfel? Wer sagt denn so was?«

»Gebürtiger Österreicher.«

»Sie sind ein Gourmet, Herr Gruber, und bestellen sich Fast Food aus der Dönerbude? Wie passt das zusammen?«

»Den habe ich immer gegessen, als meine Frau zu krank wurde, um noch für uns zu kochen. Ich habe sie bis zum letzten Tag gepflegt. Aber offensichtlich nicht gut genug. Sie ist gegangen, einfach abgehauen und hat mich allein gelassen.«

Toni streicht ihm über den Arm. »Sie sind nicht allein. Ich bin hier und gehe Ihnen so lange auf die Nerven, bis Sie endlich essen.«

»Wieso gibst du dir solche Mühe für einen fremden alten Mann?«

»Weil ich dafür bekannt bin, niemals aufzugeben.«

Er schaut sie prüfend an. »Was versprichst du dir davon? Schmeichelst du dich in der Hoffnung bei mir ein, mich beerben zu können? Das kannst du vergessen. Bei mir ist nichts zu holen. Meine Pension reicht gerade aus, um dieses Etablissement zu bezahlen.«

Toni hält seinem Blick stand. »Falsch, Herr Gruber. Sie können absolut sicher sein, dass ich keinerlei Interesse an Ihrem Nachlass habe. Was meine Finanzen betrifft, habe ich ausgesorgt.«

Wie jeder weiß auch Herr Gruber, dass das Pflegepersonal nicht angemessen entlohnt wird. Deshalb wundert er sich über Tonis Bemerkung. »Wie kannst du ausgesorgt haben? Hast du eine Bank überfallen?«

Toni kichert. »Das trauen Sie mir zu? Nein, ich hatte Glück im Spiel.« Plötzlich kommt ihr eine Idee. »Wären Sie eventuell bereit, einen kurzen Anruf für mich zu tätigen? Sie müssen lediglich ein wenig flunkern und behaupten, dass Ihr Name Maik Schneider lautet.«

»Ich soll mich für deinen Schweißfuß-Ex ausgeben? Warum?«

In kurzen Worten weiht Toni ihn ein. »Die Dame, mit der ich vorhin telefoniert habe, hat sich geweigert, mir Auskunft zu erteilen.«

»Kein Wunder, denn die Sache stinkt. Was machst du, wenn ich bei deiner Gaunerei nicht mitspiele und dich auffliegen lasse?«

Toni gibt sich unbeeindruckt. »Niemand wird Sie ernst nehmen. Jemandem, der seit Tagen weder isst noch trinkt, wird man den klaren Verstand absprechen. Wie Sie sehen, gehe ich kein Risiko ein. Was ist nun?«

Gruber lacht. »Du bist nicht nur nervig, sondern auch ziemlich gerissen.«

Er spannt Toni auf die Folter, obwohl seine Entscheidung längst gefallen ist. »Ich brauche mehr Informationen. Was soll ich fragen?«

Toni instruiert ihn und stellt ihr Handy auf Mithören. Sie ist erstaunt, wie perfekt Gruber seine Rolle spielt.

»Mein Name ist Schneider, Maik Schneider. Weshalb haben Sie meiner Frau vorhin keine Auskunft erteilt?«

»Ich muss mich an die Bestimmungen halten.«

»Dann spricht wohl nichts dagegen, dass Sie mir jetzt mitteilen, wann ich endlich meinen Gewinn erhalte, oder?«

»Laut meinen Unterlagen wurde bereits alles in die Wege geleitet. Gedulden Sie sich doch einfach bitte noch ein bis zwei Tage.«

Herr Gruber bedankt sich und legt auf.

»Sie sind der Hit«, gluckst Toni und würde ihn am liebsten umarmen. »Für Ihren Einsatz werde ich mich erkenntlich zeigen. Sagen Sie mir, womit ich Ihnen eine Freude machen kann.«

Schelmisch blinzelt er ihr zu. »Ich habe mehr als nur eine Lieblingsspeise. Auch für Süßes kann ich mich begeistern. Vorzugsweise Apfelstrudel oder Schwarzwälder Kirsch.«

Toni lächelt und verspricht, ihm später ein Stück vorbeizubringen.

»Aber keinen tiefgekühlten Fertigkuchen. Ich erwarte Selbstgebackenes!«

Nicole

Apfelstrudel

»Leon, Fabian!«, ruft Nicole die Treppe hinauf. Sie steht in der Diele und wartet auf ihre Enkel. »Seid ihr fertig?«

Noch während sie ihren Schlüssel vom Bord nimmt, wundert sie sich über die ungewohnte Stille. Normalerweise tobt um diese Zeit der Bär im Obergeschoss.

»Du musst die Jungs heute nicht in die Kita bringen. Sarah und ich haben uns freigenommen«, vermeldet ihr Schwiegersohn, ohne sich die Mühe zu machen, die Stufen hinabzusteigen und sie direkt anzuschauen.

»Ach was? Besten Dank für die rechtzeitige Info, Paddy«, knurrt Nicole. Sie ist verärgert, denn hätte er ihr früher Bescheid gegeben, wäre sie nicht so früh aufgestanden, hätte ihren Morgenkaffee gemütlich genossen, statt ihn hektisch hinunterzuschütten.

Sich wieder ins Bett zu legen, ist keine Option. Jetzt ist sie wach und begibt sich in den Garten. Sie widmet sich dem

Fallobst, den Äpfeln und Birnen, die es nicht bis zur vollständigen Reife an den Ästen gehalten hat und wurmstichig auf dem Rasen liegen. Zwischen summenden Wespen sammelt sie das Obst vom Boden auf und hofft, dass sie von den Insekten verschont bleibt. Zwar gehört Nicole nicht zu den hypersensiblen Menschen, die mit einem allergischen Schock auf einen Stich reagieren, dennoch legt sie es nicht darauf an, gestochen zu werden.

Als sie ihre Ausbeute in der Biotonne entsorgt, sieht sie Sarah, Paddy und die Kinder abfahren. Sie haben noch nicht einmal Tschüss gesagt.

»Hier ist doch etwas im Busch«, murmelt sie leise vor sich hin. »Ich werde schon noch dahinterkommen.«

Statt die letzten Spätsommertage im Freien zu genießen, verbringt sie die Zeit bis zum Mittag mit Hausarbeiten, als ihr Telefon klingelt. Es ist Toni.

»Kann ich dich um einen Gefallen bitten? Es ist wirklich wichtig.«

»Um jeden Gefallen, das weißt du doch.«

»Ich brauche dringend einen Apfelstrudel. Könntest du auf die Schnelle einen für mich backen?«

Nicole glaubt sich verhört zu haben. »Das ist dein dringendes Anliegen? Du hast geklungen, als ginge es um Leben oder Tod.«

»Ich habe einem Bewohner ein Stück versprochen und muss unbedingt Wort halten. Er ist endlich bereit, etwas zu essen.«

Nicole verzieht das Gesicht. »Mit Vanillesoße?«

»Das wäre grandios, jedoch noch besser wäre es, wenn du ihn bis drei in der Residenz vorbeibringen könntest.«

Nicole schafft es einfach nicht, jemandem eine Bitte abzuschlagen und stimmt zu. »Aber füttern werde ich ihn nicht!«

»Du bist und bleibst ein Schatz. Ich mache es wieder gut.«

Ein Blick auf die Uhr macht deutlich, dass Nicole sich sofort ans Werk machen sollte, wenn sie rechtzeitig fertig werden will. Schließlich muss der Teig noch ruhen, bevor er dünn auf einem Geschirrtuch in Form gezogen wird.

Sie hält sich an das Wiener Originalrezept und fügt der Apfelfüllung Rum und Rosinen bei.

Während der Strudel goldbraun im vorgeheizten Ofen backt, bereitet sie die Vanillesoße zu. Mit einem Schneebesen verrührt sie Milch, Sahne, Eigelb, Speisestärke, Zucker und Vanillemark, als draußen Autotüren klappen. Die Bande ist zurück.

Sekunden später stürmen die Enkel in die Küche. Nicole kommt gar nicht dazu zu fragen, was sie unternommen haben, denn Fabian posaunt es lauthals aus. »Papa und Mama kaufen ein Haus. Ich bekomme ein eigenes Zimmer und Leon auch.«

Vor Erstaunen lässt Nicole den Schneebesen fallen. Sie blickt in die Diele, in der Sarah und Paddy gerade mit gesenktem Kopf die Treppe hinaufschleichen, um nicht von ihr entdeckt zu werden.

»Na, das ist ja mal eine Neuigkeit«, krächzt Nicole und kämpft gegen den Kloß an, der sich in ihrem Hals bildet.

Bevor die Kinder ihrer Oma noch mehr verraten können, ruft Sarah sie zu sich. »Kommt rauf! Wir wollen Pizza essen.«

»Du auch, Omi, Mama hat extra eine für dich ohne scharfe Salami bestellt.«

Wie rücksichtsvoll, denkt Nicole, obwohl ihr Magen bereits ohne Chorizo und Peperoni wie Feuer brennt. »Esst ohne mich. Ich muss los und Toni den Kuchen bringen.«

Wie ferngesteuert überführt sie den Strudel aus dem Ofen in eine Transportbox und füllt die Soße in eine verschließbare Plastikkanne. Sie wartet nicht, bis das Gebäck abkühlt, sondern verlässt das Haus mit wehenden Fahnen.

Eine Viertelstunde später steht sie Toni gegenüber und kann sich endlich Luft machen. »Ich habe gerade erfahren, dass Sarah und Paddy auf Haussuche sind.«

»Sie wollen ausziehen?« Toni sieht in das traurige Gesicht ihrer Schwägerin. »Ach, Nicole, es wird Zeit für sie, sich eine eigene Bleibe zu suchen. Du musst zugeben, dass das Dachgeschoss für vier Leute viel zu klein ist. Es war doch ohnehin nur als Übergang gedacht.«

»Sie wollen ein Haus kaufen. Kannst du mir erklären, wie sie das anstellen wollen? Die beiden verfügen doch über gar kein Eigenkapital.«

Antonia hebt die Brauen. »Nun, wenn Paddy all die Jahre die Miete zurückgelegt hat, die er dir hätte zahlen müssen, sollte ein hübsches Sümmchen zusammengekommen sein.«

»Mich hat die Nachricht wie ein Schlag getroffen. Aber du wirkst überhaupt nicht überrascht. Hast du etwa von ihren Plänen gewusst?«

Toni verneint und legt tröstend den Arm um Nicole. »Sei nicht traurig. Freu dich lieber für sie.«

»Du verstehst mich nicht. Du hast keine Kinder und Enkel. Die vier sind mein Leben. Was soll ich bloß mit meiner Zeit anfangen, wenn sie nicht mehr bei mir sind?«

»Du könntest dich zur Abwechslung mal auf dich besinnen!« Toni nimmt den Kuchen entgegen. »Ganz lieben Dank, aber eine kleine Portion hätte gereicht. Ich komme später bei dir vorbei. Dann verputzen wir den Rest, okay?«

Nicole ist der Appetit vergangen. »Nicht nötig. Verteil den Strudel an deine Kollegen oder an deine Schützlinge.«

Nicole entfernt sich, ohne sich umzudrehen. »Alle verlassen mich«, jault sie während der Rückfahrt. Um dem Schmerz in ihrer Brust entgegenzuwirken, verkrampft sie die Hände ums Lenkrad und presst die Lippen fest zusammen. »So habe ich mir mein Leben nicht vorgestellt.«

Lena

Abgetaucht

Lenas Kontakt zu ihren Geschwistern beschränkt sich auf wenige Anrufe oder Kurzmitteilungen zum Geburtstag. Gesehen haben sie sich zuletzt an Weihnachten. Das Zusammentreffen mit der ganzen Familie endete noch vor dem Essen in einem Riesenkrach. Sie trennten sich in der Absicht, nie wieder gemeinsam das Fest der Liebe zu feiern. Umso erstaunter reagiert Lena, als ihr jüngerer Bruder Martin in der Apotheke erscheint. Über die Köpfe der wartenden Kunden fragt er direkt nach ihrer Mutter.

»Ist sie bei dir?«

Lena schüttelt den Kopf.

»Wann hast du zuletzt mit ihr telefoniert?«

»In der letzten Woche. Was ist denn los?«

»Sie geht seit zwei Tagen nicht ans Handy.«

Lena versucht ihn zu beruhigen. »Das ist nicht ungewöhnlich. Vermutlich hat sie es wieder lautlos gestellt.«

»Und wenn nicht?« Es ist nicht nötig, dass Martin seine Befürchtung ausspricht, seine Besorgnis ist bereits auf Lena übergesprungen.

»Du hast recht. Lass uns hinfahren und nachsehen, was los ist.« Sie sucht Blickkontakt zu ihren Angestellten. »Ihr kommt doch eine Weile ohne mich aus«, bestimmt sie. Danach wendet sie sich an ihren Bruder. »Gib mir eine Minute, ich laufe rasch in die Wohnung und hole ihren Schlüssel, den sie mir für Notfälle überlassen hat.«

»Ich warte draußen«, erwidert er und verlässt die Apotheke durch den Kundenausgang.

Gleich darauf steigt sie zu ihm in den Wagen. Während der kurzen Fahrt ist die Angst ihr ständiger Begleiter. Lautlos betet Lena, dass ihre Mutter wohlauf ist. Obwohl sie ihr schon häufiger die Pest an den Hals gewünscht hat, schnürt ihr die Vorstellung, sie würden sie leblos in der Wohnung vorfinden, die Luft ab.

»Wieso hast du überhaupt einen Schlüssel?«, will Martin wissen. Der Vorwurf in seiner Stimme entgeht Lena nicht.

»Weil ich nur zehn Autominuten von ihr entfernt wohne. Hätte Mutter ihn etwa dir oder Therese geben sollen?«

Um für den Notfall gerüstet zu sein, wäre das eine dumme Idee gewesen. Martin lebt in Köln. Die Schwester wohnt an der dänischen Grenze. Keiner der beiden wäre spontan angereist, nur weil Mutter sich ausgesperrt hat, was mindestens einmal im Monat der Fall ist.

Mit einem mulmigen Gefühl erreichen sie das Mehrfamilienhaus. Sie verzichten darauf zu klingeln und nehmen die Treppe, um in den zweiten Stock zu gelangen. Lenas Hände zittern, als sie den Schlüssel ins Schloss steckt. Die Wohnungstür öffnet sich, und Martin stürzt vor ihr in den engen Flur.

»Mama, bist du da?«

Lena betritt das Schlafzimmer. Das Bett ist akkurat gemacht. Sie setzt ihre Suche in der Küche fort, während Martin Wohnzimmer und Bad kontrolliert. »Hier ist sie nicht.«

Lena öffnet den Kühlschrank. Als sie darin nur Gläser mit Marmelade und Senf findet, ist der Fall für sie gelöst. »Sie wird zum Einkaufen gegangen sein.«

»Woher willst du das wissen? Sie könnte einen Unfall gehabt haben und schwer verletzt im Krankenhaus liegen.«

»Verdammt, Martin. Geh doch nicht ständig vom Schlimmsten aus! Sollte das der Fall sein, hätte sich längst jemand bei mir gemeldet.«

Er nimmt sein Handy zur Hand und wählt erneut die Mobilnummer der Mutter. »Jetzt meldet sich die Mailbox. Aber ich kann keine Nachricht hinterlassen.«

Bereits nach zwanzig Minuten ist Lena von ihrem Bruder komplett genervt. Er benimmt sich nicht wie ein gestandener Mann, sondern kopflos wie ein vierjähriges Kind, das seine Mutter im Gewusel am Bahnhof verloren hat.

»Was machen wir denn jetzt? Ich glaube, ich drehe gleich durch.«

»Bleib ruhig! Ich rufe Therese an. Vielleicht ist Mutter zu ihr gefahren«, schlägt Lena vor. Doch das älteste der drei Geschwister nimmt nicht ab.

Martins Gesicht hat mittlerweile die Farbe einer reifen Tomate angenommen. »Ich werde mich jetzt an die umliegenden Krankenhäuser wenden und fragen, ob sie dort eingeliefert wurde.«

»Mach das«, erwidert Lena stirnrunzelnd und verlässt die Wohnung. Sie klingelt bei der Nachbarin, mit der ihre Mutter befreundet ist. Sie scheint zu Hause zu sein, denn Lena hört Musik, bevor die gesicherte Tür einen Spalt geöffnet wird.

»Hallo, Frau Löhning. Ich bin es, Lena. Wissen Sie, wo meine Mutter steckt?«

Es dauert einen Moment, bis die alte Dame die Verriegelung löst. »Wo deine Mutter ist? Na, in Amerika. Weißt du das denn nicht.«

»In Amerika«, wiederholt Lena spöttisch und schaut die Nachbarin prüfend an, deren geistige Fähigkeiten seit ihrem letzten Zusammentreffen offensichtlich enorm nachgelassen haben.

»Sie ist am Samstag geflogen. Ich selbst habe ihr mit dem schweren Gepäck geholfen und sie zum Flughafen gebracht.«

»Was, zum Teufel, stellt meine Mutter in den USA an?«

»Sie ist die Granny-Nanny von Doktor Bergmann.«

»Sie ist was? Und wer ist Doktor Bergmann?«

»Ach, Lena, du scheinst überhaupt nicht im Bilde zu sein. Wenn du dich öfter mal um deine Mutter gekümmert hättest, dann wüsstest du, dass sie seit geraumer Zeit als Leihoma tätig ist.«

Das hat gesessen, aber Lena lässt sich nichts anmerken. »Wo in Amerika? Und wann kommt sie zurück?«

»Irgendwo in Kalifornien, vorerst bleibt sie drei Monate. Länger darf sie nicht ohne Visum.«

Lena hat es die Sprache verschlagen. Bei allen Meinungsverschiedenheiten, die zwischen ihr und ihrer Mutter vorherrschen, kann sie doch nicht sang- und klanglos abreisen. Die bekannte Wut auf ihre Mutter steigt mit voller Macht in Lena auf. »Das ist eine bodenlose Unverschämtheit! Hat sie nicht einmal daran gedacht, dass wir uns Sorgen machen? Mein

Bruder ist extra aus Köln hergekommen, weil er sie telefonisch nicht erreichen konnte.«

»Vermutlich wollte sie euch einen Denkzettel verpassen. Aber macht euch keine Sorgen. Es geht ihr blendend, wie sie mir vorhin geschrieben hat.«

Das wird ja immer schöner, ärgert Lena sich. Der Löhning schickt sie eine Nachricht, aber ihren leiblichen Kindern nicht.

»Sie wird sich bestimmt bei euch melden, sobald sie sich vom langen Flug erholt hat. Außerdem musst du die Zeitverschiebung berücksichtigen und den Jetlag, oder wie das heißt.«

Lena verabschiedet sich, kehrt in die Wohnung zurück und raunzt ihren Bruder an. »Du kannst aufhören, sämtliche Krankenhäuser anzurufen. Unsere Mutter weilt unter kalifornischer Sonne.«

»Sie macht Urlaub, ohne uns ein Wort zu sagen?«

»Keinen Urlaub, sie bespaßt die Kinder eines gewissen Doktor Bergmann. Wir müssen nicht auf sie warten, denn sie kommt vorerst nicht zurück.«

Ebenso konsterniert wie Lena die Nachbarin zuvor angeschaut hat, sieht Martin nun seine Schwester an. »Hat Mama einen Knall?« Die Frage bedarf keiner Antwort, denn Lena ist der Ansicht, dass Agnes Bartels von jeher einen Sockenschuss hatte. Wie oft sie sich für das ungebührliche Benehmen und die kruden Ansichten ihrer Mutter geschämt hat, kann sie nicht zählen.

Erleichtert, dass Agnes nichts Schlimmes zugestoßen ist, verlassen sie die Wohnung.

Während der Rückfahrt betrachtet Lena ihren Bruder. Sie verspürt das Bedürfnis, mehr Zeit mit ihm zu verbringen, und bittet ihn zu bleiben. »Wir haben uns so lange nicht gesehen.

Du kannst gerne bei mir übernachten und in Moritz' Zimmer schlafen. Auf diese Weise kommen wir endlich mal dazu, in Ruhe zu quatschen, ohne dass Therese oder Mutter mit ihren unpassenden Kommentaren dazwischenfunken.«

Martin ist einverstanden. Er verspricht, sie nach Geschäftsschluss abzuholen und zum Essen auszuführen.

Antonia

Über Geld spricht man nicht

Herr Gruber staunt Bauklötze, als ihm der noch warme Strudel serviert wird. »Die Soße ist auch selbst gemacht«, betont Toni, wünscht ihm einen guten Appetit und setzt sich zu ihm an den Tisch. Gespannt wartet sie auf sein Urteil.

»Wie hast du das so schnell zustande gebracht?«, will er wissen und probiert sogleich. »Hervorragend, ganz vorzüglich. Du bist eine Meisterbäckerin«, lobt er sie.

»Ich werde mich nicht mit fremden Federn schmücken. Das Lob gebührt meiner Schwägerin. Nicole war so nett, weil sie nicht ablehnen konnte, nachdem ich ihr gesagt habe, dass es um einen sehr netten Herrn geht, dem ich einen großen Gefallen schulde.«

»Sag mal, wie viel Geld hat dein Ex gewonnen? Mir kannst du es doch verraten, schließlich sind wir jetzt Komplizen.«

»Er hat gar nichts gewonnen. Das Geld steht mir zu!«, erwidert sie und bereut bereits, Herrn Gruber ins Vertrauen gezogen zu haben. Hoffentlich hält er dicht und geht nicht damit hausieren.

»Wie viel? Nun, spuck es aus. Ich behalte es auch für mich.«

»Über Geld spricht man nicht, Herr Gruber.«

»Ich will doch nur wissen, ob du beabsichtigst, deinen Job zu quittieren. Bestimmt hast du es gar nicht mehr nötig, hier zu malochen. Aber das würde ich zutiefst bedauern. Herzensmenschen wie dich braucht diese Anstalt.«

»Quatsch, ich liebe meinen Beruf, und eine Anstalt ist diese schöne Einrichtung gewiss nicht. Sie sollten mal Ihr Zimmer verlassen und sich umschauen. Spätestens dann werden Sie Ihre Meinung ändern. Es ist nämlich sehr schön hier.«

Herr Gruber presst die Lippen zusammen und schüttelt den Kopf. Toni meint, eine Träne über seine faltige Wange kullern zu sehen. »Was bedrückt Sie. Sagen Sie es frei heraus«, fordert sie ihn auf. »Mit mir können Sie über alles sprechen.«

»Lilo fehlt mir so sehr.«

»Das tut mir leid, aber Ihre Frau kann ich Ihnen nicht ersetzen.«

»Lilo ist meine Hündin. Ich musste sie ins Tierheim geben, weil Vierbeiner in diesem Etablissement nicht erlaubt sind.«

»Sie bekommt bestimmt ein schönes Zuhause«, muntert Toni ihn auf.

»Ganz sicher nicht. Die Leute wollen Welpen, vorzugsweise Rassehunde mit hellem Fell, weil die so putzig aussehen. Lilo sieht nicht putzig aus, sie ist ein Hund mit Charakter.«

»Wie der Herr, so sein Gescherr«, zitiert Toni ein altes Sprichwort, doch Herr Gruber überhört ihre Bemerkung und fährt ohne Punkt und Komma fort.

»Es zerreißt mir das Herz, wenn ich daran denke, dass sie auf blankem Betonboden in einem Zwinger gehalten wird. Dabei bin ich durchaus in der Lage, mich um sie zu kümmern. Mit ihr würde ich täglich spazieren gehen. Sie dürfte auf dem Sofa schlafen, aber die zickige Pflegeleitung hat es nicht gestattet. Könntest du vielleicht noch einmal mit deiner Chefin sprechen und ein gutes Wort für mich einlegen?«

Toni weiß, dass das aussichtslos ist. Unzählige Male hat sie diesen Vorschlag unterbreitet, der jedes Mal abgeschmettert wurde. Dabei wäre es so wichtig für die Bewohner, ihr liebgewonnenes Haustier behalten zu dürfen.

»In welchem Tierheim ist Ihre Lilo denn untergebracht?«

Herr Gruber presst die Lippen aufeinander. Es ist ihm peinlich, vor Toni zu weinen, und er dreht seinen Kopf verschämt zur Seite.

»Ich weiß nicht, ob ich Ihnen helfen kann, aber ich werde es versuchen«, verspricht Toni, streicht ihm liebevoll über die Schulter und verlässt sein Zimmer.

Bereits auf dem Flur wird sie von ihrer Vorgesetzen gestoppt und im strengen Ton an ihren strikten Zeitplan erinnert.

»So geht das nicht weiter, Toni. Wir sind kein Wellnesshotel mit Room-Service, sondern ein Seniorenheim. Erledige deine Sonderbehandlungen gefälligst während deiner Freizeit.«

Der Mann leidet, liegt Toni auf der Zunge, aber sie schweigt und widmet sich den Aufgaben, die sie längst hätte erledigen müssen.

Erst eine halbe Stunde nach ihrem offiziellen Dienstschluss macht sie Feierabend, holt die Kuchenbox aus ihrem Spind und fährt zu Nicole, die noch immer eine Trauermiene trägt.

Toni erkundigt sich, ob mittlerweile feststeht, wohin Sarah, Paddy und die Kinder ziehen werden.

»Nein, meine Tochter hat es bisher nicht für nötig gehalten, mich einzuweihen. Sie verkriecht sich seit Stunden oben und traut sich nicht, mir unter die Augen zu treten.«

»Dann gehe doch hinauf und frage sie.«

»Seit wann kommt der Knochen zum Hund?«

Augenblicklich muss Toni an die Hündin Lilo denken, die ihr Dasein nunmehr im Tierheim fristen muss und vermutlich ebenso leidet wie ihr Herrchen. Sie erzählt Nicole die traurige Geschichte von Herrn Gruber. »Es nimmt mich total mit, dass Menschen wie er durchs Raster fallen. Er wäre durchaus in der Lage, für sich selbst zu sorgen, aber das Schicksal hat ihm übel mitgespielt.«

»Ja, das Schicksal ist ein mieser Verräter«, äußert Nicole, obwohl Toni der Auffassung ist, dass sie ihr gar nicht zugehört hat. Sie setzt nach. »Er hat nicht nur seine Frau, sein gewohntes Zuhause, sondern auch seinen geliebten Hund verloren.« Auch jetzt zeigt Nicole keine Regung, was dazu führt, dass Toni in die Luft geht. »Kannst du gar keine Empathie für diesen armen Mann aufbringen?«

Nicole durchbohrt ihre Schwägerin mit einem stechenden Blick. »Bringst du etwa Mitgefühl für mich auf? Bald werde ich hier mutterseelenallein leben. Hast du dich mal gefragt, wie es mir damit geht? Statt rührselige Episoden deiner Heimbewohner zum Besten zu geben und Mitgefühl für Menschen von mir einzufordern, die ich gar nicht kenne, solltest du mich lieber ein wenig aufmuntern.«

Simultan bimmeln beide Handys. Kristin hat sich in der Whatsapp-Gruppe gemeldet.

Hallo Mädels, was soll ich mitbringen? Wann geht es Samstag los? Ich freue mich schon sehr auf euch.

Noch während Toni und Nicole sich stumm ansehen, antwortet Lena.

Solltet ihr einverstanden sein, würde ich beim nächsten Mal die Vorspeise übernehmen. Freitags ist hier Markt, und ich könnte beim Fischhändler frische Meeresfrüchte besorgen. Oder mögt ihr keine Garnelen, Tintenfische und Muscheln? Falls doch, würde ich den Salat kalt zubereiten. Mit einer Vinaigrette aus Olivenöl, Knobi, Chili und Zitronensaft. Baguette oder Ciabatta passt dazu, aber ich werde das Brot nicht selbst backen, sondern würde es beim Stadtbäcker besorgen. Was meint ihr? Für den Fall, dass euch mein Vorschlag nicht zusagt, erbitte ich eure umgehende Antwort, damit ich mir eine Alternative überlegen kann. Ich freue mich schon wie verrückt auf euch. LG Lena

»Meeresfrüchtesalat klingt doch lecker«, meint Toni und schaut Nicole erwartungsvoll an. Doch sie verzieht keine Miene.

»Mir egal. Du bist am Samstag die Gastgeberin. Also entscheide du.«

Nicoles anhaltender Pessimismus geht Toni gewaltig gegen den Strich. »Krieg dich mal wieder ein! Sarah hat nicht vor auszuwandern. Es besteht kein Grund, dass du in eine Depression verfällst. Reiß dich mal zusammen! Jeder hat das Recht auf sein eigenes Glück!«

»Verschone mich mit deinen Kalendersprüchen. Wir sehen uns am Samstag. Ich bringe alles fürs Dessert mit. Hab noch einen schönen Abend. Ich wäre jetzt gern allein.« Nicole verschwindet durch die Terrassentür und marschiert in den Garten.

Toni versteht den knallharten Rausschmiss und verlässt die Küche. In der Diele entdeckt sie Sarah, die verstohlen über die

Brüstung schaut und offensichtlich gelauscht hat. Kurz entschlossen stiefelt Toni die Treppe hinauf und begrüßt ihre Nichte. »Deine Mutter dreht gerade am Rad. Du solltest ihr endlich sagen, was ihr vorhabt.«

»Du solltest dich besser raushalten! Hast du nicht bereits genug angerichtet?«

Toni steht auf dem Schlauch. »Was habe ich denn Schlimmes angestellt?«

»Spiele nicht die Ahnungslose! Paddy hat mir von deiner schroffen Ansage erzählt. Uns als ›Zecken‹ zu bezeichnen, die Mutter aussaugen, ist der Gipfel der Unverschämtheit, zumal du selbst die Oberzecke in unserer Familie bist.«

»Bitte?«, echauffiert Toni sich und weist den Vorwurf entschieden zurück. »Das Wort Zecke ist nie über meine Lippen gekommen«, beteuert sie, obgleich der Vergleich zutreffend gewesen wäre. »Und weshalb betitelst du mich als Oberzecke?«

»Dazu fällt dir nichts ein? Du lebst seit Jahren im Haus meiner Großeltern, obwohl es dir nur zur Hälfte gehört.«

»Es ist mein Elternhaus. Bisher hat sich niemand daran gestoßen.«

»Bisher war gestern! Heute sage ich dir, dass nach dem Tod meines Vaters auch mir ein Viertel des Erbes zusteht. Während du auf unsere Kosten eine billige Bleibe gefunden hast, muss ich mir von der Bank sagen lassen, nicht ausreichend solvent zu sein, um eine Hypothek aufzunehmen. Zahle Mutter und mich endlich aus!«

Einen derartig frechen Ton hat Sarah sich noch nie herausgenommen. Toni ist davon überzeugt, dass Paddy ihr diesen Floh ins Ohr gesetzt hat. Als Klügere lässt sie sich nicht auf weitere Diskussionen ein und fährt heim.

Draußen wird es schon dunkel, als sie bei sich zu Hause eintrifft und noch immer über Sarahs Vorwurf nachdenkt. Nach kurzer Überlegung kommt sie zu der Überzeugung, dass ihre Anschuldigungen nicht unbegründet sind. Damals war ihr Bruder einverstanden, sogar froh, dass das Haus in der Familie bleibt. In den darauffolgenden Jahren hat Toni auf eigene Kosten einige Modernisierungen vorgenommen, die alte Heizung gegen eine moderne ausgetauscht und neue Fenster und Türen einbauen lassen.

»Was war die Hütte damals wert, und was wird sie jetzt wert sein?«, fragt sie sich.

Bisher sah sie sich außerstande, Nicole und Sarah auszuzahlen. Aber das Blatt hat sich gewendet.

Kristin

Probeaufnahmen

Kristin steht in der Küche, um sich einen Tee zuzubereiten. Während sie darauf wartet, dass das Wasser im Kessel kocht, schaut sie aus dem Fenster und betrachtet das noch satte Grün der alten Kastanie. Schon bald werden sich die Blätter gelb färben, und wenn nach den ersten Herbststürmen das Laub fällt, wird sie wieder freien Blick auf die Häuser in der gegenüberliegenden Straße haben. Sie gießt das sprudelnd heiße Wasser in die Kanne und nimmt eine Tasse aus dem Schrank, als ihr Handy vibriert. Lena hat auf ihre Frage in der Whatsapp-Gruppe geantwortet. Kristin liest Lenas Kurzmitteilung, die alles andere als kurz ist, sondern hundert Worte umfasst. Sie selbst würde eine halbe Stunde benötigen, um solch einen langen Text fehlerfrei zu tippen. Grundsätzlich hält sie ihre Mitteilungen knapp. Falls das nicht möglich ist, verschickt sie eine Sprachnachricht. »Meeresfrüchte«, liest sie laut vor und kommentiert Lenas Vorschlag sogleich mit Daumen hoch. Nicole und Toni haben noch nicht reagiert.

Zu ihrer abendlichen Teestunde verzieht Kristin sich ins Wohnzimmer. Sie macht es sich auf dem Sofa gemütlich, als es kurz darauf an der Wohnungstür klingelt. Kristin rechnet fest mit Ilse, doch die Person ist nicht ihre Vermieterin, sondern ein junger Mann, wie ihr der Monitor der Sprechanlage verrät. Statt sofort die Tür zu öffnen, fragt sie, wer er ist und zu wem er möchte. Er stellt sich als Johann vor.

»Inga hat mir Ihre Visitenkarte gegeben und darum gebeten, dass ich mich bei Ihnen melde.«

Welche Inga?, fragt Kristin sich. Doch plötzlich fällt ihr ein, dass es sich bestimmt um die Bedienung im Stadtcafé handelt, die ihr den Kontakt zu einem Social-Media-Spezialisten vermitteln wollte. Eigentlich ist Kristin davon ausgegangen, dass er anruft und nicht sofort persönlich vorbeikommt. Aber da er nun vor dem Haus steht, betätigt sie den Summer und lässt ihn eintreten. »Erste Etage!«, ruft sie und wartet im Türrahmen, bis er das Obergeschoss erreicht hat. Sie steht einem athletischen Mützenträger gegenüber, den sie auf Ende dreißig, Anfang vierzig schätzt. Ein charmantes Lächeln umspielt seine Lippen, als ihre Blicke sich treffen. Höflich fragt er, ob er seine Schuhe ausziehen solle.

Kristin wirft einen kurzen Blick auf seine sauberen Treter und verneint. »Ich habe Tee gekocht. Möchten Sie eine Tasse mittrinken?«, bietet sie an und führt ihn ins Wohnzimmer.

Johann lehnt ab, er kommt gleich zur Sache. »Was schwebt Ihnen denn vor, Frau Drescher?«

»Inga hat mir das Video gezeigt, dass Sie von der Floristin gedreht haben. Aber ich verkaufe keine Blumen, sondern bin Innenarchitektin. Noch habe ich keine Vorstellung, wie meine Reels aussehen könnten. Vielleicht haben Sie eine kreative

Idee? Ich habe einige Fotos meiner Arbeiten. Sogenannte Vor-her-nachher-Bilder. Vielleicht können wir die Aufnahmen nut-zen.«

»Ihre Arbeiten sind nebensächlich. Sie sollten im Mittel-punkt stehen. Stellen Sie sich Ihrer Community vor.«

Kristin würde am liebsten sofort einen Rückzieher machen, ihm für seine Mühe danken und ihn verabschieden. Doch Johann zückt sein Handy und bietet an, eine kurze Probeauf-nahme zu machen. Er plant, ein Interview mit ihr zu führen, um ihr die Scheu vor der Kamera zu nehmen. Noch bevor Kristin widersprechen kann, stellt er das Gerät an, hält es sich mit ausgestrecktem Arm vor sein Gesicht und legt los.

»Hey Leute, heute bin ich in Hamburg und besuche Kristin Drescher. Kristin ist eine erfolgreiche Interieurdesignerin, die uns heute etwas über die richtige Farbwahl erzählen wird.« Er richtet die Kamera auf sie und fragt, welche Auswirkungen Far-ben auf Räume haben.

Kristin fühlt sich völlig überrumpelt. Noch während sie un-beholfen von links nach rechts schaut, sucht sie nach passen-den Worten.

»Im ersten Schritt unterscheidet man zwischen warmen, kal-ten und neutralen Farben«, stottert sie. »Warme Farben strah-len Gemütlichkeit aus, lassen Räume jedoch kleiner wirken. Kalte Farben vermitteln Ruhe, Frische und können Räume optisch weiten. Als neutral betrachtet man Weiß, Beige- und Grautöne – sie lassen sich wunderbar mit anderen Farben kom-binieren.«

»Okay«, unterbricht Johann und duzt sie fortan. »Versuche mal, dich lockerer zu machen. Sei ganz natürlich.«

Das ist leichter gesagt als getan, denkt Kristin.

»Eventuell fällt es dir leichter, wenn du dich an den Tisch setzt.«

Kristin befolgt seinen Vorschlag, nimmt am Esstisch Platz und referiert über die Wirkung von Orange- und Gelbtönen.

»Der Tisch war keine gute Idee«, meint Johann und bricht ab. »Du wirkst distanziert wie eine Nachrichtensprecherin. Lächle! Zeige den Followern, wie viel Freude dir dein Beruf macht.«

Von welchen Followern spricht er?, fragt Kristin sich stumm.

»Vielleicht probieren wir es mal dort an der Wand im Stehen.«

»Besser, wir lassen es bleiben. Diese Instagram-Sache ist nichts für mich.«

Johann wirkt weiter auf sie ein. »Du hast nur Hemmungen. Das ist ganz normal. Ich versichere dir, das legt sich. Lass uns noch einen weiteren Versuch unternehmen.«

Just in dem Moment klingelt es. Dieses Mal ist es wirklich Ilse. Sie bittet Kristin um Hilfe. »Die depperten Arbeiter haben den Dielenschrank direkt vor die Kommode gestellt, in der sich meine Pillen befinden. Allein schaffe ich es nicht, das schwere Möbelstück zu verschieben.«

Kristin nutzt die Gelegenheit, Johann auf diese Weise loszuwerden. »Du hast Glück. Ich habe noch Besuch von einem jungen, kräftigen Herrn, der jedoch gerade gehen wollte. Aber bestimmt wird er kurz mit anpacken, oder?«

Johann nickt, folgt den beiden ins Erdgeschoss und schiebt mit Kristin den Eichenschrank zur Seite. Statt sich zu verabschieden, schaut er sich interessiert um.

Kristin inspiziert indes das Bad, um zu überprüfen, wie weit die Arbeiten vorangeschritten sind. »Wow«, staunt sie. »Hast du dich im letzten Moment doch noch umentschieden? Ich dachte, der Nero Assoluto sei dir zu dunkel.«

»Dann sind die Fliesen doch schwarz. Mir haben die Arbeiter versichert, sie seien anthrazit. Aber mit einer alten Frau können sie es ja machen.«

»Ich finde, es sieht sehr elegant und luxuriös aus. Warte nur, bis die Wanne, das Klosettbecken und der Waschtisch eingebaut werden. Das ergibt einen sehr edlen Kontrast.« Kristin berührt die glatte Oberfläche der Fliesen. »Hast du dir schon über die Farbe der Fugen Gedanken gemacht?«

Ilse schüttelt den Kopf. »Was empfiehlst du?«

»Ein helles Grau«, antwortet Kristin, legt den Arm über Ilses Schulter und streicht ihr über den Rücken. »Das Bad wird wunderschön. Spätestens, wenn du das erste Mal deine begehbare Dusche benutzt, wirst du an meine Worte denken. Der Aufwand hat sich gelohnt.« Erst jetzt bemerkt sie, dass Johann im Flur steht und sein Handy auf sie richtet. »Sag mal, nimmst du mich etwa auf?«

Breit grinsend bejaht er und spielt den kurzen Film ab. »Siehst du, wie natürlich und überaus sympathisch du wirkst, wenn du dich unbeobachtet fühlst?«

»Es tut mir leid, dass du dir den Weg umsonst gemacht hast. Ich werde mich nicht viral der Lächerlichkeit preisgeben.«

»Man sollte nie spontane Entscheidungen treffen. Noch heute gilt die goldene Regel, erst eine Nacht darüber zu schlafen. Ich schicke dir die Aufnahmen. Schaue sie dir in Ruhe an. Solltest du deine Meinung ändern, hast du meine Nummer.«

Nachdem er das Haus verlassen hat, will Ilse wissen, wer dieser attraktive Bursche war.

»Jemand, der sich mit Social Media auskennt. Aber für diesen Quatsch bin ich zu alt.«

Ilse lacht laut. »Zu alt? Du? Ich habe eine Freundin, die ist siebenundachtzig und postet täglich ihre Fitnessübungen.«

»Ach, Ilse«, seufzt Kristin. »Ich suche keine Freizeitbeschäftigung, sondern einen Weg, um mein Geschäft anzukurbeln. Das wird mir nicht gelingen, indem ich alberne Videos von mir ins Netz stelle.«

Da Ilse keine weiteren Aufgaben für Kristin hat, begibt sie sich zurück in ihre Wohnung. Sie trinkt den Tee, der bereits Zimmertemperatur angenommen hat, und kontrolliert ihr Handy. Johann hat ihr bereits die Aufnahme geschickt. Aber auch Antonia hat inzwischen geantwortet.

Meeresfrüchte klingen super, Lena. Brot brauchst du nicht mitzubringen. Das backe ich. Ich habe ein einfaches Rezept ohne Kneten. Freue mich auch auf euch. Bis Samstag ab 15 Uhr.

»Und was ist mit meiner Frage?« Toni ist mit keiner Silbe darauf eingegangen. Nicole hat sich noch gar nicht geäußert. Alles klar. Kristin beschließt, ebenfalls einen Vorschlag zu unterbreiten, so wie Lena es zuvor gemacht hat, und nimmt sich vor, die Reaktion der anderen abzuwarten.

Nach Fisch würde sich Flech anbieten, schreibt sie. Mist! Es sollte Fleisch heißen. Kristin löscht das Geschriebene und versendet eine Sprachnachricht.

»Hallo, Mädels. Ich hoffe, es geht euch gut. Nach Lenas Vorspeise würde ich gern die Hauptspeise übernehmen. Geflügel hatten wir beim letzten Mal. Seid ihr mit gegrillten Rippchen vom Duroc-Schwein einverstanden? Laut Vorhersage soll sich das Wetter halten. Wenn nicht, lassen sich die marinierten Loins auch im Ofen zubereiten. Die BBQ-Soße bereite ich vor und bringe sie fertig mit. Dazu knusprige Kartoffelecken mit einem Quarkdip und Krautsalat? Typisch amerikanisch nach Westernstyle. Bin gespannt auf eure Antwort. Habt einen schönen Abend. Bis Samstag. Ich kann es kaum erwarten.«

Minuten später antworten Lena und Toni wortgleich. Perfekt!

Nur Nicole ist noch immer offline.

Lena

Schwere Kindheit

Lena und Martin kehren am frühen Abend in einen Landgast-hof ein. Sie stören sich nicht am rustikalen Ambiente. Im Ge-genteil – sie kennen das Lokal seit Kindertagen, in dem ihre Mutter in der Hochsaison oft als Aushilfe gearbeitet hat, um die Haushaltskasse aufzubessern. Agnes Pape war dreimal ver-heiratet. Von jedem Mann hat sie ein Kind zur Welt gebracht, aber die Ehen waren nicht von langer Dauer.

Schon beim Betreten der Gaststube merkt Martin an, dass es hier noch immer so aussieht und riecht wie früher. Lena stimmt ihm zu und deutet auf die Jagdtrophäen an den Wän-den. Sie nehmen am Tisch unter dem Achtender Platz.

Die Wirtin steht hinter dem Tresen und zapft Bier. Auch sie ist in die Jahre gekommen und schenkt ihren altbekannten Gästen zunächst gar keine Beachtung. Erst als sie ihnen die Speisekarten bringt, erkennt sie Lena und ihren Bruder.

Sie erkundigt sich nach Agnes.

»Mutter geht es gut«, antwortet Martin knapp und ordert eine Schorle. Lena schließt sich seiner Bestellung an. Während er die Abendkarte studiert, fixiert Lena das Display ihres Smartphones. Damit zieht sie den sofortigen Unmut ihres Bruders auf sich.

»Kannst du nicht mal einen Abend auf deine Dating-App verzichten? Ich hatte gehofft, wir könnten uns ungestört unterhalten.«

Lena stellt klar, dass sie lediglich auf die Nachricht einer Freundin reagiert hat und steckt ihr Handy in die Handtasche. »Jetzt bin ich ganz Ohr. Weißt du schon, was du wählst?«

Martin entscheidet sich für die Rindsroulade nach Hausfrauenart. »Diese Mahlzeit weckt die wenigen guten Erinnerungen, die mich mit seinem Heimatort verbinden.«

Lena versteht sofort, wovon er spricht. Mit Schrecken denkt sie an seine Schulzeit zurück, die von Mobbing und körperlicher Gewalt geprägt war. Unterstützung war von ihrer Mutter nicht zu erwarten. »Mit deiner Art provozierst du deine Mitschüler. Benimm dich doch einfach normal, dann lassen sie dich in Ruhe«, wurde ihm lapidar geraten. Damit hatte sich das Thema für sie erledigt. Zwar wusste Agnes, dass ihr Sohn anders war als die anderen Jungs in seinem Alter, aber sie weigerte sich strikt, es zu akzeptieren. Lena hingegen liebte Martin für seine sanfte und feinfühlige Art und bestärkte ihn darin, so zu bleiben, wie er war, und niemals seine Träume aus den Augen zu verlieren. Vermutlich hätte er ohne ihren Zuspruch nicht den Mut aufgebracht, nach dem Abitur nach Köln zu ziehen, um dort seinen Traumberuf zu erlernen. Als Hairstylist und Make-up-Artist hat er sich im Laufe der Jahre eine Existenz aufgebaut, die Lena mächtig stolz macht.

Die Getränke werden serviert. Es liegt Lena auf der Zunge, die Wirtin zu fragen, ob sie die Gaststätte ganz alleine stemmt. Früher flitzten mindestens zwei Kellnerinnen um die Tische, um die zahlreichen Gäste zu bedienen. Aber weil heute ungewöhnlich wenig Betrieb herrscht, erspart sie sich die Frage. »Für Martin die Rindsroulade, ich möchte das Bauernfrühstück.«

Die Wirtin nimmt den beiden die Karten ab und verschwindet in der Küche. Gleich darauf kehrt sie zurück und stellt drei Schnäpse auf den Tisch. »Der Heidegeist geht aufs Haus«, sagt sie und setzt sich wie selbstverständlich zu ihnen. »Erzählt doch mal. Wie laufen eure Geschäfte?«

Das ist exakt die Frage, auf die die Geschwister liebend gern verzichtet hätten.

Martin zögert nicht, antwortet jedoch unverbindlich. »Nun, die Zeiten sind nicht leichter geworden.«

»Da sagst du ein wahres Wort. Früher haben uns die Leute zu dieser Zeit das Haus eingerannt. Heute habe ich trotz spektakulärer Heideblüte lediglich zwei Pensionsgäste. Die kommen noch nicht einmal zum Essen, sondern decken sich morgens am Frühstücksbüfett mit Proviant für den Tag ein. Ich verrate euch was. Im neuen Jahr ist hier Schluss für mich. Für die wenigen Kröten mache ich mich nicht mehr krumm. Ich muss den Koch bezahlen. Die Energiekosten fressen mich auf, und im Winter kommen ohnehin nur ein paar Wanderer vorbei, die sich bei einem Grog aufwärmen. Nein, das tue ich mir nicht mehr an.«

»Das ist bedauerlich, aber nachvollziehbar«, äußert Lena und kippt den klaren Brand in einem Zug. Es stimmt sie traurig, dass mit der Schließung des alteingesessenen Lokals eine Ära zu Ende geht.

Sie wartet, bis sie mit Martin wieder allein ist. Erst dann gesteht sie ihm, dass auch sie sorgenvoll in die Zukunft blickt. »Wie lange ich noch durchhalten kann, ist ebenfalls fraglich.«

»Gut, dass Mutter in Kalifornien ist. So bleibt dir ihre Predigt erspart.« Er äfft Agnes nach. »Ich habe dir schon immer gesagt, dass du dich mit einer eigenen Apotheke übernimmst. Aber du musstest dich unbedingt selbstständig machen, statt beim Vater deines Sohnes zu bleiben. An seiner Seite hättest du ausgesorgt. Wer nicht hören will, muss fühlen!«

Lena lacht über Martins Darbietung. »Du hast es echt drauf, sie zu parodieren.«

»Kalifornien. Die armen Kinder tun mir leid«, mokiert er sich und fragt, ob Lena sich vorstellen könne, wie ihre Mutter die Nachkommen des Doktors mit ihren rassistischen Parolen quält. »Gut, dass du es besser gemacht hast. Dein Moritz ist dir gut gelungen.«

Lena ist erstaunt, als sie erfährt, dass ihr Sohn regen Kontakt mit seinem Onkel hält. Deshalb überrascht es sie nicht, als Martin sie kurz darauf auf Benno anspricht. »Klappt es mit dem Bazi?«

»Hör bloß auf. Der war der absolute Reinfall.«

Martin lehnt sich zurück, damit die Wirtin die Teller auf dem Tisch platzieren kann.

Sie wünschen sich einen guten Appetit und fangen gerade an zu essen, als Lenas Handy klingelt. Martin verzieht erneut das Gesicht, aber Lena besteht darauf, den Anruf entgegenzunehmen, denn sie erkennt am Klingelton, dass es sich bei der Anruferin um ihre gemeinsame Schwester handelt.

»Du hast vorhin bei mir angerufen. Was gibt es denn?«, fragt Therese.

»Nichts mehr. Wir haben Mutter vermisst, aber nun wissen wir, wo sie steckt.«

»Wer wir? Ist Moritz etwa aus Paris zurück? Hat er sein Studium geschmissen?«

»Nein, ich spreche von Martin und mir. Er hat sich Sorgen gemacht, weil er Mutter zwei Tage nicht erreichen konnte. Daraufhin sind wir zu ihrer Wohnung gefahren und haben uns von Frau Löhning darüber informieren lassen, dass Agnes sich nach Kalifornien abgesetzt hat.«

»Wohin?«

So wie Therese reagiert, wird klar, dass auch sie nicht in die Reisepläne eingeweiht wurde. Lena stellt das Handy auf Mithören.

»Dreht Mutter jetzt vollkommen durch?«

Mit Blicken signalisiert Martin ihr, das Gespräch kurz zu halten. Er will in Ruhe mit seiner Lieblingsschwester speisen, so lange das Essen noch heiß ist. »Ruf sie später zurück!«

»Richte Martina aus, sie soll ihre freche Klappe halten!«

Dass Therese ihren Bruder als Martina betitelt, lässt Lena nicht unkommentiert. »Der Witz war schon früher geschmacklos. Außerdem hat Martin recht. Wir sitzen gerade beim Abendessen. Wenn du mehr wissen willst, dann gedulde dich. Wenn du willst, rufe ich dich später noch einmal an.«

»Du kannst mich doch jetzt nicht abwürgen. Auch ich habe ein Recht zu erfahren, was passiert ist. Schließlich bin ich die Älteste.«

»Dann hättest du ans Telefon gehen sollen, als ich dich mittags angerufen habe.« Lena legt auf und stellt ihr Handy aus.

»Schließlich bin ich die Älteste«, imitiert Martin Agnes Erstgeborene und bringt Lena erneut zum Lachen.

»Ach, ist das schön, dich mal ganz allein für mich zu haben«, freut sie sich. »Ich finde, wir sehen uns viel zu selten. Künftig werde ich dich öfter in Köln besuchen.«

Martin lässt eine Bombe platzen. »Dafür ist es zu spät. Ich habe den Salon verkauft.«

»Okay«, erwidert Lena und verkneift sich weitere Nachfragen. Wenn Martin ihr ausführlich berichten will, wird er von sich aus beginnen. Auf keinen Fall wird sie ihn drängen.

Gerade setzt er an, über die Umstände zu sprechen, als die Wirtin fragt, ob es munde.

»Wie immer ausgezeichnet«, antwortet er und schielt seine Schwester albern an. »Hier wird das nichts. Lass uns quatschen, wenn wir später bei dir zu Hause sind. Steht dein Angebot noch, dass ich bei dir übernachten darf?«

Lena beugt sich vor und schaut ihm direkt ins Gesicht. »Ich bestehe darauf.«

Nicole

Das klären die Bartels-Frauen unter sich

Seit Stunden tigert Nicole durchs Wohnzimmer und wartet darauf, dass sich jemand bei ihr blicken lässt. Nachdem es bereits nach acht ist, wird ihr klar, dass Sarah die Kinder ins Bett gebracht hat, ohne ihnen die Möglichkeit zu geben, ihrer Oma Gute Nacht zu sagen. Damit hat ihre Tochter den Bogen überspannt, ärgert Nicole sich und stapft die Treppe hinauf.

Sie klopft an, bevor sie das Wohnzimmer betritt. »Wir sollten reden!«

»Worüber?«, fragt Paddy, der im Jogginganzug auf dem Sofa lümmelt. Er stellt den Fernseher leiser.

»Ich bin der Meinung, ihr schuldet mir eine Erklärung. Was ist das für eine Geschichte mit eurem Hauskauf?«

Paddy erhebt sich und schlängelt sich an Nicole vorbei. »Sag du es ihr. Sie ist deine Mutter«, knurrt er und verlässt den Raum.

Nicoles Puls nimmt zu. *Was erlaubst du dir?*, würde sie am liebsten zurückblaffen, aber sie hält sich an Sarah, die sie aufmüpfig ansieht.

»Das ist doch offensichtlich, Mama. Sieh dich doch mal um! Die beengten Wohnverhältnisse sind nicht länger zumutbar.«

»Das stelle ich doch gar nicht in Abrede. Ich möchte über euer Verhalten sprechen, das ihr mir entgegenbringt. Weshalb geht ihr mir aus dem Weg? Warum bezieht ihr mich nicht in eure Pläne ein? Wir sind doch eine Familie.«

Sarah weicht dem Blick ihrer Mutter aus. »Ich habe nichts gesagt, weil ich genau gewusst habe, dass du damit nicht einverstanden bist und mit aller Macht versuchen wirst, es uns auszureden.«

»Das liegt mir fern. Ich frage mich nur, wie ihr es schaffen wollt, eine Immobilie zu finanzieren. Muss es denn gleich ein Haus zum Kauf sein? Reicht es nicht, zunächst eine größere Wohnung zu mieten? Bauer Hansen baut seine Scheune um. In Kürze entstehen dort moderne Wohnungen. Das wäre doch ideal für euch, und über die Höhe der Miete könnte ich mit ihm verhandeln. Wenn ich ihn mir vorknöpfe, macht er bestimmt einen akzeptablen Preis.«

»Aber genau darum geht es doch! Wir wollen nicht, dass du dich einmischst. Es ist unsere Angelegenheit.«

»Bitte, ich wollte nur helfen«, stammelt Nicole beleidigt und will den Rückzug antreten, doch Sarah stellt sich ihr in den Weg.

»Verstehe mich doch, Mama. Ich musste eine Entscheidung treffen. Entweder für dich oder für meinen Mann und unsere Kinder.«

»Seit wann stehen wir auf verschiedenen Seiten?«

Sarah fällt ihrer Mutter um den Hals. »Ich habe dich lieb, Mama, aber jetzt musst du dein Leben wieder selbst in die Hand nehmen. Paddy hat lange genug Geduld aufgebracht und Rücksicht auf dich genommen. Er will das Haus, und ich will es auch.«

Nicole löst sich aus der Umarmung ihrer Tochter. Sie befürchtet, im falschen Film festzustecken, der *Verkehrte Welt* heißt. »Auf mich müsst ihr keine Rücksicht nehmen. Wenn ihr euch das Haus leisten könnt, dann greift zu«, erwidert sie, wohlwissend, dass sie bei keiner Bank eine Finanzierung erhalten werden.

»Dann legst du uns keine Steine in den Weg?«

»Meinen Segen habt ihr«, erklärt Nicole, als Paddy wieder ins Wohnzimmer tritt.

»Wir brauchen keinen Segen von dir, sondern deine Zustimmung, um anwaltlich gegen Antonia vorzugehen. Sie beansprucht seit Jahren euer Erbe. Es wird Zeit, dass wir sie zur Kasse bitten.«

Nicole wird auf der Stelle schlecht. »Ihr wollt einen Anwalt einschalten? Bisher wurden in unserer Familie alle Angelegenheiten geregelt, ohne die Justiz zu bemühen.«

»Bei Geld hört der Spaß auf. Sarah hat ihr unmissverständlich klar gemacht, dass, sollte sie uns nicht umgehend auszahlen, sie es mit meinem Anwalt zu tun bekommt.«

Nicole ist schockiert. Ihr fehlen die Worte. Aber nur kurz, dann wendet sie sich an ihre Tochter. »Du hast *was* gemacht? Gerade jetzt? Ist dir nicht klar, dass Toni gerade verlassen wurde und ihr Leben wie ein Scherbenhaufen vor ihr liegt? Was stimmt nicht mit dir? Wo bleibt dein Anstand?«

Paddy will seiner Frau zur Seite springen, aber Nicole bremst ihn, bevor er einen Ton herausbringen kann. »Wieso *dein* Anwalt? Was hat dein Rechtsbeistand mit Sarahs und meinen Ansprüchen zu tun? Halte den Ball flach, Paddy! Noch besser, du hältst dich gänzlich raus! Wenn du Eigenkapital für deine Traumimmobilie benötigst, dann wende dich an deine Eltern. Die könnten zur Abwechslung mal einspringen, denn Lutz und ich haben mehr als unsere Schuldigkeit getan.«

Zornig verlässt Nicole die obere Wohnung. Für sie gibt es zwei Möglichkeiten, ihren Frust loszuwerden. Sie könnte eine Tasse gegen die Wand werfen oder sich trotz der Dunkelheit auf ihre Joggingrunde begeben. Die Entscheidung fällt ihr leicht. Sie läuft.

Eine halbe Stunde später klingelt sie bei Toni. Es dauert eine Weile, bis ihr geöffnet wird, doch dann lässt ihre Schwägerin sie eintreten.

In der Küche fällt ihr sogleich eine geöffnete Flasche Prosecco ins Auge. Nicole fragt sich, ob Toni wieder aus Kummer um Maik trinkt oder die Ansage ihrer Tochter der Grund ist. Aber Toni wirkt gar nicht niedergeschlagen.

»Schön, dass du doch noch die Kurve bekommen hast«, sagt sie und holt ein zweites Glas aus dem Schrank.

Nicole kommt sofort zum Grund ihres Besuchs. »Es geht um das, was Sarah vorhin zu dir gesagt hat. Ich möchte klarstellen, dass sie nicht für mich gesprochen hat.«

»Ich bin ihr nicht böse. Im Grunde hat sie recht, obgleich es nicht nötig war, sich derartig im Ton zu vergreifen.«

Nicole schnaubt vor Wut. »Daran ist nur Paddy schuld! Er hat Sarah aufgehetzt. Dabei geht ihn die Sache gar nichts an! Das regeln wir Bartels-Frauen unter uns.«

Toni nickt zustimmend. »Ich bestelle einen Gutachter, der den Wert des Hauses ermitteln soll. Danach sehen wir weiter. Ich bin mir sicher, dass wir uns gütlich einigen werden.«

Lena
Timo

Pappsatt verlassen Lena und Martin das Lokal. Er hat es sich nicht nehmen lassen, seine Schwester einzuladen.

In ihrer Wohnung angekommen, setzen sie sich in die Küche. Schon früher wurden alle wichtigen Gespräche am Küchentisch geführt. Während Lena einen Schlummertrunk mixt, leitet Martin die Unterhaltung ein.

»Du möchtest bestimmt wissen, weshalb ich entschieden habe, den Salon aufzugeben.«

Lena tippt darauf, dass er aus wirtschaftlichem Anlass gehandelt hat, doch Martin stellt sofort klar, dass sie falschliegt. »Es waren persönliche Gründe. Timo hat mich vor die Wahl gestellt. Entweder ich verlasse Köln und ziehe mit ihm zusammen, oder er trennt sich.«

Lena missbilligt dieses Verhalten aufs Schärfste. Für sie ist ein solches Druckmittel ein No-Go in einer gleichberechtigten Partnerschaft.

»Davon, dass man in einer Beziehung Kompromisse einge-hen muss, wenn sie auf Dauer funktionieren soll, hat dein Timo wohl noch nichts gehört?«, erwidert sie.

»Schade, gerade von dir hätte ich mehr Verständnis erwartet. Du wünschst dir doch auch einen festen Partner an deiner Seite.«

»Aber nicht um jeden Preis. Niemals würde ich mich erpres-sen lassen.«

»Timo hat mich nicht erpresst«, widerspricht Martin. »Letzt-lich hat er recht. Man muss Prioritäten setzen. Erfolg oder Liebe. Ich habe mich für Letzteres entschieden.«

Liebend gern würde Lena diesem Timo, mit dem ihr Bruder seit zwei Jahren eine Fernbeziehung führt, die Leviten lesen. Sobald sich die Gelegenheit ergibt, ihn persönlich kennenzu-lernen, wird sie das nachholen. Bisher bestand nur einmal die Möglichkeit dazu, und zwar beim letzten Weihnachtsfest. Agnes hatte ihre Kinder zum Essen eingeladen. Noch bevor Timo dazustieß, kam es zum Eklat. Martin wurde von seiner Mutter gefragt, ob sein »Schwuchtelfreund« Veganer sei oder ob er auch Ente essen würde. Daraufhin ist Lena explodiert, nannte ihre Mutter eine Schande. »Wie kann man bloß derar-tig engstirnig sein? Ich schäme mich für dich!«, schrie sie und verließ die Wohnung.

Lena knipst die Erinnerung an diesen schrecklichen Tag aus und wechselt das Thema. »Und wie sehen deine beruflichen Pläne aus?«

»Ich habe das Angebot einer Filmproduktionsfirma erhalten. Schon im nächsten Monat kann ich in Lüneburg als Visagist anfangen.«

Lena quietscht vor Freude. »Du kommst zurück in den Nor-den? Oh, Martin, das sind wunderbare Neuigkeiten.«

Er erzählt, dass es, finanziell gesehen, ein Rückschritt für ihn bedeutet. Am Set wird er deutlich weniger verdienen als zuvor, aber er ist fest entschlossen, dieses Opfer für seine große Liebe zu bringen.

»Wo werdet ihr wohnen?«

Statt ihr den Ort zu nennen, zückt er sein Smartphone und zeigt Fotos von einem kleinen Häuschen. Rote Klinkerfassade, weiße Sprossenfester und ein Jägerzaun, der eine klare Grenze zwischen Grundstück und Bürgersteig definiert. »Ganz schön spießig, oder?«

Lena stimmt ihm lachend zu. »Das passt gar nicht zu dir. Ich sehe dich eher als Loftbewohner in der Hamburger Hafencity.«

Martin reicht ihr das Gerät. »Wisch mal weiter. Es gibt auch Aufnahmen vom Innenbereich.«

Interessiert schaut sie sich die Fotos von Küche, Wohn- und Schlafräumen an, bis sie auf ein Bild stößt, auf dem ein Mann zu sehen ist. Er steht auf der Leiter und hält eine Farbrolle in der Hand.

»Ist das Timo?«, platzt es aus ihr heraus. »Heilige Scheiße, ich kenne ihn. Das ist Herr Wohlfahrt, der Pharmareferent, der vor ein paar Tagen bei mir in der Apotheke war. Ich habe mir den Kopf zermartert und mich fortlaufend gefragt, woher mir sein Gesicht so bekannt vorkommt. Nun weiß ich es. Du hast mir sein Foto anlässlich der letzten Horrorweihnachtsfeier gezeigt. Oh, mein Gott. Jetzt ergibt auch sein Spruch Sinn, den er mir zum Abschied serviert hat.«

Martin grinst. »Was hat er denn gesagt?«

»Schön, dass es dieses Mal geklappt hat. Wieso hat er sich nicht zu erkennen gegeben?«

»Das kannst du ihn selbst fragen, wenn du am Samstag zu unserer Einweihungsfeier kommst.«

Lena verzieht augenblicklich das Gesicht. »Diesen Samstag?« Er nickt. »Ach, Martin, ausgerechnet an diesem Tag bin ich schon verabredet.«

Antonia

Kurze Planänderung

Antonia steuert ihren Wagen auf den Personalparkplatz der Seniorenresidenz. Ein ungutes Gefühl breitet sich in ihr aus, als sie die unzähligen freien Stellplätze bemerkt. Sie geht nicht davon aus, dass sich so viele ihrer Kollegen einfach verspäten. In der Pflege gibt es keine Gleitzeit, Pünktlichkeit ist eine Grundvoraussetzung. Die eng getakteten Abläufe erfordern, dass alle rechtzeitig an ihrem Arbeitsplatz erscheinen.

Schon im Foyer wird sie von der Stationsleitung angesprochen und zur Dienstbesprechung zitiert. Die Besorgnis in Antonias Bauch wächst.

Zehn Minuten später verkündet ihre Vorgesetzte einen ungewöhnlich hohen Krankenstand. »Kurze Planänderung«, bestimmt sie und liest den neuen Dienstplan vom Blatt ab, ohne aufzuschauen.

Antonia ist es gewohnt, für erkrankte Kollegen einzuspringen und auch Doppelschichten zu übernehmen, aber als ihr Name fällt, ahnt sie, dass diesmal mehr auf sie zukommt.

Sie ist zum Wochenenddienst eingeteilt.

»Muss das sein? Ich erwarte Gäste am Samstag«, wirft sie ein, doch ihr Einwand wird von der Chefin sofort abgeschmettert.

»Dann bleibt dir ja noch ausreichend Zeit, sie auszuladen«, fügt sie zynisch hinzu.

In Toni brodelt es. Schon seit geraumer Zeit ärgert sie sich über den respektlosen Umgangston, der ihr und ihren Kollegen entgegengebracht wird.

Hilfesuchend schaut sie in die kleine Runde der Anwesenden. Vielleicht findet sich jemand, der bereit ist, den Samstag mit ihr zu tauschen. Doch niemand nimmt Blickkontakt zu ihr auf. Die Stille in der Besprechungsrunde wird von der Chefin mit einem knappen »Dann ist das geklärt« unterbrochen.

Toni fühlt sich im Stich gelassen. Entschlossen, sich nicht weiter demütigen zu lassen, steht sie auf und verlässt den Raum, ohne ein weiteres Wort zu verlieren.

Enttäuscht informiert sie ihre Freundinnen in der Whatsapp-Gruppe.

Sorry, ich wurde zum Wochenenddienst eingeteilt. Das Treffen fällt leider aus. Ich hoffe, ihr seid mir nicht böse.

Bis zehn Uhr erledigt sie Dienst nach Vorschrift. Zeit, um Herrn Gruber aufzusuchen, hat sie heute nicht, indes sich ihre männlichen Kollegen eine erste Pause gönnen. Sie stehen auf dem Hof und schmöken genüsslich eine Zigarette. Toni verspürt große Lust, zu ihnen zu gehen und ihnen zu sagen, dass sie sich sehr unkollegial verhalten, doch das Klingeln ihres Handys hält sie davon ab. Das Display ihres Smartphones zeigt: »Bank«.

Aufgeregt nimmt sie das Gespräch entgegen und staunt, dass nicht ihr bekannter Berater, sondern der Filialleiter höchstpersönlich der Anrufer ist.

»Gratulation, Frau Bartels. Haben Sie sich schon Gedanken darüber gemacht, wie Sie die Summe anlegen wollen? Wir würden Ihnen in dieser Angelegenheit gern zur Seite stehen. Wann haben Sie Zeit für ein Gespräch?«

Endlich ist das eingetroffen, worauf Toni seit Tagen mit Spannung gewartet hat. Sie könnte vor Freude Luftsprünge machen, doch sie bleibt geschäftsmäßig. »Das kann ich Ihnen im Moment nicht beantworten. Ich bin im Dienst, aber ich melde mich, sobald ich die Zeit finde.«

Sie beendet das Gespräch und steckt das Handy in ihre Kitteltasche, als sie die Leiterin im Türrahmen stehen sieht.

»Es ist schon erstaunlich, dass du bei den vielen unerledigten Aufgaben noch Zeit für Privatgespräche hast. Wir sollten uns demnächst mal über deine Arbeitsmoral unterhalten. Die lässt in letzter Zeit nämlich sehr zu wünschen übrig.«

Das war zu viel! Toni macht ihrem angestauten Ärger Luft. »Warum nicht? Bei der Gelegenheit können wir auch über Ihren Führungsstil sprechen.«

»Werde nicht frech!«

»Bitte? Ich bin eine Frau von Mitte vierzig, und Sie nennen mich frech? Merken Sie eigentlich, wie unverschämt Sie mit dem Personal reden? Wir sind keine Zwangsarbeiter, und das hier ist kein sibirisches Straflager, dessen Kommandantin Sie sind. Bei all dem, was wir hier täglich leisten, dürfen wir zumindest einen respektvollen Umgangston von Ihnen erwarten.«

Toni lässt sie einfach stehen. Doch für die Leiterin ist das Gespräch erst beendet, wenn sie das letzte Wort hat.

»Wenn dir der Job zu hart ist, steht es dir frei zu gehen. Aber wage es nicht, fristlos zu kündigen! Das hätte arbeitsrechtliche Konsequenzen für dich.«

Toni dreht sich um und marschiert mit hoch erhobenem Finger auf sie zu. Sie macht erst Halt, als nur noch ein Blatt Papier zwischen ihre Nasen passt. »Sehen Sie, genau das meine ich. Allein Ihr Gedanke, ich würde ohne Einhaltung der Kündigungsfrist die Bewohner und das Team allein lassen, zeigt mir, dass Sie Ihre Mitarbeiter gar nicht kennen. Und nun entschuldigen Sie mich. Frau Körber wartet darauf, dass ich sie zur Physiotherapie bringe.«

Die Leiterin entschuldigt sich nicht, allerdings fährt sie in deutlich milderer Tonlage fort. »Moment noch, bitte. Wärst du so freundlich und hilfst heute Mittag bei der Essenausgabe aus? Die Küche ist komplett unterbesetzt.«

»Selbstverständlich, ich springe dort ein, wo ich gebraucht werde.«

Was ist heute bloß los?, denkt Toni, die binnen weniger Stunden ein Wechselbad der Gefühle durchlebt hat. Angefangen bei der Enttäuschung über die Dienstplanänderung, gefolgt von der Ignoranz ihrer Kollegen bis hin zur Euphorie über ihren aktuellen Kontostand war alles dabei. Zur Krönung stellt sich obendrein das Gefühl der Genugtuung ein, denn die Leiterin scheint sich ihre Kritik tatsächlich zu Herzen genommen zu haben. Sie hat Bitte gesagt.

Mittags erreicht der Tag seinen vorläufigen Höhepunkt. Herr Gruber hat sein Zimmer verlassen und sitzt im Speisesaal an einem Zweiertisch. Um zu verhindern, dass ihn jemand fragen kann, ob man sich dazusetzen darf, hat er den zweiten Stuhl kurzerhand beiseitegeschoben.

Schmunzelnd nähert sich Toni und lobt ihn für den ersten Schritt in die richtige Richtung.

»Bist du jetzt zur Kantinenhilfe befördert worden?«, verulkt er sie. Auf ihre Frage, was er speisen möchte, antwortet er mit einem Achselzucken. »Ist mir egal. Hier schmeckt doch sowieso alles gleich.«

»Ich empfehle Pasta mit Putenbruststreifen«, erwidert sie und stellt ihm ein appetitlich angerichtetes Tellergericht auf den Tisch, das kein italienisches Restaurant besser hätte zubereiten können. »Parmesan?« Kein Parmesan.

Toni selbst verzichtet auf ein Mittagessen und begibt sich zu den Fahrstühlen, um in die dritte Etage zu fahren, wo sich die Intensivpflegestation befindet. Auch dort herrscht heute akuter Personalmangel, und jede helfende Hand wird dringend benötigt. Bevor sich die Tür schließt, sprintet ein Pfleger in den Lift.

»Na, du Kameradenschwein«, knurrt sie und drückt den Knopf. »Komme nie wieder auf die Idee, mich zu fragen, ob ich den Dienst mir dir tausche. Ich kann dir jetzt schon garantieren, dass ich keine Zeit haben werde.«

»Ach, Toni. Am Samstag kann ich beim besten Willen nicht für dich einspringen. Ich habe ein Spiel. Wenn ich nicht erscheine, ist die Mannschaft nicht komplett und kann nicht antreten. Aber wenn du am Sonntag freihaben willst, bin ich dein Mann.«

Toni zieht ein Gesicht. »Das ist lieb von dir, aber dein Angebot kommt zu spät. Ich habe meinen Gästen bereits abgesagt.«

»Dann lade sie wieder ein.«

Toni überprüft, ob es schon Reaktionen auf die Absage gibt.

Doch es hat noch niemand geantwortet. Sie löscht die Mitteilung umgehend und verfasst eine neue.

Sorry, Mädels. Unser Treffen muss auf Sonntag verschoben werden, denn am Samstag habe ich Dienst. Ist das für euch auch in Ordnung? Ich hoffe, denn ich freue mich schon sehr auf euch.

Erst nach Feierabend liest sie die Rückmeldungen.

Lena: *Super! Sonntag passt mir sogar noch besser.*

Kristin: *Kein Problem. Hauptsache, es findet statt.*

Nicole: *Hast du dir wieder Extraschichten aufbrummen lassen?*

Kristin

Eine ansehnliche Lady

Seit Tagen bombardiert Johann Kristin mit Anrufen. Offensichtlich ist er genau wie sie dringend auf Folgeaufträge angewiesen, erklärt sie sich seine Hartnäckigkeit. Ständig schickt er ihr Links von Bloggern, die sie sich ansehen soll.

Warum nutzen wir nicht die Umbaumaßnahmen der netten alten Dame aus dem Erdgeschoss, um den Fortschritt in bewegten Bildern festzuhalten, lautete seine letzte Nachricht.

Weil ich mit diesem Projekt nichts zu tun habe. Alles, was bei Ilse passiert, hat sie selbst geplant, antwortete Kristin und bat ihn abermals, von weiteren Vorschlägen abzusehen.

Seit gestern herrscht Funkstille. Sie ist heilfroh, ihn endlich abgewimmelt zu haben, und widmet sich den Rippchen, die morgen bei Toni gegrillt werden sollen. Bevor die Loins vakuumiert die Nacht im Kühlschrank verbringen, probiert sie die selbst gemachte Marinade. Zufrieden schleckt sie ihren Finger ab, als es an der Tür schellt.

Mal wieder ist es Ilse, die um Einlass bittet. »Störe ich dich?«

»Wenn es dich nicht stört, dass ich in der Küche werkle, dann komme gerne herein.«

Sie folgt Kristin und schaut ihr dabei zu, wie sie einen Weißkohl viertelt, um einen original Coleslaw zuzubereiten.

»Meine Bekannte hat mir gerade abgesagt. Sie hat sich wieder diesen fiesen Virus eingefangen, obwohl sie mehrmals geimpft wurde.«

»Tut mir leid. Etwa die, die ihre Leibesübungen postet?«

»Nein, es hat meine Theaterfreundin getroffen. Wir haben Karten für ein Konzert in der Elbphilharmonie. Hättest du vielleicht Lust, morgen für sie einzuspringen? Sie bringen Gustav Mahler. Es wäre doch schade, wenn ihre Karte verfällt.«

Kristin hat gleich zwei Ausreden parat. Erstens steht sie nicht auf Klassik, zweitens ist sie bereits verabredet.

»Morgen kann ich leider nicht.«

»Schade, aber es war einen Versuch wert. Dann werde ich mal rumtelefonieren und die wenigen Überlebenden in meinem Freundeskreis fragen, ob einer von ihnen mitkommen möchte. Das ist schnell erledigt, denn sehr umfangreich ist meine Liste nicht mehr, wie du dir vorstellen kannst.«

»Ich drücke dir die Daumen«, erwidert Kristin, kreuzt die Finger und verabschiedet sie.

Just in dem Moment, als sie die Tür hinter Ilse schließt, klingelt es erneut. Ein Blick auf den Monitor der Sprechanlage zeigt, dass Johann vor dem Haus steht.

Weshalb dieser Mann am Samstagabend nichts Besseres zu tun hat, als bei ihr aufzuschlagen, kann Kristin sich nicht erklären. »Vergiss es«, murrt sie und geht zurück in die Küche, ohne den Summer zu betätigen.

Offensichtlich hat Ilse ihn hereingelassen, denn kurz darauf klopft es an der Wohnungstür.

Da ihm bereits verraten wurde, dass sie zu Hause ist, bleibt Kristin nichts anderes übrig, als ihm zu öffnen.

Mit einer Flasche Wein in der Hand steht er grinsend vor ihr. »Wir müssen reden. Du gibst viel zu schnell auf. Ich habe mir Gedanken gemacht und fantastische Ideen entwickelt, die genau auf dich zugeschnitten sind.«

»Begreife es doch! Ich will mein Gesicht nicht im Netz präsentieren. Ist das so schwer zu verstehen?«

»Das musst du gar nicht. Ich habe die Lösung. Lässt du mich rein und hörst mich an?«

Seufzend gewährt sie ihm Zutritt.

»Wir sollten uns darauf konzentrieren, deinen Namen groß zu machen.«

Kristin schluckt. »Ich habe mir bereits einen Namen gemacht. Aber der nützt mir nichts, wenn ich nicht mehr gebucht werde.«

»Hast du dir mal überlegt, den Premiumsektor zu verlassen und stattdessen Wohnkonzepte für Leute zu kreieren, die sich eine Umgestaltung leisten können?«

»Rätst du mir gerade, eine Do-it-yourself-Klugscheißerin zu werden?«

»Das ist der Plan. Eine zweite Möglichkeit wäre es, Immobilien zu erwerben, sie aufzumöbeln und gewinnbringend zu verkaufen. Das klappt in den Staaten hervorragend und ist sehr lukrativ.«

»Das ist nicht neu. Die Idee hatten mein Mann und ich schon vor Jahren.«

»Warum habt ihr es nicht gemacht?«

»Severin kam dazwischen.«

»Muss ich das verstehen?«

»Nein, das musst du nicht. Aber deine erste Idee gefällt mir. Nun muss ich nur noch ein Objekt finden, in dem sich dein Vorschlag umsetzen lässt.«

»Dann darf ich mit deinem Auftrag rechnen?«

»Unter der Bedingung, dass du mein Gesicht heraushältst.«

»Was hast du bloß für ein Problem mit deinem Aussehen? Du bist doch eine ansehnliche Lady.«

»Ansehnlich«, hallt es in Kristin nach. Es ist noch gar nicht lange her, dass man ihr einen unwiderstehlichen Sexappeal attestiert hat. Tja, so schnell kann es gehen, gestern noch unwiderstehlich, heute nur noch ansehnlich.

In Kristin wächst der Drang, Johann loszuwerden. »Es tut mir leid, aber ich habe heute wirklich noch viel zu erledigen«, sagt sie und eilt in die offene Küche.

Dort angekommen, schnappt sie sich ein scharfes Messer und beginnt den Kohl in feine Streifen zu schneiden. Sie geht davon aus, er würde die klare Botschaft verstehen, dass es Zeit ist zu gehen.

Doch Johann zeigt keine Anzeichen, die Wohnung zu verlassen. Stattdessen folgt er ihr zur Kochinsel und stellt sich direkt hinter sie. Sein Atem an ihrem Hals lässt Kristin innerlich zusammenzucken. Sie spürt, dass etwas nicht stimmt.

»Ich stehe total auf reifere Frauen«, säuselt er plötzlich.

Entsetzt reißt Kristin die Augen auf. Richtig unangenehm wird es für sie, als seine Hände begehrlich über ihren Rücken gleiten.

Sie dreht sich abrupt um, ihre Augen funkeln vor Entschlossenheit. »Was wird das?«, fragt sie mit forschem Ton.

In ihrem Gesicht könnte er ablesen, dass er zu weit gegangen ist. Aber offensichtlich kann Johann nicht lesen.

»Lass uns ein wenig Spaß haben. Oder gefalle ich dir nicht?«

Kristin, die selten um eine Antwort verlegen ist, findet keine Worte. Fassungslos starrt sie ihn an. Willst du mich veräppeln? Ich könnte deine Mutter sein, liegt ihr auf der Zunge.

Er gibt nicht auf. »Was ist denn schon dabei?«

»Du gehst ernsthaft davon aus, dass ich … also dass wir beide …? Das ist derartig grotesk …« Es gelingt ihr nicht, den Satz zu beenden, so sehr muss sie lachen.

Mit dieser Reaktion hat Johann nicht gerechnet. Schallend ausgelacht zu werden, ist eine ganz neue Erfahrung für ihn, die erheblich an seinem Ego kratzt. In seinem verletzten männlichen Stolz verlässt er die Küche, schnappt sich seine Jacke und geht zur Tür. Noch bevor er zur Klinke greift, stellt er eine abschließende Frage. »Aber das hat hoffentlich keinen negativen Einfluss auf unsere künftige Geschäftsbeziehung, oder?«

Kristin hat ihr Lachen noch immer nicht unter Kontrolle.

»Komm gut heim«, gluckst sie. Danach fällt die Tür ins Schloss.

Lena

Salz und Brot

Als Lena das Haus ihres Bruders betritt, hält sie ein schlichtes Geschenk in den Händen – Salz und Brot. Traditionell überreicht man dies als Glücksbringer für das neue Heim. Das Brot symbolisiert das Lebensnotwendige, während das Salz die nötige Würze im neuen Zuhause repräsentiert.

Martin empfängt sie mit einem warmen Lächeln und nimmt ihr das Präsent ab. »Wir freuen uns so sehr, dass du es doch noch einrichten konntest. Komm, ich führe dich herum.«

Gemeinsam durchschreiten sie die frisch renovierten Räume, in denen der Duft von Farbe in der Luft liegt.

»Bin ich etwa der einzige Gast hier? Und wo steckt Timo?«, fragt Lena, während sie die Eindrücke auf sich wirken lässt.

Martin lacht. »Nein, nein. Er ist draußen und zeigt unseren Freunden den Garten. Besser gesagt: Er zeigt ihnen die Rasenfläche, denn von Garten kann noch nicht die Rede sein.«

Lena lugt auf die Terrasse und sieht Männer und Frauen, die sich um Stehtische versammelt haben und angeregt plaudern.

»Darf ich vorstellen? Das ist Lena, meine absolute Lieblingsschwester!«, verkündet Martin stolz und schubst sie mitten ins Getümmel.

Sie lächelt verlegen, als sie von allen freundlich begrüßt wird. Ihr Blick wandert von einem zum anderen, bis sie Timo entdeckt, der ihr breit grinsend zuprostet.

»Mit dir, mein Lieber, habe ich ein Hühnchen zu rupfen«, ruft sie ihm listig blickend zu. »Weshalb hast du nicht sofort klargestellt, wer du bist? Weißt du, wie viele Tage ich damit verbracht habe, mir zu überlegen, woher du mir so bekannt vorkommst?«

»Ich fand es lustig und habe mich über deine Mimik köstlich amüsiert«, erwidert er, geht zwei Schritte auf sie zu und umarmt sie herzlich. »Schön, dass wir jetzt die Gelegenheit haben, uns richtig kennenzulernen.«

»Danke«, haucht Lena in sein Ohr.

Er fragt sofort nach, wofür sie sich bedankt.

»Dafür, dass du Martin nach Hause geholt hast.«

»Ich weiß, ihr beide hattet ein enges Verhältnis. Er spricht sehr oft von dir. Du hast ihm sehr gefehlt.«

Augenblicklich beschleicht Lena das schlechte Gewissen. Sie bereut es, sich nicht öfter bei ihrem Bruder gemeldet zu haben. Aber sie fasst den Vorsatz, dass sich das künftig ändern wird.

Timo lässt von ihr ab und widmet sich den anderen Gästen.

Lena führt Small Talk mit ehemaligen Angestellten ihres Bruders und hört zum wiederholten Mal, dass sie es sehr bedauern, den weltbesten Chef verloren zu haben.

Nur einer hält sich mit Lobgesängen auf Martin zurück.

»Dein Bruder ist ein knallharter Geschäftsmann. Ich hätte nie gedacht, dass es ihm gelingt, mir eine derartig hohe Ablöse abzuknöpfen. Entschuldigung, ich habe mich noch gar nicht vorgestellt. Ich bin Ben und der neue Besitzer des Salons.«

Lena schaut ihn prüfend an. Ihr gefällt, was sie sieht. Er hat ein einnehmendes Lächeln, und seine Stimme klingt wie Musik. Wie sich herausstellt, teilt er die gleichen Interessen wie sie. Reisen in den Süden, historische Romane und sogar Filme, die in der Originalfassung im Kino mit Untertiteln zu sehen sind. Nach einer langen und intensiven Unterhaltung machen sich in Lena erste Hoffnungen breit, die sogleich verpuffen, als alle vor einem Regenschauer ins Haus flüchten. Ben setzt sich aufs Sofa und schlägt die Beine übereinander. In diesem Moment sterben alle Schmetterlinge in Lenas Bauch, die gerade das Fliegen erlernt haben.

Sie sucht Blickkontakt zu Timo und ihrem Bruder. Sie winkt Martin zu. »Ich möchte mich verabschieden.«

»Jetzt schon? Die Party hat doch noch gar nicht richtig begonnen«, erwidert er enttäuscht.

»Morgen steht die nächste Feier an. Vorher brauche ich Schlaf. Sei mir bitte nicht böse. Es war wirklich sehr schön bei euch. Und ich werde garantiert bald wiederkommen. Vermutlich öfter, als es dir lieb ist.«

Mit diesem Versprechen lässt er sie gehen.

Lena hat gerade ihren Wagen erreicht, als sie bemerkt, dass Timo ihr gefolgt ist, um sich persönlich von ihr zu verabschieden.

»Dass du gekommen bist, hat uns sehr viel bedeutet.«

Sie schaut die große Liebe ihres kleinen Bruders direkt an. »Wage es nicht, Martin jemals zu enttäuschen oder ihm wehzutun! Er ist der liebevollste und wunderbarste Mensch auf diesem Planeten. Andernfalls bekommst du es mit mir zu tun!«

»Reicht es, wenn ich es dir verspreche, oder soll ich schwören?«

Sie stupst an seine Nase. »Nein, dein Wort reicht mir.«

Kristin

Das zweite Treffen

Kristins kritischer Blick in den wolkenverhangenen Himmel deckt sich mit den Angaben der Wetter-App. Am späten Nachmittag soll vereinzelt mit Regenschauern zu rechnen sein. Doch das schmälert ihre Vorfreude auf das Treffen mit den Mädels nicht. Sie kann es kaum erwarten, ihnen von ihrem Erlebnis mit Johann zu berichten, der ihr nach seinem Abgang noch zwei Nachrichten geschickt hat. Kristin hat nicht darauf reagiert. Vielleicht war das ein Fehler, denn jetzt ruft er an. Sie lässt es klingeln und geht in die Küche, um die vorbereiteten Fressalien in einen Weidenkorb zu stellen. Dabei schaut sie aus dem Fenster und beobachtet Ilse dabei, wie sie in ein Taxi steigt.

Minuten später verlässt auch Kristin das Haus, gibt Tonis Adresse ins Navi ein und macht sich auf den Weg in die Heide.

Obwohl sie ausreichend Zeit für die Fahrt eingeplant hat, verspätet sie sich um eine Viertelstunde.

Toni nimmt es nicht krumm. Sie begrüßt Kristin herzlich und bittet sie herein.

Lena und Nicole waren pünktlich. Sie stehen im Wohnzimmer und nippen an einem Begrüßungsdrink. Als auch Kristin ein Glas erhält, prosten sie sich zu.

»Auf ein schönes Schlemmertreffen«, sagt Toni, während Kristin ihre Möbel unter die Lupe nimmt. Im Gegensatz zu Nicole hat sie ihr Haus modern und reduziert eingerichtet. Auf den ersten Blick gefällt es ihr, es zeugt von Stilempfinden, erst bei genauerer Betrachtung fallen ihr die dunklen Ränder an den weißen Wänden auf, die darauf schließen lassen, dass dort zuvor Bilder hingen.

Kristin deutet auf ihren Weidenkorb. »Ist es möglich, dass wir den Coleslaw noch eine Weile in den Kühlschrank stellen?«

Nach dieser Frage begeben sich alle in die Küche.

Toni sucht nach Platz, um die große Schüssel unterzubringen, was sich als ein aussichtsloses Unterfangen herausstellt. Erst als sie Lenas Behälter entfernt, klappt es.

»Dann sollten wir mit der Zubereitung der Vorspeise anfangen«, schlägt sie vor und fragt Lena nach den Arbeitsschritten.

»Also, Kristin könnte damit beginnen, Zwiebeln und Knoblauch zu hacken, denn das liebt sie doch so sehr. Du, Toni, kannst den Pulpo kochen. Währenddessen könnte Nicole die Tintenfischtuben, Muscheln und Garnelen blanchieren und in mundgerechte Stücke schneiden, ich würde mich derweil ums Gemüse und ums Dressing kümmern.« Einen Augenblick macht Lena ein bierernstes Gesicht, aber dann muss sie grinsen. »Quatsch! Ich habe den Salat bereits verzehrfertig mitgebracht, weil die Zubereitung eine lange Vorbereitungszeit erfordert. Es fehlen nur noch Petersilie und einige Zitronenspalten.«

Sie lüftet den Deckel ihrer Box und präsentiert das Ergebnis, für das sie vormittags länger als zwei Stunden in der Küche verbracht hat.

Nicole schnuppert. »Riecht gar nicht nach Fisch.«

»Ist ja auch kein Fisch«, belehrt Toni sie und legt ihre selbst gebackenen Baguettestangen auf die Arbeitsplatte.

Kristin schneidet das Brot in fingerdicke Scheiben, während Nicole Teller aus dem Schrank nimmt. Toni hackt die glatte Petersilie und streut sie auf die Portionen, die jeder für sich zum gedeckten Tisch trägt.

»Das sieht so lecker und appetitlich aus«, schwärmt Nicole und fotografiert die Vorspeise mit ihrem Handy. »Später poste ich das Bild auf Facebook.«

»Seit wann bist du auf Facebook?«, wundert Toni sich. Nicole antwortet ihr nicht. »Hallo, ich habe dir eine Frage gestellt.«

»Wenn du versprichst, mir nicht wieder dumm zu kommen, verrate ich es.« Toni nickt. »Ich halte Lutz' Feinschmecker- gruppe am Leben. Die Mitglieder haben mich eindringlich gebeten, die Seite nicht stillzulegen.« Sie schaut zu Lena und Kristin. »Was ist mit euch? Seid ihr dort auch aktiv?«

Lena verneint entschieden. »Ich habe mich schon vor Jahren abgemeldet. Das tue ich mir nicht mehr an.«

Kristin erinnert sich sofort an die Bemerkung der Kellnerin, die sie über die Nutzer von Facebook geäußert hat. »Weil das Netzwerk nur etwas für alte Leute ist, oder warum?«

»Damit hat es nichts zu tun. Ich habe die sinnbefreiten und hetzerischen Beiträge einfach nicht mehr ertragen.«

Nicole hakt nach. »Das verstehe ich nicht. Man sieht doch nur die Posts von Leuten, mit denen man befreundet ist.«

»Oder verwandt ist, und das sind die Schlimmsten«, antwortet Lena gereizt. Sie spürt, dass sie diese Aussage nicht ohne weitere Erklärung stehen lassen kann und bringt ihre Mutter ins Spiel. »Sie ist fremdenfeindlich und in höchstem Maße homophob. Und das, obwohl ihr eigener Sohn einen Mann liebt.«

Nicole seufzt. »Familie kann man sich nicht aussuchen. Wäre das möglich, hätte ich einen anderen Partner für meine Tochter gewählt. Heute hat er mir eiskalt zu verstehen gegeben, dass ich mir einen anderen Hiwi suchen soll, der mir bei der Obsternte hilft. Er stehe nach Lage der Dinge nicht mehr zur Verfügung.«

Toni zeigt sich erstaunt. »Sag bloß, der Haussegen hängt noch immer schief?«

»Schiefer als der Turm von Pisa, nachdem sein Anwalt ihn darüber informiert hat, dass Sarah noch gar keinen Anspruch auf das Erbe ihrer Großeltern hat. In den Genuss kommt sie erst, wenn ich Adieu sage, denn ich stehe in der Rangfolge an erster Stelle. Damit ist sein Traum vom eigenen Haus zerplatzt, und ich, das böse Schwiegermonster, trage die alleinige Schuld.«

»Aber wir beide haben doch vereinbart, dass ich mich kümmern werde.«

»Das ändert nichts daran, dass dieser Aasgeier keinen Cent sehen wird! Ich halte das aus, obwohl mich sein Verhalten wirklich tief verletzt. Aber nun genug davon. Ich möchte mich nicht mehr ärgern, sondern die Zeit mit euch genießen.«

Kristin und Lena runzeln simultan die Stirn. Sie begreifen nicht, worum es bei dem Familienstreit geht, sondern verstehen lediglich, dass Nicole sich allein um die Äpfel und Birnen kümmern muss.

»Ich helfe dir«, bietet Kristin spontan an.

Auch Lena will Nicole beim Pflücken unterstützen. »Am kommenden Wochenende kannst du fest mit mir rechnen, denn werktags ist es nach Geschäftsschluss bereits zu dunkel.«

Nicole strahlt. »Wenn das ernst gemeint ist, nehme ich euer Angebot sehr dankbar an.«

Nach der Vorspeise stellen die Frauen ihre Teller in den Geschirrspüler und schenken sich Wein nach, als Kristins Handy klingelt.

»Geh mir nicht auf den Geist!«, schimpft sie und stellt das Gerät aus.

»War das wieder Holger?«, fragt Lena und kichert.

»Schlimmer, das war Johann.« Endlich kommt sie dazu, von ihm zu berichten. »Eigentlich hatte ich gehofft, er würde mich werbemäßig unterstützen, aber das, was er sich gestern Abend geleistet hat, war eindeutig zu viel des Guten. Er muss sehr verzweifelt sein, wenn er für einen Auftrag so weit geht.«

Nicole stimmt ihr uneingeschränkt zu. Auch sie hält Johanns Verhalten für übergriffig und plump.

Toni teilt diese Meinung nicht. Sie kritisiert Kristin und hält ihre Reaktion, den Mann dreist auszulachen, für inakzeptabel. »Weshalb gehst du sofort davon aus, dass sein Begehren nicht aufrichtig war? Schließlich bist du eine attraktive Frau.«

»Rede keinen Unsinn! Ich bin lediglich *ansehnlich* und obendrein fast zwanzig Jahre älter als er.«

»Na und? Männer in deinem Alter haben keine Skrupel, sich auf deutlich jüngere Frauen einzulassen.«

»Das setzt jedoch voraus, dass sich beide anziehend finden. Das ist bei mir nicht der Fall. Ich stehe nicht als Milf zur Verfügung!«

Bisher hat Lena sich zurückgehalten, doch nun erzählt sie von Martins Einweihungsfeier. »Ich hatte gestern auch eine bemerkenswerte Begegnung. Er heißt Ben und hat meinem Bruder den Salon abgekauft. Wir haben uns stundenlang unterhalten, ich konnte sogar ein gewisses Kribbeln im Bauch spüren, doch dann …«

Drei Augenpaare schauen sie erwartungsvoll an. »Was dann?«

»Er hat die Beine übereinandergeschlagen.«

Sie wird mit verständnislosen Blicken belegt.

»Was ist daran so schlimm?«

»Kapiert ihr es nicht? Ich war auf einer Schwulenparty zu Gast.«

Toni zeigt ihr eine Meise. »Du gehst davon aus, dass der Mann homosexuell ist, weil er nicht breitbeinig wie Al Bundy auf dem Sofa gesessen und sich am Sack gekratzt hat?«

Lena wird von allen schallend ausgelacht.

»Als Martins Schwester habe ich im Laufe der Jahre ein feines Gespür dafür entwickelt, wer hetero ist und wer nicht.«

»Auf deinen Spürsinn würde ich mich nicht verlassen. Frage lieber deinen Bruder. Er wird es besser beurteilen können«, rät Toni ihr und verlässt das Thema Männer. Sie fragt Kristin, wie sie sich die Zubereitung ihrer Hauptspeise vorgestellt hat. »Oder hast du auch schon alles fertig mitgebracht?«

»Nicht fix und fertig, aber fast«, antwortet sie. »Eigentlich ist nur noch Hitze nötig. Ob auf dem Grill oder im Backofen, sollst du entscheiden.«

Gemeinschaftlich beschließen die Frauen, das Risiko einzugehen, den Grill zu entzünden. Sollte es tatsächlich noch regnen, würden sie kurzfristig umdisponieren.

Es bleibt trocken. Zumindest was den Regen betrifft. Drinnen geht es feuchtfröhlich zu.

Kristin spitzt die Ohren. »Habe ich Tinnitus, oder klingelt irgendwo ein Telefon?« Ihr Handy kann es nicht sein, das ist ausgeschaltet.

Nicole hört es auch bimmeln, sie rät Toni dringend davon ab ranzugehen. »Das ist bestimmt die Residenz. Heute hast du frei und lässt dich nicht wieder einspannen!«

Aber Toni will wissen, wer der Anrufer ist und sieht nach. »Es ist tatsächlich meine Chefin.«

»Wehe!«, droht Nicole. »Du hast auch noch ein Privatleben.«

Gegen ihren Impuls, das Gespräch doch anzunehmen, stellt Toni das Handy lautlos.

»Kommt es häufiger vor, dass man dich am Wochenende anruft?«, erkundigt sich Kristin.

Nicht Toni, sondern Nicole antwortet. »Häufiger? Ständig! Sie lässt sich ausnutzen.«

»Das sagt die Richtige. Ich beziehe immerhin Gehalt für meinen Job, während du dich aufopferst und noch draufzahlst.«

Es folgt ein Moment der Stille, des Innehaltens, den Kristin mit einer emotionalen Bemerkung beendet. »Ich beneide dich und Nicole. Es ist bestimmt ein erfüllendes Gefühl, gebraucht zu werden. Nach mir kräht kein Hahn. Ich habe keine Familie, keine Freunde, nur unverbindliche Bekannte, weil ich so verblendet war und geglaubt habe, meine Zufriedenheit im Beruf zu finden. Wenn ich könnte, würde ich die Zeit zurückdrehen und vieles anders machen.«

»Wer möchte das nicht«, erwidert Toni trocken. »Aus heutiger Sicht wäre es auch besser gewesen, wenn ich mich das eine oder andere Mal anders entschieden hätte.«

»Was war dein größter Fehler?«, wollen die Frauen wissen.

Nicole glaubt die Antwort zu wissen. »Du bereust es, dich auf Maik eingelassen zu haben, richtig?«

Toni kichert. »Falsch! Letztlich habe ich ihm viel zu verdanken. Mehr, als er für möglich hält.«

Kristin verlässt das ernste Terrain und wechselt wieder zum Unverbindlichen. »Was haben die dunklen Ränder an den Wänden zu bedeuten?«

»Dort hingen bisher Maiks Kunstwerke. Er hat sich für einen begnadeten Maler gehalten.«

»Er hatte wirklich null Talent. Ich erinnere mich noch gut daran, als er uns stolz wie Bolle Tonis Portrait vorgeführt hat. Es hatte keinerlei Ähnlichkeit mit ihr«, quietscht Nicole. »Wir haben das Werk daraufhin *Frau, die frontal von einem Bus gerammt wurde* genannt.«

Die Schwägerinnen schlagen sich vor Lachen gegenseitig auf die Schultern.

Kristin staunt, dass Toni den Verlust ihres Partners binnen so kurzer Zeit derartig gut verkraftet. Als Holger sich von ihr getrennt hat, kämpfte sie monatelang gegen ihre Verzweiflung an. »Hast du vor, neu zu streichen?«, fragt sie, um nicht weiter an die schlimmste Zeit ihres Lebens denken zu müssen.

»Nee, ich mache alles neu. Nichts soll mich an die Zeit mit diesem Halunken erinnern. Du bist doch vom Fach, wozu würdest du mir raten?«

Noch bevor sie antworten kann, mischt Lena sich ein. »Wenn du einen Anstreicher suchst, muss ich dir leider sagen, dass du keine Firma finden wirst. Sämtliche Betriebe sind auf Monate ausgebucht. Ich weiß es von Martin. Er hat alle Maler in der Region abgeklappert. Letztlich hat Timo selbst zu Pinsel und Rolle gegriffen.«

»Alles neu?«, hakt Kristin interessiert nach.

»Ja, ich brauche eine Komplettveränderung. Viele Frauen gehen zum Frisör, um ihrem neuen Lebensabschnitt Ausdruck zu verleihen, aber ich mag meine Frisur. Deshalb werde ich meinem Zuhause eine Frischekur verpassen.«

Kristin ergreift die Chance und berichtet von ihrem Vorhaben. Sie fragt Toni, ob sie sich vorstellen könne, die Verwandlung der Räume auf Social-Media-Kanälen zu zeigen. »Wenn du einverstanden bist, bekommst du meine geballte Fachkompetenz. Ich übernehme die Planung, Organisation und berate dich beim Möbelkauf. Gratis, versteht sich!«

Toni ist sofort Feuer und Flamme. Sie führt Kristin durchs Haus und zeigt ihr alle Zimmer.

Indes nutzt Nicole die Gelegenheit, Lena zu fragen, ob sie weiß, was Kristin mit Milf gemeint habe. »Den Begriff habe ich zuvor noch nie gehört.«

»Der Ausdruck stammt aus dem Englischen. *Mom I'd like to fuck.* Übersetzt heißt es: Eine Mutter, die ich gerne ficken würde.«

Nicole zieht eine Grimasse. »Das habe ich als ausgebildete Übersetzerin sehr wohl verstanden, nur der Sinn entzieht sich mir. Kristin ist doch gar keine Mutter.«

Lena kreischt. »Von wegen, du hast keinen Humor. Du hast es faustdick hinter den Ohren.«

Während des Rundgangs schlägt Kristin vor, weitere Einzelheiten besser unter vier Augen zu besprechen. Sie möchte Lena und Nicole nicht mit ihrer Fachsimpelei langweilen. Offensichtlich hat sie die Situation richtig eingeschätzt, denn Nicole ruft bereits nach ihnen.

»Was zeigt dein intelligentes Fleischthermometer, Toni? Wir sind schließlich nicht zusammengekommen, um über Trendfarben zu quatschen, sondern um gemeinsam zu essen.«

Eine halbe Stunde später genießt das Quartett den zweiten Gang vom Grill. Die Rippen sind mürbe und haben wunderbare Raucharomen. Knusprige Kartoffelecken und Krautsalat, die dazu gereicht werden, machen das Gericht zu einem Festschmaus.

»Das schmeckt unanständig gut«, stöhnt Lena und erhält uneingeschränkte Zustimmung.

Nicole hebt das Glas und wendet sich an Lena und Kristin. Sie wirkt angefasst, presst ihre Lippen fest zusammen, ein eindeutiges Zeichen dafür, dass sie gegen ihre Rührung ankämpft. »Ihr ahnt nicht, wie froh ich bin, dass wir uns getroffen haben. Noch nie zuvor habe ich Menschen so schnell ins Herz geschlossen wie euch.«

Kristin nickt. »So geht es mir auch.«

»Besser hätte ich es nicht ausdrücken können«, pflichtet Lena ihnen bei.

Toni drückt ihre Schwägerin und küsst sie auf die Wange. »Danke, dass du sie in unser Leben gebracht hast.«

Sie stoßen wiederholt auf die Freundschaft an, bis Lena zu später Stunde entscheidet, sich zu verabschieden. Sie bestellt ein Taxi, denn sie darf nicht mehr fahren. Nicole lässt sich von ihr mitnehmen. Kristin bleibt. Sie hat Tonis Einladung angenommen, die Nacht auf dem Sofa zu schlafen. Auf diese Weise können sie ungestört über ihr Projekt sprechen. Doch dazu kommt es nicht mehr, denn Kristin nickt sofort ein.

Sie wacht erst am nächsten Morgen auf, als Toni ihr einen dampfenden Kaffeebecher unter die Nase hält. Kristin reibt sich die Augen. »Wie spät ist es?«

»Halb acht. Mir bleibt noch eine Viertelstunde, dann muss ich los. Aber du kannst dir Zeit lassen. In der Küche steht noch Birnenkuchen von gestern. Vielleicht magst du den zum Frühstück essen. Wenn nicht, kehre bei Nicole ein. Sie war bestimmt schon beim Bäcker und hat Brötchen besorgt.«

Kristin lehnt beide Vorschläge ab. »Ich werde jetzt nach Hause fahren. Wenn es dir passt, komme ich heute Abend wieder und bringe meinen Laptop, Farbtafeln und Stoffmuster mit.«

Antonia

Auf den Hund gekommen

Gut gelaunt betritt Toni am Montagmorgen die Residenz. Sie hat gerade den Empfang erreicht, als sie von einer Kollegin angesprochen wird. »Hier ist seit gestern die Hölle los. Du sollst sofort zur Heimleitung kommen.«

Heimleitung bedeutet Oberboss. Das riecht nach Ärger.

Toni begibt sich in den Verwaltungstrakt und klopft an die Glastür des Chefbüros. Mit verbissener Miene winkt Herr Timmermann sie herein. Er erwidert ihren Gruß nicht und kommt sofort auf den Punkt.

»Was haben Sie sich dabei gedacht, Frau Bartels?«

»Wobei? Ich weiß gar nicht, wovon Sie sprechen.«

»Sie haben Herrn Gruber gestattet, einen Hund zu halten.«

Toni atmet tief durch. »Nein, das habe ich nicht. Schließlich kenne ich die Bestimmungen, obwohl ich sie für falsch halte. Was ist denn passiert?«

Toni erfährt, dass Herr Gruber am Sonntagnachmittag mit

einem Taxi vorgefahren ist und einen Hund auf sein Zimmer gebracht hat. Seither weigert er sich, die Tür zu öffnen.

»Er besteht darauf, nur mit Ihnen zu sprechen.«

»Ich kümmere mich«, verspricht sie, sucht sein Zimmer auf und klopft an. »Ich bin es, Toni. Bitte, machen Sie die Tür auf.«

»Bist du allein?«

Toni antwortet nicht, denn sie sieht die Stationsleiterin gerade mit einem Zweitschlüssel in der Hand auf sich zukommen. Offensichtlich beabsichtigt sie, sich damit Zutritt zu verschaffen. Doch ihr fehlt der Mut, und sie überträgt Toni die Aufgabe. »Öffne du die Tür und schaffe den Köter raus. Ich lasse mich nicht noch einmal von der Bestie anknurren.«

Toni ist fassungslos. Das Verhalten ihrer Vorgesetzten stellt in ihren Augen eine grobe Verletzung der Privatsphäre dar.

»Gehen Sie!«, herrscht sie die Leiterin an. »Sie machen alles nur noch schlimmer!« Danach spricht sie im ruhigen Ton zu Herrn Gruber. »Bitte, lassen Sie mich herein. Denken Sie doch auch an Lilo. Sie muss doch gewiss mal raus und ihre Notdurft verrichten.«

Er lenkt ein. »Aber die Zicke bleibt draußen! Sollte sie es noch einmal wagen, meine Knastzelle zu betreten, hetze ich den Hund auf sie.«

»Du hast fünf Minuten, um dieses Theater zu beenden«, keift die Leiterin und verlässt den Flur.

»Sie ist weg«, versichert Toni und wird hereingelassen.

Sie tadelt Herrn Gruber mit Blicken und hält Ausschau nach dem Hund. Die angebliche Bestie sitzt verängstigt auf dem Bett und zittert wie Espenlaub. »Ich glaube, Sie haben Lilo keinen Gefallen getan, indem sie sie hergebracht haben.

Es ist doch nicht zu übersehen, dass sie sich hier nicht wohl-fühlt.«

Immerhin hat sie Wasser bekommen, stellt Toni erleichtert fest, als sie den Blumenübertopf auf dem Boden stehen sieht, den Herr Gruber zum Trinknapf umfunktioniert hat.

»Herrchen geht jetzt Gassi mit dir«, bestimmt sie. »Inzwi-schen überlege ich mir, wie es weitergeht.«

»Ins Tierheim bringe ich sie auf gar keinen Fall zurück! Sieh doch nur, in welcher Verfassung sie ist. Meine Lilo ist kaum wiederzuerkennen. Sie ist abgemagert, und ihr Fell wurde seit Tagen nicht gebürstet.«

»Beruhigen Sie sich! Es ist doch bekannt, dass sich die Emo-tionen des Halters auf das Tier übertragen.« Sie streichelt die struppige Lilo. »Du musst keine Angst haben. Alles wird gut, du Süße.«

Sie geleitet Gruber und den Vierbeiner nach draußen. Be-reits auf der erstbesten Grünfläche erleichtert sich der Hund.

Toni kehrt ins Gebäude zurück und sucht erneut die Ver-waltung auf, um Herrn Timmermann mitzuteilen, dass die Residenz wieder tierfrei ist. Doch er ist nicht allein. Die Sta-tionsleiterin sitzt ihm gegenüber. Worüber sie sprechen, kann Toni sich denken. Sie betritt das Büro, ohne zuvor anzuklopfen, und wird Ohrenzeugin der Besprechung.

»Herr Gruber ist untragbar. Er hat wiederholt gegen die Haus-ordnung verstoßen und ist auch nicht bereit, sich einzufügen. Uns fehlt die Zeit, um uns um diese Sonderlinge zu kümmern«, erklärt die Zicke und weist darauf hin, dass es viele Senioren gebe, die auf der Warteliste stehen und weniger Probleme verursachen.

»Ich habe bereits Kontakt zu seinem Sohn aufgenommen«, erwidert Timmermann.

Toni mischt sich ein. »Herr Gruber hat einen Sohn? Ich dachte, er hätte keine Angehörigen.«

»Der Junior lebt im Ausland, aber er hat zugesagt, im Laufe der Woche einzufliegen, um persönlich mit uns zu sprechen. Was ist denn nun mit dem Hund? Befindet er sich noch immer im Haus?«

»Nein, Herr Gruber geht mit ihm spazieren. Wäre es wirklich so schlimm, wenn er ...«

Timmermann lässt sie nicht aussprechen. »Wir haben Vorschriften. Allein aus hygienischen Gründen können wir das nicht dulden.«

»Vielleicht nur so lange, bis sein Sohn eintrifft?«, setzt Toni nach und sieht die Zicke grinsen.

»Frau Bartels verwechselt unsere Einrichtung mit einem Wellnesshotel. Sie glaubt, kommen und gehen zu können, wie es ihr beliebt. Gestern ist sie ihrem Dienst gänzlich ferngeblieben, ohne sich mit mir abzusprechen. Ich denke, es wird Zeit für eine Abmahnung. Die ist längst überfällig.«

Toni bleibt die Luft weg. »Was reden Sie denn? Ich habe meinen Dienst mit einem Kollegen getauscht und die Änderung ordnungsgemäß im neuen Dienstplan eingetragen.«

»Eigenmächtig, ohne zuvor Rücksprache mit mir zu halten.«

Nun ist es so weit. Toni platzt der Kragen. »Sie ticken doch nicht mehr richtig!«

Als hätte es die Stationsleiterin darauf angelegt, sie zu provozieren, wendet sie sich Herrn Timmermann zu. »Sehen Sie, was ich mir von meinen Untergebenen bieten lassen muss? Und es ist nicht das erste Mal, dass Frau Bartels sich mir gegenüber im Ton und in der Wortwahl vergreift.«

»Ich mich? Umgekehrt ist das der Fall! Sie sind es doch, die uns wie Leibeigene behandelt.«

»Meine Damen, ich bitte Sie«, versucht Herr Timmermann einzulenken, aber dafür ist es zu spät. Toni ist bereits auf hundertachtzig.

»Ich habe die Nase gestrichen voll und kündige! In Anbetracht der unzähligen Überstunden, die ich allein in diesem Jahr geleistet habe, und unter Berücksichtigung meiner Urlaubstage sollten wir quitt sein.«

»Frau Bartels, Sie können jetzt nicht einfach gehen!«, ruft der Heimleiter ihr nach. Doch Toni kann und verlässt die Residenz mit einer Mordswut im Bauch.

Draußen hält sie Ausschau nach Herrn Gruber. Sie entdeckt ihn sitzend auf einer Parkbank. Ohne sich von ihm zu verabschieden, möchte sie nicht abfahren. Sie setzt sich zu ihm und krault Lilos Kopf.

»Ich habe gerade hingeschmissen. Sie hatten recht. Die Residenz ist eine Anstalt, in der Bewohner bevormundet und Mitarbeiter geknechtet werden. Ich habe den Stecker gezogen, und Sie sollten es auch tun. Sie passen hier doch gar nicht her.«

»Ich habe leider keine andere Wahl.«

»Sprechen Sie mit Ihrem Sohn. Wie ich gerade erfahren habe, wird er in den nächsten Tagen herkommen.«

Es war keine gute Idee von Toni, ihm davon zu erzählen, denn sein Gesicht wird augenblicklich puterrot. »Der soll bleiben, wo der Pfeffer wächst! Aber nun zu dir. Was hast du vor?«

»Jetzt? Ich fahre heim, esse ein Stück Birnenkuchen und versuche, nicht an meine Kollegen zu denken, die ich gerade schändlich im Stich lasse.«

»Nimmst du uns mit?«

Toni schaut ihn ungläubig an. »Zu mir nach Hause?«

»Keine Sorge. Ich habe nicht vor, bei dir einzuziehen. Nur für ein Stündchen und auf ein Stück Birnenkuchen.«

Als Toni den Hund auf die Rückbank springen lässt, sieht sie den Heimleiter kopfschüttelnd aus dem Fenster schauen.

»Steigen Sie schnell ein, Herr Gruber, bevor ich meinen Entschluss bereue und rückfällig werde.«

Als Toni wenige Minuten später den Wagen auf ihre Einfahrt lenkt, fällt ihr sofort auf, dass Kristin bereits abgefahren ist. Auch Lena hat ihr Auto bereits abgeholt.

»Einen weiten Arbeitsweg hattest du nicht«, merkt Herr Gruber an. Toni wünscht sich, dass er den Mund hält, denn sie bereut ihren Schnellschuss bereits.

Lilo weigert sich auszusteigen. Offensichtlich ist das Auto der einzige Ort, an dem sie sich sicher fühlt.

»Das arme Tier ist komplett durcheinander«, seufzt Herr Gruber und versucht sie herauszulocken. Aber Lilo bleibt stur.

»Sie ist Ihnen so ähnlich«, sagt Toni und versucht sie zu locken, doch sie scheitert ebenfalls.

»Hast du Käse? Mit Käse lässt sie sich bestimmt umstimmen.«

Toni geht ins Haus, holt den alten Gouda aus dem Kühlschrank und schneidet ihn in kleine Würfel. Den ersten Happen darf Lilo aus ihrer Hand fressen, mehr gibt es erst, sobald sie herausspringt und der Käsestraße folgt, die Toni bis zur Eingangstür gelegt hat. Ihr Plan geht auf, Lilo folgt ihnen mit angezogener Rute. Der glatte Parkettboden scheint ihr auch nicht zu behagen.

»Besser, wir setzen uns hinaus«, schlägt Toni vor und führt Herrn Gruber auf die Terrasse. »Sie können sie getrost von der

Leine lassen. Das Grundstück ist eingezäunt. Hier kann sie nicht weglaufen.«

Lilo genießt ihre Freiheit und erkundet schnüffelnd den Garten.

Bei Kaffee und Kuchen stellt Herr Gruber die Frage, mit der Toni insgeheim schon gerechnet hat. »Kann sie nicht bei dir bleiben? Es ist doch offensichtlich, dass Lilo dich mag.«

»Ich kann mich nicht um sie kümmern. Dafür fehlt mir die Zeit.«

»Wieso? Du hast deinen Job quittiert, und einen neuen brauchst du nicht, nachdem du deinem Ex den Gewinn abspenstig gemacht hast.«

Sie schaut ihn skeptisch an. »Versuchen Sie gerade, mich zu erpressen?«

»Aber nein!«, beteuert er glaubhaft. »Das käme mir nie in den Sinn. Es ist nur so, dass du gar keine Mühe mit ihr hättest. Ich würde mich tagsüber um sie kümmern, mit ihr spazieren gehen und das Futter bezahlen. Sie braucht lediglich einen Schlafplatz.«

Toni stöhnt laut auf. Sie ist fest entschlossen, Herrn Gruber diese Bitte abzuschlagen. Aber nur ein Blick in sein trauriges Gesicht reicht aus, ihre Meinung zu revidieren. »Das ist total verrückt, aber ich bin bereit, Lilo so lange bei mir aufzunehmen, bis wir eine endgültige Lösung finden. Aber nur unter der Voraussetzung, dass Sie in der Residenz keinen weiteren Wirbel mehr verursachen!«

Kristin

Rosenkavalier

Als Kristin in Hamburg ankommt, möchte sie schnellstens duschen und die Kleidung vom Vortag wechseln. Nach einer ausgiebigen Morgentoilette hüllt sie sich in ihren Bademantel und schlendert ins Schlafzimmer. Verwundert betrachtet sie ihr Bett. Die Tagesdecke ist aufgeschlagen. Das kommt bei ihr nie vor. Unter keinen Umständen würde Kristin das Haus verlassen, ohne zuvor das Plaid so lange akkurat auszubreiten, bis keine Falte mehr zu sehen ist.

Als sie im Wohnzimmer einen Blumenstrauß entdeckt, hat sie den Beweis, dass jemand während ihrer Abwesenheit in ihrer Wohnung war. Sie denkt konzentriert nach und kommt zu dem Schluss, dass nur Ilse dafür infrage kommt, denn ihre Vermieterin ist die Einzige, die über einen Schlüssel verfügt.

»Das geht zu weit«, regt Kristin sich auf. »Sie darf mein Bad benutzen, aber mein Bett ist tabu.«

Hastig zieht sie sich an und stiefelt hinunter, um ihr eine klare Ansage zu machen.

Doch nicht Kristin nimmt Ilse ins Verhör, sondern Ilse sie. »Bist du jetzt erst nach Hause gekommen? Wie schade, dann habt ihr euch verpasst. Hast du die schönen Blumen schon gesehen, die er dir mitgebracht hat?«

Kristin erstarrt vor Entsetzen, denn ihr wird augenblicklich klar, dass Johann der Rosenkavalier war, der sich sogar erdreistet hat, sich in ihr Bett zu legen. »Wieso hast du ihm meine Wohnungstür geöffnet?«

»Nachdem er bis Mitternacht in meiner Küche auf dich gewartet hat, wollte ich endlich schlafen.«

»Ich möchte nicht, dass du irgendjemanden in meine Wohnung lässt.« Sie schlägt einen ungewohnt harten Ton an. »Mach das nie wieder! Haben wir uns verstanden?«

»Aber Holger ist doch nicht irgendwer. Ich konnte schließlich nicht ahnen, dass deine Verabredung bis zum nächsten Morgen dauert.« Sie schaut Kristin listig an. »War es denn nett?«

»Holger war hier?« Zwar fällt Kristin ein Stein vom Herzen, aber das mindert ihre Empörung nicht. »Du hättest telefonisch nachfragen müssen, ob es mir recht ist, statt eigenmächtig zu handeln!«

»Er hat unzählige Male bei dir angerufen, aber du bist nicht rangegangen.« Ilse zwinkert. »Offensichtlich warst du anderweitig beschäftigt.«

Kristin kehrt in ihre Wohnung zurück und nimmt ihr Handy aus der Handtasche. Sie will überprüfen, wie oft Holger versucht hat, sie zu erreichen. Fünf Anrufe in Abwesenheit und weitere Textnachrichten werden ihr angezeigt. Sie liest.

Sonntag 18.30 – Habe die nächsten Tage auf Amrum zu tun. Stehe vor deinem Haus, um zu fragen, ob du mitkommen möchtest.

Sonntag 22.00 – Meine Güte, wo steckst du? Ich warte seit Stunden auf dich.

Montag 00.15 – Das Gespräch mit deiner Vermieterin war sehr aufschlussreich. Im Ernst, Kristin? Ich bin schockiert.

Montag 06.30 – Ich fahre jetzt ab. Viel Vergnügen mit deinem jungen Lover.

Was hat ihre geschwätzige Vermieterin ihm bloß erzählt?

Um in den kommenden Tagen nicht ständig zwischen Hamburg und der Heide pendeln zu müssen, packt Kristin ihre Reisetasche.

Gegen Mittag trägt sie das Gepäck zu ihrem Wagen und verstaut es im Kofferraum. Die Handwerker machen schon wieder Pause. Bei diesem Arbeitstempo werden sie frühestens zu Weihnachten fertig, mutmaßt Kristin und geht noch einmal die Treppe hinauf.

Sie nimmt den Blumenstrauß aus der Vase und lässt das Wasser in der Küche über dem Spülbecken abtropfen. Ihre Absicht, Toni das hübsche Gebinde mitzubringen, verwirft sie kurzerhand und beschließt, Ilse die Blumen zu überlassen. Sie vor der Abfahrt noch einmal aufzusuchen, ist eine gute Gelegenheit, ihr auf den Zahn zu fühlen.

»Darf ich kurz reinkommen?«, fragt Kristin durch die offene Tür. Sie darf. »Ich möchte dir den Strauß schenken. Die nächsten Tage werde ich nicht zu Hause sein, und es wäre doch schade um die hübschen Blumen.«

»Du folgst Holger nach Nordfriesland?«

»Nein, ich reise nicht zu ihm nach Amrum. Aber nachdem du selbst davon angefangen hast, verrate mir, was du ihm für einen Blödsinn über mich erzählt hast. Er geht offensichtlich davon aus, dass ich einen jungen Liebhaber habe.«

Ilse widerspricht sofort. »Von Liebhaber habe ich nicht gesprochen. Ich habe lediglich erwähnt, dass du seit Kurzem viel Zeit mit einem jungen Mann verbringst, der dir anscheinend guttut. Ich habe dich laut lachen hören, als er dich am Samstagabend besucht hat.«

Das war ein klarer Fall von Fehlinterpretation, will Kristin klarstellen, doch dann macht sich spontane Schadenfreude in ihr breit. Es geschieht Holger ganz recht, denkt sie und erinnert sich daran, wie schockiert sie damals war, als sie erfahren hat, wie viel jünger die Frau ist, die ihren Platz fortan einnimmt und seither in Saus und Braus in Münchens bester Lage auf Holgers Kosten lebt.

»Es tut mir leid, Liebes. Ich weiß, ich hätte den Mund halten müssen. Aber er hat ein solch einnehmendes Wesen, dass ich gar nicht gemerkt habe, dass er mich über dich ausgefragt hat.« Ilse legt eine Pause ein und schaut Kristin direkt an. »Ich habe den Eindruck gewonnen, dass er dich zurückhaben will.«

»Das kann er vergessen. Dafür ist es zu spät«, erwidert sie in einem Ton, der keinen Zweifel aufkommen lässt. Es spricht nichts dagegen, hin und wieder Zärtlichkeiten mit dem Mann auszutauschen, den sie so gut kennt wie keinen zweiten. Sie leugnet auch nicht, dass es ihr ein gutes Gefühl bereitet, es seiner Trulla auf gleiche Art und Weise heimzuzahlen. Aber sich noch einmal ganz und gar auf Holger einzulassen, kommt für Kristin nicht infrage. Die Narben, die er auf ihrer Seele hinterlassen hat, lassen keinen anderen Schluss zu.

Da nun feststeht, dass ihre Verdächtigungen gegen Johann falsch waren und er sich zudem weder gestern noch heute bei ihr gemeldet hat, beschließt sie, ihn darüber zu informieren, dass sie ein geeignetes Objekt gefunden hat. Sie geht zurück in ihre Wohnung und schickt ihm eine Sprachnachricht.

»Es geht um ein Einfamilienhaus in der Lüneburger Heide. Oder ist dir der Weg zu weit? Melde dich, bitte. Gruß Kristin.«

Nicole

Halsabschneider

Eigentlich wollte Nicole bis in die Puppen schlafen, nachdem sie gestern eine schriftliche Notiz ihrer Tochter auf dem Kopfkissen gefunden hat.

Fabian und Leon bleiben ab sofort bis drei in der Kita und bekommen dort Mittagessen. Paddy bringt sie morgens hin, ich hole sie nach Feierabend ab. Du kannst dich nun voll und ganz auf dich konzentrieren. Bussi. Sarah

Doch die Macht der Gewohnheit hat Nicole Punkt sieben aus dem Schlaf gerissen.

Noch nie zuvor hat sie zu dieser frühen Stunde den Fernseher angestellt. Heute drückt sie den Knopf der Fernbedienung und schaut sich vom Bett aus das Morgenmagazin an.

Erst als die Haustür zuklappt und sie sicher ist, allein zu sein, steht sie auf und kocht sich ihren obligatorischen Kaffee.

Im Schlafanzug sitzt sie wenig später auf der Terrasse und lässt den Blick über ihr riesiges Grundstück schweifen. Sie grübelt darüber, wie sie künftig die ganze Gartenarbeit allein bewältigen soll. Bisher hat die ganze Familie mit angepackt, aber nach Lage der Dinge ist damit nicht mehr zu rechnen.

Es ist zwar sehr zuvorkommend von Lena und Kristin, ihr bei der Obsternte helfen zu wollen, aber damit ist das Problem nur temporär gelöst. Spätestens wenn das Laub fällt und die Beete winterfest gemacht werden müssen, wird sie vor einer schier unlösbaren Aufgabe stehen.

Die Idee, in der Nachbarschaft zu fragen, ob einer der Männer ihr unter die Arme greifen würde, verwirft sie sofort. Die haben genug mit ihren eigenen Gärten zu tun. Früher war es eine Selbstverständlichkeit, dass sich die Dorfgemeinschaft unterstützt, aber die Zeiten sind längst vorbei. Heute denkt jeder nur noch an sich.

Nicole trinkt den Kaffee aus und schlurft in die Küche. Sie holt ihren Laptop hervor und stellt ihn an. Online begibt sie sich auf die Seite der Kleinanzeigen und sucht nach etwaigen Gartenhilfen im Umkreis von zehn Kilometern. Es werden nur Gesuche angezeigt. Sie erweitert den Radius und stößt auf zwei Inserate. Sogleich nimmt sie Kontakt auf. Beim ersten ruft sie an. Es läuft die Mailbox. Nicole schildert ihr Anliegen und bittet freundlich um Rückruf. Den zweiten kann sie nur per Mail erreichen und schreibt ihm.

Erst nachdem sie die Nachricht abgeschickt hat, macht sie sich Gedanken über die Kosten, die auf sie zukommen werden. Na, die werden wohl nicht mehr verlangen, als sie als Übersetzerin verdient, beruhigt sie sich, nimmt den Gedanken auf und ruft ihre Ansprechpartnerin bei der Volkhochschule an.

Bei ihr hat Nicole mehr Glück. Sie geht sofort ran. Doch was sie zu vermelden hat, ist kein Grund zur Freude.

»Bisher sind erst zwei Anmeldungen eingegangen. Ich fürchte, dass auch die Winterkurse nicht stattfinden werden.«

»Mist«, entfährt es Nicole, zumal sie die große Hoffnung hegte, im Herbst und Winter mehr Lehrgänge geben zu können.

»Es tut mir leid. Versuche es doch mal auf dem regulären Arbeitsmarkt. Registriere dich bei Agenturen oder bewirb dich direkt bei Verlagen. Gute Übersetzerinnen werden doch immer gesucht.«

»Ein Versuch ist es wert«, erwidert Nicole und beendet das Gespräch.

Die nächsten Stunden nutzt sie für Onlinerecherchen, durchforstet alle gängigen Jobbörsen, bewirbt sich auf Stellenausschreibungen und versendet Initiativbewerbungen. Sie denkt an Kristin, die Schwierigkeiten hat, an ihren bisherigen Erfolg anzuknüpfen, obwohl sie stets am Ball geblieben ist und sich keine familiäre Auszeit genommen hat. Kann es wirklich sein, dass für eine Frau mit Mitte fünfzig der Zug schon abgefahren ist? Nicole macht sich keine großen Hoffnungen, noch eine Festanstellung zu finden, aber sie kann guten Gewissens sagen, es wenigstens versucht zu haben.

Gegen Mittag verspürt sie Hunger und beschließt, statt nur für eine Person zu kochen, sich einfach ein Gericht im Nachbarort beim Asiaten zu besorgen. Sie schnappt sich ihr Portemonnaie und den Autoschlüssel und verlässt das Haus.

Der Weg dorthin führt an Tonis Haus vorbei. Verwundert nimmt sie zur Kenntnis, dass ihr Wagen in der Einfahrt parkt. Sie ist zu Hause? Zu dieser Zeit? Das kann nur bedeuten, dass sie entweder krank im Bett liegt oder ihr Auto nicht angesprungen ist. Nicole will bei ihr anrufen und nachfragen, doch als sie nach dem Handy greift, klingelt es bereits.

Der Gartenhelfer, dem sie auf die Mailbox gesprochen hat, ist der Anrufer. Der mürrische Mann zeigt wenig Interesse an ihren Ausführungen. Er will weder wissen, wo sich das Grundstück befindet, noch wie groß es ist, geschweige denn wann was zu tun ist, sondern nennt ihr unaufgefordert seine Konditionen, die Nicole regelrecht umhauen.

»Pro Stunde?«, hakt sie ungläubig nach.

»Plus Anfahrt und Märchensteuer.«

»Bester Mann, ich suche jemanden, der mich nebenberuflich bei der Gartenarbeit unterstützt und keinen Callboy, der einer Frau mittleren Alters sexuelle Befriedigung verschafft.«

Nach dieser kessen Reaktion, die ihr früher nicht im Traum über die Lippen gekommen wäre, legt er auf, ohne sich zu verabschieden.

»Kein Problem, du Halsabschneider. Bevor ich so viel Geld ausgebe, lasse ich den Garten lieber verwildern und biete dem Schäfer an, seine Herde auf meiner Wiese weiden zu lassen«, schimpft sie und wählt Tonis Nummer. Aber sie geht nicht ran.

Als Nicole das Lokal erreicht, lässt sie es nicht länger klingeln, sondern steigt aus und betritt das Restaurant.

Am Tresen bestellt sie zwei Gerichte von der Mittagskarte. Eins für sich, eins für Toni. Sollte sie kein Interesse an Bratnudeln mit Wokgemüse haben, wird Nicole die Mahlzeit am nächsten Tag aufwärmen und selbst essen.

Während sie darauf wartet, dass ihre Bestellung in der Küche zubereitet wird, schaut sie sich im Gastraum um. Die

Leute, die hier zur Mittagszeit eingekehrt sind, sitzen sich schweigend gegenüber und betrachten die Dekoration aus kitschigen Kunstblumen, die ihnen ein landestypisches Flair suggerieren sollen. Bei Nicole funktioniert es nicht. Ihre letzte Reise mit Lutz führte sie in den Norden von Vietnam. Deshalb weiß sie aus eigener Erfahrung, dass dieses Lokal rein gar nichts mit der Bucht von Halong zu tun hat. Weder optisch noch kulinarisch.

Sie zahlt und macht sich auf den Heimweg. Als sie bei Toni anhält, steht ihr Wagen nicht mehr vor dem Haus. Nicole gibt Gas, um das Essen noch warm genießen zu können.

Um halb vier kommt Sarah mit den Kindern nach Hause. Leon schläft im Arm seiner Mutter und wird direkt von ihr nach oben gebracht. Fabian scheint den ersten langen Tag in der Kita besser verkraftet zu haben. Er stürmt zu Nicole in die Küche und berichtet, dass er Toni gesehen hat, die mit einem Hund spazieren gegangen ist.

Nicole zweifelt an seinen Worten. »Du musst dich verguckt haben.«

Doch er beharrt steif und fest darauf, seine Großtante mit einem Vierbeiner gesehen zu haben. »Frag Mama, wenn du mir nicht glaubst.«

Dazu kommt es Minuten später, als Sarah zu Nicole in die Küche tritt und verblüfft feststellt, dass kein Topf auf dem Herd steht. »Hast du heute nicht gekocht?«

Nicole verneint. »Ich hatte keine Lust.«

»Schade, ich habe nämlich einen Mordskohldampf. Eigentlich hatte ich geplant, mit den Jungs zum Einkaufen zu fahren. Aber Leon war fix und fertig. Er ist schon nach einer Minute in seinem Kindersitz eingeschlafen.«

»Gib den Jungs ein bisschen Zeit. Das spielt sich schon ein. Bis es so weit ist, solltest du zum Supermarkt fahren, bevor du sie abholst.«

Sarah schaut ihre Mutter skeptisch an. »Sag mal, bist du sauer, weil wir versuchen, unser Leben ohne deine Mithilfe zu bewältigen?«

»Quatsch«, widerspricht Nicole und lächelt. »Ihr schafft das, da bin ich mir sicher. Magst du Bratnudeln mit Gemüse? Ich habe noch eine Portion übrig.«

Das lässt Sarah sich nicht zweimal sagen. Sie nickt erfreut und wartet offensichtlich darauf, dass ihre Mutter sofort aufspringt, das Essen aufwärmt und es ihr serviert.

Aber Nicole hustet ihr was. »Du weißt ja, wo die Mikrowelle steht. Was ist das für eine Geschichte mit Toni? Sie soll mit einem Hund spazieren gegangen sein, hat Fabian mir erzählt.«

»Stimmt, ich habe mich auch gewundert. Eigentlich dürfte sie doch noch gar nicht Feierabend haben.«

Erleichtert darüber, mit ihrer Tochter wieder unbekümmert sprechen zu können, setzt sie an, ihr von Tonis Angebot zu berichten. Ein Gutachter wird den Wert des Hauses ermitteln, liegt ihr auf der Zunge, doch sie kommt nicht dazu, ihren Gedanken auszusprechen, denn Paddy ist gekommen. Er steht im Türrahmen und schaut grimmig drein.

»Kommst du bitte, Sarah«, fordert er seine Frau auf und belegt sie mit einem eiskalten Blick. »Wir haben eine Abmachung«, ermahnt er sie.

Zu gern würde Nicole wissen, von welcher Abmachung die Rede ist, doch sie kann nur fassungslos dabei zusehen, wie ihre Tochter seiner Aufforderung nachkommt und sich vom Stuhl erhebt.

»Danke für dein Angebot, mir die Bratnudeln zu überlassen, aber wir werden heute Pizza bestellen.«

»Pizza? Super Idee«, kontert Nicole sarkastisch. »Die hattet ihr so lange nicht.«

Antonia

Späte Anerkennung

Seit Stunden fühlen sich Herr Gruber und Lilo in Tonis Garten pudelwohl. Bereits zweimal hat sie demonstrativ auf ihre Armbanduhr geschaut. Langsam wird es Zeit, deutlicher zu werden.

»Schon zwölf. Wir sollten jetzt aufbrechen, damit Sie rechtzeitig zur Essenszeit in der Residenz erscheinen.«

»Eigentlich verspüre ich gar keinen Appetit.«

Toni sieht ihn streng an. »Wir haben eine Vereinbarung«, erinnert sie ihn. »Der Hund darf bleiben, wenn auch Sie sich an die Regeln halten.«

»Schon gut. Ich habe verstanden. Ab morgen werde ich mich regelmäßig im Speisesaal einfinden. Aber mittags gehe ich mit Lilo auswärts essen.«

Toni rät ihm, die Verwaltung darüber in Kenntnis zu setzen. »Es wäre doch idiotisch, Kosten für eine Vollverpflegung zu zahlen, wenn Sie das Mittagessen gar nicht in Anspruch nehmen.«

»Apropos Verpflegung.« Herr Gruber zückt seine Geldbörse und legt einen Fünfziger auf den Tisch. »Futtergeld«, erklärt er knapp.

Toni will wissen, was Lilo frisst. Sie hofft inständig, dass sie keine frischen Pansen oder Blättermagen füttern muss. Doch das ist nicht nötig. Lilo ist ein Allesfresser und nicht wählerisch. Herr Gruber empfiehlt Trockenfutter und weist darauf hin, dass sie in diesem Fall stets für ausreichend Trinkwasser sorgen muss.

»Machen Sie sich keine Gedanken. Gänzlich unerfahren bin ich nicht. Als meine Eltern noch lebten, hatten wir auch einen Hund«, erwidert sie und schlägt vor, dass Herr Gruber sich an Ort und Stelle von Lilo verabschiedet. »Besser, sie bleibt bis zu meiner Rückkehr hier. Um sie im Wagen warten zu lassen, während ich einkaufe, ist es heute viel zu warm.«

Herr Gruber nickt und ruft Lilo zu sich. »Morgen sehen wir uns wieder, meine Beste. Dann machen wir einen langen Spaziergang«, verspricht er und tätschelt liebevoll ihren Kopf.

Als Toni Minuten später auf dem Parkplatz der Residenz hält, möchte Herr Gruber sich Tonis Handynummer notieren. Noch während sie sich gegenseitig Ziffer für Ziffer ansagen, wird sie erneut vom Heimleiter beobachtet.

Diesmal begnügt Herr Timmermann sich nicht damit, aus dem Fenster zu schauen, er tritt einen Wimperschlag später forschen Schrittes aus dem Gebäude und marschiert auf sie zu. »Bitte, warten Sie, Frau Bartels.«

Sie holt tief Luft und steigt aus. Wie vermutet, appelliert er an ihre Vernunft, aber er bringt auch Verständnis auf. »Bei uns allen liegen die Nerven blank. Wenn ich Ihnen versichere, für ein besseres Arbeitsklima zu sorgen, würden Sie dann Ihre

Kündigung zurücknehmen? Wir brauchen Sie doch. Sie sind seit Jahren eine meiner ambitioniertesten und wertvollsten Mitarbeiterinnen. Ich kann Sie nicht gehen lassen.«

Toni fühlt sich geschmeichelt, dennoch bleibt sie skeptisch.

Erst als Herr Timmermann ihr anbietet, eine Woche Urlaub zu nehmen, um ihre Entscheidung in Ruhe zu überdenken, stimmt sie zu.

Eine halbe Stunde später betritt Toni das Tierbedarfsgeschäft mit einem klaren Ziel vor Augen. Sie möchte nur eine Packung Hundetrockenfutter für ihren vierbeinigen Logisgast kaufen.

Während sie durch die Gänge schlendert, ändert sie ihren ursprünglichen Plan. Sie entdeckt rutschfeste Näpfe, diverse Leckerbissen und eine Vielzahl von Kaustangen. Ihr Blick fällt auf buntes Spielzeug, das Hunden Spaß bereiten soll.

Ohne es zu merken, landen nach und nach immer mehr Artikel in ihrem Einkaufswagen.

Ein gepolstertes Hundebett in der Ecke des Ladens weckt ihre Aufmerksamkeit. Es verspricht, sich besonders gut für ältere Tiere zu eignen, da es durch die Polsterung und die ergonomische Form besonders gelenkschonend sein soll. Toni kann sich gut vorstellen, wie Lilo darauf bequem schlummern wird. Ohne auf das Preisschild zu achten, entscheidet sie, es ebenfalls zu kaufen. Mit einem breiten Lächeln auf dem Gesicht und einem Wagen voller Überraschungen begibt sie sich zur Kasse.

Sie zückt ihre Karte, zahlt den Einkauf und achtet nicht auf den Betrag, sondern denkt nur an die Freude, die sie Lilo mit den neuen Errungenschaften bereiten wird.

Voll bepackt verlässt sie das Geschäft und macht sich auf den Heimweg.

Als Toni kurz darauf die Haustür öffnet, wird sie schwanzwedelnd begrüßt. Lilo schnüffelt aufgeregt an den Tüten. Es ist offensichtlich, dass sie hungrig ist. Deshalb gibt es in der Küche sogleich Futter aus ihrem neuen Napf.

Während Lilo frisst, sucht Toni einen geeigneten Platz für das Hundebett. Sie stellt es ins Wohnzimmer vor den Heizkörper. Auf diese Weise können sie Blickkontakt halten, denkt sie, doch Lilo denkt das nicht. Sie schlägt einen hohen Bogen um ihren neuen Schlafplatz und springt aufs Sofa.

Toni lässt sie gewähren, setzt sich zu ihr und spricht beruhigend auf sie ein. »Komm erst mal an, Süße. Für dich ist alles ungewohnt und aufregend. Glaub mir, ich weiß genau, wie du dich fühlst. Mir wurde auch übel mitgespielt. Aber lass dir sagen, dass das Leben weitergeht. Es wird nicht mehr so sein wie früher, aber eventuell kommt es viel besser, als man annimmt. Wir müssen uns nur darauf einlassen. Vertrau mir. Ich verspreche dir, alles wird gut.«

Als hätte Lilo jedes ihrer Worte verstanden, leckt sie Tonis Hand.

Kristin

Stadtmensch

Es ist erst früher Nachmittag, als Kristins Handy vibriert. Eine Nachricht erscheint auf dem Display. Toni teilt ihr mit, bereits zu Hause zu sein und Kristin gerne früher kommen könne. Bevor die Rushhour einsetzt, steigt sie in ihr Auto und navigiert durch die belebten Straßen der Stadt.

Auf der Autobahn tritt sie entschlossen das Gaspedal durch. Doch auf der Landstraße angekommen, bleibt sie diszipliniert und hält sich strikt an die vorgeschriebene Höchstgeschwindigkeit, was zur Folge hat, dass sie kontinuierlich von anderen Fahrzeugen überholt wird. Ein besonders ungeduldiger Fahrer nötigt sie sogar mit seiner Lichthupe.

»Ich würde ja gern, aber ich kann es mir nicht leisten, schneller zu fahren. Sollte ich noch einmal erwischt werden, bin ich meinen Lappen los«, brummt sie leise vor sich hin. Obwohl es ihr schwerfällt, bleibt sie standhaft und folgt den Verkehrsregeln, bis sie ihr Ziel erreicht.

Toni strahlt, als sie die Tür öffnet. Kristin schaut verwundert und fragt, seit wann Toni einen Hund habe. Lilo schnuppert neugierig an ihren Beinen.

»Seit heute. Du brauchst keine Angst vor Lilo zu haben, sie ist ganz lieb.«

Kristin stellt ihre Taschen ab, beugt sich hinunter und streichelt die Fellnase. »Nein, ich fürchte mich nicht vor Hunden. Aber wo kommt sie so plötzlich her? Ist sie dir zugelaufen?«

»So ähnlich«, antwortet Toni und berichtet in kurzen Worten, wie es dazu gekommen ist. »Lilo bleibt nur vorübergehend, bis ich eine finale Lösung gefunden habe. Die muss mir allerdings binnen einer Woche einfallen, denn nur so lange habe ich Urlaub.«

Kristin ist hellauf begeistert. »Mit anderen Worten, wir können uns die nächsten Tage gemeinsam in unser Projekt stürzen?«

Ihre Begeisterung springt auf Toni über. »Ja, lass uns loslegen. Ich kann es kaum erwarten.«

Kristin öffnet ihren Musterkoffer. Bevor sie Farb- und Textilproben präsentiert, stellt sie eine entscheidende Frage. »Möchtest du den vorherrschenden Stil beibehalten?«

»Auf gar keinen Fall. Das war Maiks Geschmack. Er mochte es schlicht und schnörkellos. Ich wünsche mir mehr Gemütlichkeit.« Sie deutet auf das Sofa. »Kein Stahl und kein Leder mehr. Ich möchte es kuschelig haben mit ganz vielen Kissen. Außerdem werde ich mir den Wunsch nach einem Kamin erfüllen. Seit Jahren träume ich davon, während der kalten Jahreszeit in die lodernden Flammen zu blicken. Der riesige Fernseher muss verschwinden. In einer Wohnzeitschrift habe ich mal gesehen, dass man ihn bei Bedarf auf Knopfdruck von der Decke herunterfahren lassen kann.« Toni redet sich in einen Rausch. »Draußen hätte ich gern Fensterklappläden aus Holz mit diesen typischen Lamellen, wie man sie im Süden vorfindet. Die würden doch gut zum rustikalen Klinker passen, oder?«

»Oha!«, unterbricht Kristin ihren Redeschwall. »Du hast nicht übertrieben, als du von einer Komplettveränderung gesprochen hast. Ich will deinen Enthusiasmus nicht bremsen, aber ist dir bewusst, was das kosten wird?«

»Geld spielt keine Rolle.«

Diesen Satz kannte Kristin bisher nur von ihren gut betuchten Klienten, aber von Toni hat sie ihn nicht erwartet.

Kristin fragt, ob sie ihre Besprechung auf einem Spaziergang fortsetzen wollen. »Ich möchte so gern noch einmal die blühenden Felder sehen, bevor es dunkel wird.«

»Zwar war ich gerade mit Lilo draußen, aber gegen eine zusätzliche Runde hat sie gewiss nichts einzuwenden.«

An der Leine führt Toni den Hund aus dem Haus.

»Wieso lässt du sie nicht frei laufen?«, fragt Kristin, als sie einen sandigen Trampelpfad einschlagen, der zu einer Lichtung führt.

»Das traue ich mich nicht. Was ist, wenn sie mir nicht gehorcht und abhaut? Herr Gruber würde mich umbringen. Außerdem ist es gar nicht erlaubt. Im Landschaftsschutzgebiet herrscht Leinenpflicht.«

»Aber daran scheinen sich nicht alle zu halten«, erwidert Kristin und deutet auf zwei Personen, die ihnen mit einem nicht angeleinten Hund entgegenkommen. Erst auf den zweiten Blick erkennt sie, dass es sich bei den grün gekleideten

Männern um Jäger handelt. Toni scheint sie zu kennen, denn sie duzt sie und nennt sie beim Vornamen. »Habt ihr ihn erwischt?«

Die Männer verneinen. Kristin hakt nach. »Wen erwischt?«

»Es geht um den Wolf, der schon mehrere Schafe gerissen hat«, antwortet einer der Jäger und versetzt Kristin augenblicklich in Panik.

»Hier gibt es einen Wolf?«

»Einen? Nein, mehrere Rudel.«

Nach dieser Aussage hat sich Kristins Wunsch nach einer Wanderung in der Abendsonne erledigt. Sie möchte zurück. Sofort!

Toni lacht sie aus. »Du bist ein waschechter Stadtmensch. Wölfe attackieren keine Menschen.«

»Das stimmt«, bestätigt der andere Jäger, rät jedoch dringend dazu, bei einer Begegnung unbedingt die Verhaltensregeln zu beachten. »Nicht fliehen, sondern die Ruhe bewahren. Stehen bleiben und Blickkontakt halten. Meist zieht sich der Wolf dann von selbst zurück.«

Die Empfehlung des Jägers beruhigt Kristin nicht die Spur. »Meist? Und wenn nicht?«

»Dann vertreiben Sie ihn. Machen Sie sich groß, strecken Sie die Arme in die Höhe und klatschen. Rufen Sie laut oder werfen Gegenstände nach ihm.«

Kristin hat genug gehört. »Also, ich gehe keinen Schritt weiter.« Sie sucht die Nähe der bewaffneten Männer und folgt ihnen bis zur Straße, während Toni sich noch immer über sie lustig macht.

»Ach, Rotkäppchen, sei kein Angsthase. Viel gefährlicher sind Wildschweine, die im Wald leben. Insbesondere Bachen verhalten sich höchst aggressiv, wenn sie ihren Nachwuchs bedroht sehen. Sobald dich so ein achtzig Kilo schweres Muttertier attackieret, solltest du dich schnellstens in Sicherheit bringen und den erstbesten Baum hinaufklettern.«

Mit Kristins Begeisterung für das idyllische Landleben in der Natur ist es blitzartig vorbei. Aus ihren Augen spricht die pure Angst.

Einer der Jäger wirkt beruhigend auf sie ein. »Die Gefahr besteht zurzeit nicht. In den Monaten zwischen Februar und Mai sollte man allerdings achtsam sein.«

Mit Worten kann Kristin nicht beschreiben, wie erleichtert sie ist, als sie Tonis Haus erreichen, wo sie bereits von Nicole erwartet werden.

»Dann stimmt es doch, was Fabian und Sarah erzählt haben. Wessen Hund ist das? Und wieso warst du heute nicht in der Residenz?«

Bei einer Kanne Tee wird Nicole auf den neuesten Stand gebracht. Mit offenem Mund nimmt sie erstaunt zur Kenntnis, dass Toni am Morgen gekündigt hat.

»Mein Chef hat mir eine Woche Bedenkzeit eingeräumt«, fügt sie an, was Nicole ins Staunen versetzt.

»Was gibt es noch zu bedenken? Selbstverständlich nimmst du deine Kündigung zurück. Mal davon abgesehen, dass es in anderen Seniorenheimen genauso zugeht, wirst du keinen Arbeitsplatz finden, der so nah gelegen ist.«

Indes erhält Kristin eine Nachricht von Johann. Während sie liest, dass die Entfernung kein Problem für ihn darstellt und er sich freut, dass es zu einer Zusammenarbeit kommt, geht die Unterhaltung zwischen Toni und Nicole weiter. Es fallen die Worte Gutachter und Wertermittlung.

»Kann man das nicht auch online machen? Es gibt doch so eine Maklerfirma, die das kostenlos anbietet.«

Toni wiegelt Nicoles Vorschlag sofort ab. »Die ermitteln lediglich den aktuellen Wert. Aber der ist nicht relevant.«

»Wieso nicht relevant?«

»Wir müssen bei der Berechnung den ursprünglichen Zustand zugrunde legen. Schließlich habe ich im Laufe der Jahre einen Haufen Geld in die Modernisierung investiert.«

Nicole reißt die Augen auf. »Um das tun zu können, haben wir dich jahrelang kostenfrei wohnen lassen.«

Toni wird lauter. »Was ist denn plötzlich in dich gefahren? Wir waren uns doch bereits einig.«

»Einig waren wir uns darüber, dass du einen Gutachter bestellst, der den aktuellen Wert ermittelt. Da du diese Woche Urlaub hast, sollte es kein Problem sein, einen zu beauftragen.«

Erbost nimmt Nicole ihre Jacke von der Stuhllehne und verlässt die Küche. Im Flur angekommen, wünscht sie einen schönen Abend und knallt die Haustür hinter sich zu.

»Was war denn das?«, will Kristin wissen.

»Wenn Geld im Spiel ist, zeigen die Menschen ihr wahres Gesicht.«

»Sprich doch mal mit deinem Kreditinstitut. Die haben Experten, die sich damit auskennen.«

»Die Bank bewertet eine Immobilie doch nur, um den Beleihungswert zu ermitteln. Aber ich brauche keine Hypothek.«

Kristin verschlägt es kurz die Sprache. »Dann beauftrage einen unabhängigen Gutachter. Wenn du willst, frage ich Holger, er ist ein vereidigter Sachverständiger.«

»Das wäre genial. Ich möchte nämlich vermeiden, dass das Verhältnis zwischen Nicole und mir wegen dieser dummen Sache belastet wird. Sie ist doch wie eine Schwester für mich.«

Kristin freut sich über die versöhnlichen Worte. Sie kennt andere Fälle, in denen der Zank ums Geld Freundschaften ruiniert und Familien zerstört hat. Aber Toni scheint aus dem Vollen schöpfen zu können, wenn sie den Umstand, Nicole auszahlen zu müssen, eine »dumme Sache« nennt, wegen der sie noch nicht einmal eine Hypothek benötigt. Auch was die Neugestaltung angeht, soll Geld keine Rolle spielen. Wie kann eine Altenpflegerin derartig gut betucht sein, fragt Kristin sich und möchte es wissen. »Wem verdankst du deinen Reichtum?«

Toni überhört die Frage und lenkt die Aufmerksamkeit auf Lilo, die tief und fest auf dem Sofa schläft. »So wie es aussieht, wirst du die Nacht im neuen Hundebett schlafen müssen«, amüsiert sie sich, nimmt ihr Handy zur Hand und knipst ein Foto, das sie sogleich an Herrn Gruber schickt.

Kristin hat verstanden. Sie stellt ihren Laptop an und präsentiert eine Fotostrecke mit Einrichtungsvorschlägen fürs Wohnzimmer im modernen Landhausstil.

Toni weiß genau, was sie will, und kommentiert die Abbildungen bei Gefallen mit Daumen hoch, bei Nichtgefallen mit Daumen runter. Schnell erkennt Kristin, wohin die Reise gehen wird.

Sie misst das Wohnzimmer aus, denn mit diesem Raum wollen die beiden beginnen. Die Maße überträgt sie in ihr 3-D-Planungsprogramm. Nach wenigen Klicks erscheint Tonis neuer Wohnbereich auf dem Bildschirm. »Hast du es dir so vorgestellt?«

»Nicht im Traum«, quietscht Toni begeistert und kann es kaum erwarten, auf Shoppingtour zu gehen.

»Dann lass uns morgen Nägel mit Köpfen machen.«

Kristin schickt Holger eine kurze Nachricht, bevor sie ihren Laptop zuklappt und mit Toni zum gemütlichen Teil des Abends übergeht.

Lena

Medikamentenskandal

Lenas Befürchtungen, dass sich nach Einführung des E-Rezeptes noch mehr Stammkunden von Onlineapotheken beliefern lassen, scheint sich zu bestätigen. Wer es geschafft hat, auf seinem Smartphone die erforderliche App zu installieren, kommt kaum noch persönlich bei ihr vorbei.

Doch nicht nur das beunruhigt sie. Der heutigen Post lag ein formelles Schreiben der Ermittlungsbehörden bei, das ihr zusätzlich Kopfzerbrechen bereitet. Darin wird sie aufgefordert, schriftlich darzulegen, wie viele Einheiten eines bestimmten Medikaments sie bisher bestellt und ausgegeben hat.

Sichtlich verunsichert ruft sie Timo an und hofft, dass er ihr erklären kann, was diese ungewöhnliche Nachfrage bedeutet. Erleichtert, ihn sofort erreicht zu haben, kommt sie ohne Umschweife auf den Punkt. »Kannst du mir sagen, was das soll?«

»Geht es um Paxlovid?«

Lena bejaht. »Ich wurde noch nie aufgefordert, einen Nachweis zu erbringen.«

»Es sind bereits mehrere Apotheken in den Skandal verwickelt. Der Verdacht hat sich bestätigt, dass das vom Gesundheitsministerium bereitgestellte Coronamedikament illegal weiterverkauft wurde, obwohl das strikt untersagt war. Offensichtlich werden die Ermittlungen ausgeweitet, um herauszufinden, wer sich noch der Unterschlagung und des Verstoßes gegen das Arzneimittelgesetz schuldig gemacht hat.«

»Aber man kann doch nicht alle Apotheken im Land unter Generalverdacht stellen«, regt Lena sich auf.

»Hast du etwas zu befürchten?«

»Ganz sicher nicht. Würdest du mich besser kennen, hättest du mir diese Frage nicht gestellt.«

»Dann bist du doch aus dem Schneider.« Er wechselt das Thema. »Hat deine Schwester sich auch schon bei dir gemeldet? Sie hat heute Morgen mit Martin telefoniert und ist stinksauer auf uns, weil wir sie nicht zu unserer Einweihung eingeladen haben.«

Lena verzieht das Gesicht. Sie ahnt, dass es nur eine Frage von Stunden ist, bis Therese sich bei ihr meldet und sie zur Schnecke macht.

Timo läutet das Gesprächsende ein. »Sorry, aber ich muss jetzt zu meinem nächsten Termin.«

Schade, denkt Lena, denn sie hätte ihn gern noch über Ben ausgefragt, doch er hat bereits aufgelegt.

Keine Stunden, sondern bereits Minuten später ist Therese in der Leitung. Sie raunzt sofort los. »Wieso erfahre ich rein zufällig, dass unser Bruder sein Geschäft aufgegeben hat und nun bei dir in der Heide wohnt?«

Lena verdreht die Augen. »Er wird im Umzugsstress schlicht und einfach vergessen haben, es dir mitzuteilen.«

»Dann hättest du mich informieren müssen. Du wusstest es doch und warst sogar bei ihm zu Gast. Wieso nur du? Wollte er mich nicht dabeihaben?«

»Therese, von der Einweihung habe ich selbst ganz spontan erfahren.«

»Ach, vergiss es. Ich wäre sowieso nicht gekommen.«

»Wenn das so ist, verstehe ich nicht, weshalb du dich aufregst.«

»Wer regt sich denn auf? Ich bin die Ruhe selbst. Bei Martin habe ich mich gemeldet und jetzt bei dir, um euch liebe Grüße von Mama auszurichten. Sie hat mir Fotos vom Haus und vom Strand geschickt. Ein Traum unter Palmen! Solltest du Interesse haben, die Bilder anzusehen, dann leite ich sie an dich weiter.«

»Das wäre nett«, antwortet Lena gequält. »Ich muss jetzt leider Schluss machen«, wimmelt sie ihre Schwester ab, bevor die Wut auf ihre Mutter überhandnimmt. Wann begreift Agnes endlich, dass sie drei Kinder hat? Ist es denn zu viel verlangt, allen Fotos zu schicken?

Lena wendet sich an ihre Mitarbeiterinnen. »Habt ihr gewusst, dass es einen Paxlovidskandal gibt?«

Julia nickt und erklärt, dass sie vor Kurzem einen Beitrag im Fernsehen darüber gesehen hat. Maria schüttelt den Kopf.

»Aber was haben wir damit zu tun?«, will Julia wissen. »Wir haben in diesem Jahr maximal zehn Einheiten herausgegeben.«

»Es geht um die Zeit davor. Nun darf ich den Abend vor dem Bildschirm verbringen und sämtliche Bestellungen seit Markteinführung überprüfen«, grummelt Lena genervt.

»Ich könnte das übernehmen«, bietet Maria an. »Es ist doch jetzt nichts los.«

Lena überträgt ihr die vertrauensvolle Aufgabe.

Danach hat sie Zeit, sich die Fotos aus dem Golden State anzuschauen, die ihr auf Umwegen zugestellt wurden.

Lena fällt sofort der dunkle Himmel auf. Dabei hatte Albert Hammond doch einst gesungen: *»It never rains in Southern California.«*

Antonia

Junior

Statt gemütlich zu frühstücken, wie Toni und Kristin es am Abend vereinbart haben, sitzen sie am Morgen, nur mit einem Becher Kaffee bewaffnet, in der Küche und rufen alle Malerbetriebe in der Umgebung an. Es stellt sich schnell heraus, dass Lena recht hatte. Es ist unmöglich, zeitnah einen Maler zu bekommen.

»Dann streichen wir selbst«, bestimmt Toni und räumt in Gedanken bereits das Wohnzimmer leer.

Kristin stoppt sie. »Erst muss Johann den Altzustand filmen, sonst haben wir keine Vorher-nachher-Aufnahmen.«

Sie ruft ihn an und spricht mit ihm, während Toni die Haustür öffnet und Herrn Gruber hereinlässt.

Lilo ist ganz aus dem Häuschen, als sie ihr Herrchen sieht. Sie jault und dreht sich vor lauter Freude mehrmals um die eigene Achse.

Toni sieht einen hellen Wagen abfahren und fragt, ob Herr

Gruber mit dem Taxi gekommen sei. Als er bejaht, schüttelt sie den Kopf. »Wenn Sie das täglich vorhaben, wird das ein ziemlich teurer Spaß. Künftig sollten wir uns besser absprechen. Ich kann Lilo zur Residenz bringen und sie nach Ihrem Ausflug wieder abholen.«

»Johann kommt gegen Mittag«, ruft Kristin und schlägt vor, die Zeit zu nutzen und Farbe zu besorgen.

Herr Gruber fixiert die Kaffeemaschine. Toni bietet ihm sogleich eine Tasse an, indes Kristin eine Einkaufsliste in ihr Handy tippt.

»Was hast du denn vor?«, fragt Herr Gruber.

»Kristin und ich bringen frischen Wind in meine Bude.«

»Aber du hattest dir doch fest vorgenommen, das Geld zusammenzuhalten. Nun gibst du es mit vollen Händen aus. Das klingt nicht sehr vernünftig.«

Mit einem stechenden Blick signalisiert Toni ihm, sofort den Mund zu halten.

»Auf geht's!«, bestimmt Kristin nach einer Viertelstunde und nimmt ihren Wagenschlüssel aus der Handtasche. Doch als Toni Herrn Gruber anbietet, ihn und Lilo ein Stück des Weges mitzunehmen, beschließt sie, in Tonis zu Auto fahren. »Es steht außer Frage, ich mag Lilo, sogar so sehr, dass ich in der Nacht das breite Ecksofa mit ihr geteilt habe, aber ihre Haare möchte ich nicht in meinem Wagen haben.«

Sie fahren in Tonis Flitzer los.

Herr Gruber und Lilo lassen sich am großen Parkplatz vor dem Wanderweg absetzen. Toni wünscht den beiden einen schönen Tag und trägt ihm auf anzurufen, wenn er seinen Ausflug beendet hat. Danach setzt sie die Fahrt zum Gewerbegebiet fort.

Im Heimwerkermarkt besorgen die Frauen zunächst Krepp-band und Abdeckfolie, danach wählen sie geeignete Pinsel und Malerwalzen aus. Weiter geht es zur nächsten Abteilung.

Kristin zeigt dem Mitarbeiter ihre Farbkarte und bittet darum, exakt diesen Ton zu mischen. Geduldig wartet sie, bis beide Eimer Farbe fertig sind. Eigentlich könnten sie zur Kasse gehen, aber Toni ist plötzlich verschwunden.

Es dauert eine Weile, bis Kristin sie in der Kaminausstellung findet. Toni schleicht um einen runden Schwedenofen herum.

»Der gefällt mir. Er hat auch seitliche Scheiben, so kann man das Feuer aus allen Richtungen sehen.« Sie hält Ausschau nach einem Verkäufer. Als sie einen entdeckt, erkundigt sie sich, ob das besagte Modell lieferbar sei.

»Binnen einer Woche. Der Transport ist im Preis inbegriffen«, antwortet er. Toni ist drauf und dran, sofort zuzuschlagen, aber Kristin äußert Bedenken.

»Zunächst sollte geklärt werden, wer den Ofen anschließt. Denn das können wir nicht selbst machen.«

Der Verkäufer empfiehlt, den zuständigen Schornsteinfeger zu konsultieren. »Der muss ohnehin vor der Inbetriebnahme zustimmen und kann Ihnen bestimmt Handwerksbetriebe empfehlen, die den Einbau übernehmen.«

Nach dieser Auskunft entscheidet Toni, noch keine Bestellung auszulösen. Sie begnügt sich mit dem Prospekt des Herstellers und schiebt den schweren Einkaufswagen zur Kasse.

Als die Frauen eine halbe Stunde später zurückkehren, parkt ein Fahrzeug vor dem Grundstück.

»Kannst du deinen Johann bitten, seinen Wagen aus der Einfahrt zu entfernen?«, bittet Toni. Kristin stellt sofort klar, dass es sich bei dem Mann nicht um Johann handelt.

Toni kurbelt das Fenster hinunter und ruft ihm zu. »Wollen Sie zu mir?«

»Wenn Sie Frau Antonia Bartels sind, dann ja. Mein Name ist Gruber. Ich bin auf der Suche nach meinem Vater. Wissen Sie, wo er sich aufhält?«

Skeptisch nimmt Toni den Mann im dunklen Anzug ins Visier. »Woher kennen Sie meine Adresse?«

»Die Heimleitung war so freundlich, sie mir zu verraten. Also, wissen Sie, wo er ist? Mir bleiben nur wenige Stunden, um die Angelegenheit zu regeln. Ich fliege noch heute zurück.«

Toni hebt die Brauen. Sie hat ihr Urteil über Grubers Sohn bereits gefällt. Er ist ihr unsympathisch, dennoch antwortet sie ihm. »Ihr Vater unternimmt mit Lilo eine Wanderung durch die Heide. Würden Sie jetzt bitte Ihren Wagen zurücksetzen. Sie versperren meine Einfahrt.«

Er nickt und kommt ihrer Aufforderung nach, doch er fährt nicht ab, sondern geht erneut auf Toni zu. »Wann kommt er zurück?«

»Ich weiß es nicht, Herr Gruber. Ich bin nicht seine Amme.«

»Sie müssen mir nichts vormachen. Es ist bekannt, dass Sie mit ihm unter einer Decke stecken.«

Erbost schaut Toni ihn an. »Bitte? Das war eine ziemlich unpassende Formulierung. Wieso rufen Sie ihn nicht einfach an?«

»Weil es nichts bringt. Er drückt meine Anrufe regelmäßig weg.«

»Dafür wird er wohl seine Gründe haben«, erwidert sie und öffnet die Kofferraumklappe. Kristin schnappt sich einen Farbeimer und trägt ihn zur Haustür.

»Was werfen Sie mir vor, Frau Bartels? Ich habe meinem Vater angeboten, zu uns zu ziehen. Er wollte nicht. Ich habe ihm den Platz im Seniorenstift besorgt. Wissen Sie, wie schwierig das war?«

»Er möchte doch nur seinen Hund bei sich haben. Statt ihn in eine Einrichtung abzuschieben, in der keine Tierhaltung gestattet ist, hätten Sie ihn besser bei der Wohnungssuche unterstützen sollen.«

»Sie glauben, er könne noch selbst einen Haushalt führen? Wie naiv sind Sie? Nein, der Seniorenstift war die beste Lösung.«

»Für Sie oder für ihn?«

»Sie wollen mich anscheinend nicht verstehen. Mir geht es darum, dass es ihm an nichts fehlt.«

Toni hat genug gehört. Sie nimmt die restlichen Einkäufe aus dem Kofferraum. »Für diese sinnlose Unterhaltung fehlt mir die Zeit. Guten Flug, Herr Gruber.«

»Richten Sie ihm aus, dass ich dringend mit ihm sprechen muss.«

Ohne ein weiteres Wort zu erwidern, marschiert Toni zur Haustür und schließt auf. »Was für ein Ekelpaket«, raunt sie.

»Sein Sohn hat in guter Absicht gehandelt«, verteidigt Kristin die Entscheidung des Juniors, was Toni erst recht auf die Palme bringt.

»Du hast Herrn Gruber doch kennengelernt. Macht er den Eindruck auf dich, als könne er nicht selbst für sich sorgen?«

»Aber irgendwann wird es so kommen.«

»Ja, irgendwann, aber nicht jetzt! Er ist Beamter im Ruhestand und bezieht eine gute Pension. Sollte er Unterstützung im Alltag benötigen, hätte er die Mittel, um eine Hilfe zu bezahlen.«

Kristin entfernt das Hundebett aus dem Wohnzimmer. Indes ruft Toni Herrn Gruber an. Bei ihr geht er sofort ran.

»Ihr Sohn ist gekommen«, informiert sie ihn, doch das weiß er längst.

»Er hat mir gerade geschrieben und mitgeteilt, dass er erst abreist, wenn ich mit ihm gesprochen habe. Aber darauf kann er lange warten. Ich will ihn nicht sehen.«

Verständlich, denkt Toni und fragt, wie er ihm aus dem Weg gehen will. »Bei mir können Sie nicht bleiben. Wir fangen heute noch an, das Wohnzimmer zu streichen. Lilo muss, ob sie will oder nicht, die Nacht in ihrem neuen Hundebett in der Küche verbringen.«

»Muss sie nicht. Ich suche uns ein nettes Hotel, in dem wir ausharren, bis er das Weite sucht.«

Nicole

Die Abmachung

Nicole ist online und checkt ihre Mails. Es liegen noch keine Antworten auf ihre Bewerbungen vor. Jedoch hat sich die zweite Gartenhilfe bei ihr gemeldet. Ein Herr Růžička, dessen Namen sie nicht aussprechen kann, hat angekündigt, im Laufe des Tages vorbeizukommen, um sich einen Überblick zu verschaffen.

Bei der zweiten Nachricht handelt es sich um den Newsletter eines niederländischen Großhändlers, bei dem Nicole seit Jahren Blumenzwiebeln in großen Mengen ordert. Sie folgt dem Link zum Shop und schaut sich um.

Statt zu den gewohnten Sorten zu greifen, die von März bis Anfang Mai ihre Beete schmücken, stöbert sie auf den Seiten der Neuzüchtungen. Die Tulpen Dordogne, Apricot Impression und Menton faszinieren sie. Nicole kann sich bereits ausmalen, wie die subtilen Töne aus Creme, Pfirsich und hellem Rosa miteinander harmonieren. Warum nicht mal etwas

Neues ausprobieren, sagt sie sich und legt jeweils dreihundert Stück pro Sorte in den virtuellen Warenkorb. Sobald das Paket aus Holland kommt, wird Sarah sagen: »Mama, du hast mal wieder maßlos übertrieben.« Doch im Frühling, wenn es rund ums Haus grünt und blüht, wird sie die Erste sein, die sich an der Blumenpracht erfreut. Vorausgesetzt, ihre offen zur Schau getragene Freude verstößt nicht gegen die ominöse Abmachung, von der Paddy gesprochen hat.

Bevor Nicole den Computer ausschaltet, beschließt sie, noch einen Blick auf Facebook zu werfen. Sie staunt, weil vier neue Beitrittsanfragen für die Feinschmeckergruppe eingegangen sind. Ein kurzer Blick genügt, um zu erkennen, dass es sich um die Teilnehmerinnen des Kochkurses in München handelt. Ohne zu zögern, nimmt sie die Hobbyköchinnen in ihren virtuellen Kreis auf.

Eine von ihnen ist gerade online und reagiert sofort. Walli aus Nürnberg bedankt sich für die Aufnahme und teilt Fotos von den orientalischen Gerichten, die sie daheim nach den Rezepten des Sternekochs zubereitet hat. In ihrem Beitrag schwärmt sie davon, wie gut es geschmeckt habe, und fragt Nicole, ob auch sie schon alle Gänge für ihre Familie nachgekocht habe.

»Für welche Familie?«, knurrt Nicole und beschließt, ihr später im privaten Chat zu antworten.

Hunger treibt sie an, sich ums Mittagessen zu kümmern. Nicole erwärmt die Bratnudeln vom Vortag in der Mikrowelle, füllt die Portion auf einen tiefen Teller und stolziert damit ins Wohnzimmer. Sie setzt sich aufs Sofa und stellt den Fernseher an, als jemand die Haustür aufschließt. Überrascht schaut Nicole auf die Uhr. »Bist du das schon, Sarah?«

Nicht Sarah, sondern Paddy steht im Türrahmen. »Du hast Post bekommen. Ich lege sie dir auf den Tisch.«

Nicole nuschelt ein leises Danke, dann isst sie unbekümmert weiter. Den Blick auf den Fernseher gerichtet, bemerkt sie nicht, dass er noch immer anwesend ist.

»Ähm«, beginnt er. »Ist es möglich, dass du die Jungs heute noch einmal aus der Kita abholst? Wir haben einen wichtigen Termin und schaffen es vielleicht nicht rechtzeitig bis drei.«

Der Moment ist gekommen, auf den Nicole sehnsüchtig gewartet hat, um es ihm heimzuzahlen. »Nein«, antwortet sie knapp, steht auf und bringt den leeren Teller in die Küche, ohne ihn eines Blickes zu würdigen. Für sie ist das Gespräch beendet, für ihn nicht.

»Es wäre wirklich wichtig, Nicole.«

Sie könnte erwidern, dass sie zu Hause bleiben muss, weil der Gartenhelfer sich angekündigt hat, aber das sagt sie nicht.

»Ich werde doch nicht gegen eure ›Abmachung‹ verstoßen.«

»Nimm es doch nicht persönlich. Es ist nur so, dass …«

Nicole fällt ihm ins Wort. »Du musst dich nicht erklären. Ich habe bereits verstanden. Ihr wollt euer Leben eigenständig führen. Aber dann macht das bitte auch!«

Beleidigt stiefelt er die Treppe hinauf, indes Nicole sich der Post widmet. Bei dem Schreiben, das den Absender der Freien und Hansestadt Hamburg trägt, ahnt sie bereits, worum es sich handelt. Kristin ist auf dem Foto klar und deutlich zu erkennen. Sie war unter Berücksichtigung der Toleranz vierundzwanzig Stundenkilometer zu schnell.

Nicole ruft sie sofort an, kann es sich jedoch nicht verkneifen, die Raserin zu verschaukeln. Ein bisschen Strafe muss sein. »Dein Bußgeldbescheid ist heute gekommen. Sag mal, wie konntest du bloß mit hundert Sachen über die Elbbrücken düsen?«

Kristins Seufzer ist laut zu hören. »So schnell war ich? Verdammt! Das bedeutet Fahrverbot. Oh, mein Gott, das ist der Super-GAU.«

»Beruhige dich, ich habe nur Spaß gemacht. Du schuldest mir hundertdreiundvierzig fünfzig. Wenn du mir am Wochenende fleißig bei der Ernte hilfst, nehme ich den Punkt, den ich mir deinetwegen in Flensburg eingehandelt habe, auf meine Kappe.«

Kristin

Brett vor dem Kopf

Kristin legt auf und ist heilfroh, dass sie noch einmal mit einem Bußgeld davongekommen ist. Toni schaut derweil ungeduldig aus dem Fenster. Sie wartet gespannt auf Johanns Eintreffen, damit sie endlich mit der Arbeit beginnen können.

»Kommt er mit dem Rad, oder warum dauert es so lange? Statt untätig herumzustehen, hätten wir noch ins Möbelhaus fahren können.«

Kristin fordert sie auf, Geduld aufzubringen. »Auf eine Stunde mehr kommt es nun wirklich nicht an. Bedenke, dass die meisten Möbel Lieferzeiten von mehreren Wochen haben.«

Nach dieser Aussage sackt Tonis Laune in den Keller.

»Wochen? Ich dachte, wir schaffen es binnen weniger Tage.«

Kristin deutet auf das Sofa, das Sideboard und die Essgruppe. »Was hast du damit vor?«

Darüber hat Toni sich bisher noch keine Gedanken gemacht. Fest steht nur, dass das Mobiliar für den Sperrmüll zu schade ist.

»Verkaufe doch alles bei Ebay an Selbstabholer. Das macht keine Arbeit und spült sogar noch Geld in deine Kasse.«

»Eine gute Idee«, stimmt Toni ihr zu und fotografiert die Einrichtung, die sie noch immer an Maik erinnert.

Indes klingelt Kristins Handy. »Endlich, das ist Holger«, sagt sie und nimmt seinen Anruf entgegen. »Hey, wo steckst du? Bist du noch auf Amrum?«

»Wenn du dich entschieden hast nachzukommen, tut es mir leid. Dafür ist es zu spät. Ich bin bereits auf dem Rückweg.«

»Nein, deshalb habe ich mich nicht bei dir gemeldet. Ich möchte dich um einen Gefallen bitten. Kannst du vorbeikommen?«

Holger stimmt zu. »Ich könnte in einer Stunde in Hamburg sein.«

»Komm nicht zu mir nach Hause. Ich bin in der Heide bei einer Freundin«, stellt Kristin klar.

»Seit wann hast du Freunde?«, mokiert er sich.

Sie überhört seine Albernheit. »Wir brauchen deine Hilfe.«

Sein belustigter Ton ändert sich. »Wer sind wir? Etwa der junge Bengel, mit dem du …«

Kristin fällt ihm ins Wort. »Rede keinen Quatsch. Ich schicke dir gleich die Adresse. Bis später«, wimmelt sie ihn ab, denn der »Bengel« betritt gerade den Flur.

Johann und Toni haben sich bereits einander vorgestellt. Kristin begrüßt ihn und fragt, wie sie vorgehen wollen.

Während er seine Fotoausrüstung auspackt, erklärt er seinen Plan. »Ich werde mit der Dreihundertsechzig-Grad-Kamera einige Filmsequenzen aufnehmen, die nach dem Schnitt später im Zeitraffer abgespielt werden können.«

Entschieden antwortet Kristin ihm. »Aber du filmst nicht mich!«

»Doch«, erwidert er lachend und reicht ihr eine Tafel. »Die hältst du dir vor dein hübsches Gesicht.«

Kristin glaubt an einen Witz. Auch Toni entzieht sich der tiefere Sinn dieser Aktion. »Wieso?«, fragt sie nach.

»Kristin will sich partout nicht zeigen, deshalb ist mir die Idee mit der Tafel gekommen. Die kann ich je nach Bedarf mit einem passenden Slogan beschriften. Zum Beispiel: ›Hallo, ich bin Kristin. Heute zeige ich euch …‹ Oder: ›Tag zwei. Wir haben bereits das und das erledigt.‹ Oder: ›Fertig! Hurra, der Spaß hat X Euro gekostet.‹ Das Ganze unterlege ich mit fetziger Musik. Das geht steil. Ich bin mir sicher.«

Toni versteht immer noch nicht, weshalb Kristin sich ein Schild vors Gesicht halten soll.

Johann feiert seine Idee. »Die Follower werden wissen wollen, wer hinter diesen kreativen Ideen steckt, und dir schon deshalb folgen. Vielleicht ringst du dich irgendwann dazu durch, dich doch noch zu zeigen.«

»Das wird nicht passieren«, erwidert Kristin und zieht Toni aus dem Wohnzimmer.

Zwei Minuten später sind die ersten Aufnahmen im Kasten.

»Und nun?«, fragt Kristin.

»Nun schieben wir alle Möbel in die Mitte des Raumes und decken sie mit Folie ab. Ich helfe euch, während die Kamera läuft«, schlägt Johann vor, während ihn Kristins skeptischer Blick trifft. »Keine Sorge, im Schnelldurchlauf wird dich niemand erkennen.«

Kristin spielt mit. Letztlich wird sie es sein, die entscheidet, welche Sequenzen online gestellt werden.

»Ich habe dir schon Accounts bei Instagram, TikTok und Facebook erstellt«, verrät er, als Toni ihm eine Rolle Klebeband zuwirft, die er reflexartig fängt.

Kristin steigt auf die Leiter und nimmt die Vorhänge ab. Sie fragt Johann, ob er sich zutraue, die Deckenlampen zu demontieren. »Das gehört eigentlich nicht zu meinen Aufgaben«, redet er sich heraus, doch dann baut er die Lampen ab.

Binnen einer halben Stunde schaffen sie es zu dritt, die Vorbereitungen abzuschließen. Der Deckel des ersten Farbeimers wird gelüftet, als ein Handy bimmelt.

»Das ist Herr Gruber«, sagt Toni und geht ran. Sie beendet das Gespräch bereits nach einer Minute. »Ich muss ihm Lilos Futter bringen. Besser, ich erledige das, bevor wir mit dem Streichen beginnen. Auf dem Rückweg halte ich beim Bäcker an und besorge uns belegte Brötchen. Dann können wir uns gestärkt ans Werk machen.« Sie schnappt sich den Futtersack und bringt ihn zu ihrem Wagen.

Kristin nutzt den ungestörten Moment, um sich bei Johann zu entschuldigen. »Ich wollte dich nicht auslachen. Es kam nur so überraschend für mich. Natürlich fühle ich mich geschmeichelt, aber …« Weiter kommt sie nicht, denn Holger tritt, von Toni gefolgt, in die Küche.

Kristin begrüßt ihn, schildert den Sachverhalt und bittet ihn, das Gutachten zu erstellen. »Es eilt, Schatz, auch mein Projekt hängt davon ab.«

Kristin weiß, dass Holger ihr keine Bitte abschlagen kann. Erst recht nicht, wenn sie ihm tief in die Augen blickt und ihn obendrein Schatz nennt.

»Habt ihr alle Unterlagen parat?«

»Welche Unterlagen?«, fragt Toni.

»Na, Grundbuchauszug, Lageplan, Flurkarte, Zeichnungen und Baubeschreibungen.«

Toni schüttelt den Kopf. »Alles, was das Haus betrifft, befindet sich bei Nicole.« Sie verspricht, den Ordner zu beschaffen. Aber zuerst möchte sie Herrn Gruber treffen.

Antonia

Judas

Antonia fährt über die Kreisstraße zum Forsthaus, einem alteingesessenen Landgasthof, in dem Herr Gruber sich ein Zimmer genommen hat. Vor ihr zuckelt ein Transporter. Entschlossen setzt sie zum Überholen an, als ihr die markante Aufschrift
»Ofen-Profi« auf der Heckklappe ins Auge fällt. Sie versucht
sich die Telefonnummer einzuprägen, doch plötzlich setzt der
Fahrer den Blinker und biegt auf den Hof von Bauer Hansen.

Neugierig folgt Antonia ihm in der Hoffnung, eine Firma
gefunden zu haben, die sich um den Anschluss des Kamins
kümmern kann. Sie wartet, bis der Fahrer aussteigt. Mutig
spricht sie ihn an, doch er verweist sie an seinen Chef und
drückt ihr eine Visitenkarte in die Hand. Dankbar nimmt sie
sie entgegen. In diesem Moment sieht sie Sarah und Paddy aus
dem Haus kommen, die sich von Herrn Hansen verabschieden.

»Tut mir leid, aber ich drücke euch die Daumen«, hört sie
den Landwirt sagen. Antonia ahnt, dass es um die Scheune

geht, die zu Wohnungen umgebaut wird. Sie erkundigt sich bei Sarah nach dem Ergebnis. Doch ihre Großnichte schüttelt bedauernd den Kopf. »Es entstehen nur kleine Apartments, die nützen uns nichts.«

»Schade«, erwidert Antonia und setzt ihre Fahrt fort.

Wenig später erreicht sie das Forsthaus. Sie geht davon aus, dass die Übergabe des Hundefutters schnell erledigt sein wird, nimmt den Sack und geht zum Eingang. Als sie von hinten angesprochen wird, dreht sie sich um und steht Grubers Sohn gegenüber.

»Wo kommen Sie denn plötzlich her?«, platzt es erstaunt aus ihr heraus.

»Ich habe geahnt, dass Sie wissen, wo mein Vater sich versteckt. Ich musste nur warten, bis Sie mich zu ihm führen.«

Toni kann nicht fassen, dass sie von ihm observiert wurde, doch ihre Empörung ist nichts im Vergleich zu der Wut, die im Gesicht des Seniors abzulesen ist. Er nennt Toni einen »Judas« und reißt ihr den Futtersack aus der Hand. »Wie konntest du mir derartig in den Rücken fallen? Ich bin maßlos enttäuscht von dir.«

Er gibt ihr keine Gelegenheit, sich zu rechtfertigen.

»Vater, ich bitte dich, komm endlich zur Vernunft.«

»Schleich dich!«, raunzt Gruber seinen Sohn an, zeigt ihm den Stinkefinger und dreht sich auf dem Absatz um.

»Na, bravo. Das haben Sie ja toll hinbekommen«, schilt Toni den Junior.

Ratlos streckt er die Arme in die Luft. »Ich weiß nicht, was ich noch machen soll. Wenn ihm die Töle wichtiger ist als seine Familie, dann soll er sehen, wo er bleibt.«

»Die Töle? Lilo ist die Einzige, die ihm geblieben ist. Wie herzlos sind Sie?«

Seine Nasenflügel beben. »Tun Sie uns einen Gefallen, Frau Bartels, und halten sich aus unseren Angelegenheiten heraus. Mit Ihnen hat der ganze Ärger angefangen.«

Nichts lieber als das, denkt Toni, kann sich jedoch einen letzten Spruch nicht verkneifen. »Bisher habe ich bedauert, keine Kinder zu haben. Aber seit ich Sie kenne, bin ich froh darüber. Ich möchte mir nicht vorstellen, wie es sich anfühlt, ein so undankbares Balg großgezogen zu haben.«

»Die Leiterin der Residenz hat völlig recht. Sie sind unverschämt.«

Damit kann Toni leben. Sie verlässt das Forsthaus und fährt zum Bäcker. Wie angekündigt, besorgt sie eine Brotzeit.

Während sie darauf wartet, dass die belegten Brötchen zubereitet werden, schreibt sie Nicole.

Für das Gutachten benötige ich alle Unterlagen vom Haus. Kannst du den Ordner vorbeibringen?

Die Nachricht wird zugestellt, aber nicht gelesen.

Nicole

Genug ist genug

Seit einigen Minuten chattet Nicole mit Walli. Sie ist ganz versessen darauf, an weiteren kulinarischen Kursen teilzunehmen, und versucht Nicole dazu bewegen, sich ihr im Herbst anzuschließen.

In der Toskana gibt es tolle Angebote. Aber mein Favorit ist das Wochenende im Piemont. Sie sendet sogleich den Link zu der Reise in die Genussregion.

Trüffel und Wein? Das klingt vielversprechend, antwortet Nicole und stellt sich vor, wie sie mit einem Trüffeljäger durch die umliegenden Weinberge streift oder auf entlegenen Waldpfaden auf die Suche geht. Doch als sie sieht, was dieses kurze Abenteuer kostet, ist ihre Entscheidung gefallen. Der Preis übersteigt derzeit ihre finanziellen Möglichkeiten bei Weitem.

Es klingelt, Nicole beendet den Chat, öffnet die Tür und steht einem Mann ihres Alters gegenüber.

»Frau Bartels, ich bin Jakub Růžička. Sie haben mir geschrieben. Da bin ich.«

Nicole nickt, bittet ihn jedoch nicht herein, sondern schlägt vor, ihr in den Garten zu folgen. Sie nimmt den Schlüssel vom Bord und schließt die Haustür hinter sich.

Draußen deutet sie auf die zahlreichen Bäume, um dessen Laub er sich ab Ende Oktober kümmern soll. »Es geht auch darum, die Regenrinnen zu säubern und kleinere Reparaturen durchzuführen.«

Die Art und Weise, wie er sie taxiert, ist ihr nicht geheuer. »Sind das Arbeiten, die Sie übernehmen?«, fragt sie.

Er antwortet nicht, sondern starrt sie unverblümt an. Nicole steht kurz davor, ihn zu verabschieden, als er sie mit einer Frage überrascht.

»Sind Sie mit Lutz Bartels verwandt?«

Sie schluckt. »Lutz war mein Mann. Wieso fragen Sie? Kannten Sie ihn?«

»Ja, von der Arbeit«, erwidert Jakub.

Augenblicklich lösen sich Nicoles Beklemmungen. »Sie waren Kollegen?«

»Er war mein Boss. Immer korrekt.« Er schlägt sich die Hand auf die Brust. »Die Nachricht vom schrecklichen Unfall war für uns alle ein Schock. Ich habe ihn sehr gemocht.«

Wie schön, jemanden zu treffen, der Lutz auch gekannt hat, freut sie sich und wirft alle Bedenken über Bord. »Wollen wir uns drinnen bei einer Tasse Kaffee weiter unterhalten?«

Er folgt ihr in die Küche und erzählt, dass Lutz ihn vor zehn Jahren als Lagerhilfe eingestellt hat. Inzwischen ist er zum Lagerhalter aufgestiegen. »Das habe ich nur Ihrem Mann zu verdanken.«

Jakub wird Nicole von Sekunde zu Sekunde sympathischer. Dennoch beschäftigt sie eine Frage. »Obwohl Sie einen festen Job haben, wollen Sie dennoch nebenher arbeiten?«

»Geld stinkt nicht, Frau Bartels. Genau wie Ihr Mann, der immer liebevoll von Ihnen und seiner Tochter gesprochen hat, habe auch ich Kinder, die mir die Haare vom Kopf fressen.«

Die Tochter, von der Lutz stets liebevoll gesprochen hat, betritt das Parkett und giftet Nicole an.

»Vielen Dank, Mama! Gut zu wissen, dass ich nicht mehr auf dich zählen kann!«

Nicole schämt sich vor Herrn Růžička für das ungebührliche Benehmen ihrer Tochter.

»Nur zur Info. Das mit der Wohnung hat nicht geklappt. Bist du nun zufrieden?«

»Es reicht!«, schimpft Nicole. »Zügle deine Zunge, denn diesen Ton lasse ich mir nicht bieten.«

»Rede nicht mit mir, als wäre ich noch ein kleines Kind.«

»Dann benimm dich entsprechend«, raunzt Nicole und schaut Jakub entschuldigend an.

Er versteht, dass es ratsam ist, sich zurückzuziehen, und erklärt, die Arbeiten sehr gern übernehmen zu wollen.

»Über die Einzelheiten können wir ein anderes Mal sprechen. Ich bin mir sicher, dass wir uns einig werden. Rufen Sie mich an, wenn ich kommen soll. Die Nummer haben Sie.«

In Nicole kocht es. Just in dem Moment, als Herr Růžička das Haus verlässt, nimmt sie sich ihre Tochter zur Brust.

»Dein Auftritt vor Papas Kollegen war mehr als peinlich. Mit deinem Verhalten hast du uns bis auf die Knochen blamiert.«

»Was ist denn mit deinem Verhalten? Du glaubst, unsere Wohnungssuche torpedieren zu können, indem du dich weigerst, dich noch einmal um die Kinder zu kümmern.«

»Ich konnte nicht einspringen. Nachdem dein Mann mir weitere Mithilfe im Garten versagt hat, musste ich mich um Ersatz kümmern.«

»Oh, Mama, nun gib doch nicht ständig Paddy die Schuld. Das ist echt billig von dir.«

Billig? Nun ist so weit. Nicole hat sich nicht mehr im Griff und explodiert. »Pass auf, Sarah. Ich gebe euch bis Jahresende Zeit, um eine neue Bleibe zu finden. Gelingt es euch nicht, werde ich Miete verlangen. Haben wir uns verstanden?«

Damit, dass ihre Mutter den Spieß umdreht, hat Sarah offensichtlich nicht gerechnet. Sie schnaubt vor Wut.

Toni tritt über die Terrasse in die Küche. »Hey«, grüßt sie und fragt, ob Nicole zwischenzeitlich ihre Nachricht gelesen habe. Das hat sie nicht. »Es geht um das Gutachten. Ich brauche den Ordner, in dem der Grundbuchauszug und all der Kram abgelegt ist.«

Nicole zeigt sich erstaunt. »Du hast dich tatsächlich schon darum gekümmert?«

»Kristins Mann ist bereit, das für uns zu erledigen. Aber dazu benötigt er die Unterlagen.«

Nicole erhebt sich vom Stuhl. Als sie zum Schrank geht, in dem sich der besagte Ordner befindet, entgeht ihr das zufriedene Grinsen ihrer Tochter nicht.

»Du freust dich zu früh«, mahnt Nicole. »Damit habt ihr nichts zu tun. Noch nicht. Ihr müsst warten, bis ich abtrete.«

Sarah verzieht sich, und Nicole wünscht sich eine Umarmung. »Ich schäme mich für mein eigenes Kind.«

»Ärgere dich nicht, sondern komm mit zu mir. Ich habe belegte Brötchen besorgt. Wir legen ein spätes Frühstück ein, und du lernst Kristins Mann und den besagten Johann kennen.«

Nicole zögert nicht, ihr Heim zu verlassen, in dem sie sich seit dem Streit nicht mehr zu Hause fühlt.

Lena

In Hamburg sagt man Tschüss

Lena ist Maria unendlich dankbar, dass sie ihr die stupide Aufgabe abgenommen hat, sämtliche Bestellungen der letzten zwei Jahre zu überprüfen. Damit war ihre treue Mitarbeiterin den halben Tag beschäftigt. Um sie für ihren Einsatz zu belohnen, flitzt Lena über den Marktplatz zur Eisdiele. Vor dem Café sind alle Plätze besetzt. Vornehmlich Mütter genießen die Spätsommersonne bei einem Cappuccino oder einem Eisbecher, während sich ihre Kinder am Springbrunnen amüsieren. Sobald eine meterhohe Fontäne emporsteigt, kreischen die Kleinen entzückt auf. Lena denkt an Moritz und erinnert sich daran, wie ihr Knirps früher pitschenass in die Apotheke gerannt kam und lauthals »Handtuch!« schrie, weil er einen Tropfen Wasser ins Auge bekommen hatte. Es scheint ihr, als wäre es erst gestern gewesen.

»Eine Kugel Schoko und eine Nuss«, bestellt Lena, als sie an der Reihe ist. Sie kennt Marias Vorlieben und weiß auch, dass Julia nur für Vanille und Erdbeere zu begeistern ist. Sie selbst verzichtet und kehrt mit zwei Waffeln in der Hand zurück.

Während ihre Mitarbeiterinnen das Eis schlecken, füllt sie das Formular aus. »Was für ein Aufwand für läppische zweiunddreißig Einheiten«, schimpft sie, unterzeichnet die Aufstellung, steckt den Bogen in einen Umschlag und frankiert ihn. »Zur Post darf ich nun auch noch stiefeln«, knurrt sie.

»Na, da hat aber jemand verdammt schlechte Laune heute«, hört sie eine Männerstimme sagen. Lena schaut auf und sieht ihren Bruder eintreten. Er ist nicht allein gekommen, sondern in Begleitung von Ben.

»Was habt ihr denn vor?«, fragt sie und legt das Schreiben neben die Kasse.

»Ich fahre Ben nach Hamburg zum Hauptbahnhof. Aber er wollte vor seiner Abreise unbedingt noch einmal bei dir vorbeischauen.«

»Aha«, antwortet Lena und tritt hinter der Verkaufstheke hervor.

»Stimmt, ich wollte mich von dir verabschieden, denn das macht man gewöhnlich, wenn man einen netten Abend miteinander verbracht hat«, erklärt Ben. »Man haut nicht einfach ab wie du am Samstag. Ich dachte, in Hamburg sagt man Tschüss.«

Lena kichert. »Beschwere dich bei unserer Mutter. Sie ist für unser schlechtes Benehmen verantwortlich.«

»Hat Therese sich schon bei dir gemeldet?«, fragt Martin. »Mir hat sie heute Morgen auf nüchternen Magen einen Einlauf der Sonderklasse verpasst, weil ich sie nicht eingeladen habe.«

»Ich weiß, sie ist mal wieder beleidigt. Hat sie dir auch Agnes' Bilder aus Kalifornien geschickt?«

Als er verneint, zückt Lena ihr Handy. Während Martin die Fotos ansieht, wendet sie sich Ben zu. »Wann geht deine Bahn?«

»Um sieben, um acht, egal. Ich bin flexibel.«

»Dann wartet doch bis Geschäftsschluss. Wir könnten einen Happen zusammen essen.«

»So viel Zeit habe ich nicht«, widerspricht Martin. Er will rasch nach Hause, wo Timo bereits auf ihn wartet.

Schade, denkt Lena und begleitet die beiden hinaus zum Parkplatz. »Na, dann tschüss«, sagt sie zu Ben und wünscht ihm eine gute Heimreise. »Es hat mich gefreut, dich kennenzulernen.« Ihren Bruder busselt sie zum Abschied und flüstert ihm ins Ohr, er möge sie anrufen, sobald er auf dem Rückweg sei.

Darauf muss sie eine geschlagene Stunde warten. Sie ist gerade in ihrer Wohnung angekommen. Ohne Umschweife fragt sie ihn, ob Ben schwul ist.

Martin lacht. »Warum hat er wohl darauf bestanden, dich vor seiner Abreise noch einmal zu sehen?«

»Dann ist er es nicht?«

»Ob du es glaubst oder nicht, ich bin auch mit Heteros befreundet.«

Lena seufzt laut. »Ich komme mir so blöd vor.«

»Das bist du! Warum hast du nicht angeboten, ihn zum Bahnhof zu bringen? Eine steilere Vorlage als die, die wir dir gegeben haben, gibt es nicht.«

»Shit! So weit habe ich nicht gedacht. Nun geht er bestimmt davon aus, dass ich kein Interesse habe.«

»Willst du seine Nummer?«

Lena zögert nicht. Sie greift sofort zu Stift und Papier. Doch Martin stellt Bedingungen. »Nur, wenn du am Samstag mit uns zu Therese fährst.«

»Am Wochenende kann ich nicht. Ich habe einer Freundin versprochen, ihr bei der Obsternte zu helfen.«

»Wenn das so ist, kann ich dir die Nummer leider nicht verraten.«

»Martin, sei kein Arschgesicht! Nun komm schon, ich bin doch deine Lieblingsschwester.«

»Überlege es dir. Ich gebe dir bis Freitag Bedenkzeit.«

Er legt auf, und Lena ärgert sich maßlos über ihre verpasste Chance. Doch so schnell, wie Martin denkt, lässt sie sich nicht austricksen. Eine halbe Stunde später ruft sie Timo an und versucht ihr Glück bei ihm.

Ohne mit der Tür ins Haus zu fallen, beginnt sie zunächst über Paxlovid zu sprechen. »Meine Mitarbeiterin war Stunden damit beschäftigt, die wenigen Einheiten zu dokumentieren.«

»Bei der geringen Anzahl bist du gewiss nicht länger im Visier der Ermittlungsbehörden.«

»Du, sag mal, hast du zufällig Bens Mobilnummer?«

Sie wird schallend ausgelacht. »Netter Versuch, Lena, aber du kennst unsere Bedingungen. Begleite uns oder ernte Äpfel.«

Lena kapiert, dass Martin bereits zu Hause ist und geplappert hat. »Richte meinem Bruder aus, dass ich ihn nicht mehr lieb habe.«

»Ja, das scheint ein grundsätzliches Problem in eurer Familie zu sein. Es wird Zeit, das zu ändern, und mit Therese fangen wir am Samstag an. Ich zähle auf dich, Lena!«

Kristin

Alles, was in Tonis Haus besprochen wird,
bleibt in Tonis Haus

Kristin entgeht nicht, wie Holger den jungen Johann mit Argusaugen ins Visier nimmt, als er sie filmt, während sie streicht. Sie ahnt, dass Holger ihre Idee, eine Influencerin zu werden, für komplett idiotisch hält, und ist sich sicher, dass er von dem selbstverliebten Kampagnenexperten zunehmend genervt ist.

Als Toni und Nicole eintreffen, hat Kristin die Decke bereits fertig gestrichen. Einige Farbspritzer sind auf ihren Haaren und im Gesicht gelandet, aber das stört sie nicht. Sie hat nur einen Gedanken, sie will ihren Hunger stillen.

Sie begrüßt Nicole mit Bussi, dann stellt sie ihr Holger vor.

»Die Stimme kenne ich ja schon«, sagt Nicole und reicht ihm die Hand. Er versteht nicht. »Ich war dabei, als Kristin von ihrem Handjob erzählt hat.«

Holger lacht, Johann reißt erstaunt die Augen auf, und Toni bittet alle, ihr in die Küche zu folgen.

Sie wickelt das Paket aus und präsentiert lecker belegte Brötchen. »Greift zu«, bietet sie an.

»Eigentlich könnte ich jetzt abfahren«, sagt Johann. »Oder habt ihr vor, auch noch die Wände zu streichen?«

»Ja, sicher. Wir wollen heute fertig werden«, erwidert Kristin und schnappt sich die letzte Semmel, während Holger den Ordner durchblättert.

»Das nenne ich vorbildlich«, lobt er Nicole. »Es ist alles vorhanden, was ich für eine Bewertung benötige. Aber nicht hier und jetzt. Ich nehme die Unterlagen mit. Gib mir bitte deinen Hausschlüssel, Schatz. Ich erledige das bei dir. Dort habe ich mehr Ruhe.«

Johann schaut auf die Uhr. »Eigentlich werde ich nicht mehr gebraucht.« In kurzen Worten erklärt er Toni die Kamera, zeigt ihr, wo sie an- und ausgeschaltet wird. »Wenn ihr fertig seid, kann Kristin mir die Ausrüstung zurückgeben. Dann kümmere ich mich um den Schnitt.«

»Wichtigtuer«, murmelt Holger und verlässt kurz darauf ebenfalls Tonis Zuhause.

Als die Frauen unter sich sind, fragt Kristin, weshalb die beiden Trauermienen tragen. »Gefällt es euch nicht?«

»Doch«, erwidert Nicole. »Die Farbe ist perfekt. Ich bin nicht gut drauf, weil ich mich über meine Tochter geärgert habe.«

»Und weshalb bist du so schweigsam?«, will Kristin von Toni wissen.

»Herr Gruber hat mir unterstellt, ihn verraten zu haben. Dabei konnte ich nichts dafür, dass sein Sohn mir heimlich gefolgt ist.« Toni berichtet von dem Eklat.

»Es ist eine Frechheit, dass die Residenz ihm deine Privatadresse verraten hat«, echauffiert sich Kristin.

»Nicht nur das. Die Leitung hat sich auch abfällig über mich geäußert. Timmermann kann vergessen, dass ich meine Kündigung zurückziehe. Ich habe die Nase gestrichen voll von dem Laden.«

Nicole schaut Toni mit offenem Mund an. »Und wovon willst du die Umgestaltungen bezahlen, wenn du keinen Job mehr hast?«

Kristin glaubt, die Antwort zu kennen. Sie ist der Auffassung, dass Herr Gruber der noble Spender ist. Das würde auch erklären, weshalb Toni sich so aufopferungsvoll um seine Hündin kümmert. Aber nachdem er ihr die Freundschaft gekündigt hat, sieht auch Kristin ihre Felle davonschwimmen. »Sag es lieber gleich, wenn du es dir nicht mehr leisten kannst. Bisher halten sich die Ausgaben im Rahmen.«

»Keine Sorge, an finanziellen Mitteln mangelt es mir nicht«, erklärt Toni.

Nicole geht ein Licht auf. »Sag mal, hast du dir etwa Maiks Gewinn unter den Nagel gerissen?«

Toni weicht ihrem Blick aus. Das reicht Nicole als Antwort. »Das ist Betrug. Das kannst du nicht machen. Ihm die Nachricht vorzuenthalten, ist eine Sache, aber du kannst das Geld doch nicht selbst einstreichen.« Einen Wimpernschlag später möchte sie wissen, wie viel das Los eingebracht hat.

»Genug, um bis ans Lebensende sorgenfrei zu leben«, antwortet Toni kleinlaut. »Guck mich nicht so an! Du profitierst doch auch davon. Ohne den Lotteriegewinn könnte ich dich nicht auf die Schnelle auszahlen.«

Beschwörend wendet sie sich an Kristin. »Du musst mir versprechen, dass das unter uns bleibt. Kein Wort, auch nicht zu Holger. Kann ich mich auf dich verlassen?«

Kristin versichert hoch und heilig, Stillschweigen zu bewahren. »Alles, was in deinem Haus besprochen wird, bleibt in deinem Haus.«

Zu dritt streichen sie die Wände. Danach fährt Kristin nach Hause, wo sie bereits von Holger erwartet wird.

Er hat nicht nur den Tisch gedeckt, sondern auch gekocht.

»Seid ihr fertig geworden?«, fragt er und drückt ihr einen Kuss auf den Mund.

»Bitte nicht«, entgegnet Kristin. »Tu nicht so, als wären wir noch ein Paar. Das sind wir nicht mehr.«

»Was sind wir denn?«

»Freunde, die sich mal geliebt haben. Wie weit bist du mit dem Gutachten gekommen?«

»Nicht sehr weit. Ich musste erst einkaufen, und dann habe ich dein Leibgericht in der Küche zubereitet. – Kristin, ich möchte dir etwas sagen.«

Sie hört ihm gar nicht zu, huscht an ihm vorbei und lüftet den Deckel des Topfes. »Klopse? Du hast tatsächlich Königsberger Klopse für uns zubereitet?«

»Mit Kapern, weil ich weiß, wie sehr du sie magst.«

»Aber du verabscheust Kapern.«

»Für dich würde ich jeden Tag ein ganzes Glas zum Frühstück verputzen, damit du endlich begreifst, dass wir zusammengehören.«

Gekonnt weicht Kristin ihm aus. »Ich nehme jetzt ein Bad und wasche meine Haare.«

Keine fünf Minuten später folgt er ihr, setzt sich auf den

Wannenrand und reicht ihr ein Glas Wein. »Schläfst du mit ihm?«, fragt er und schaut sie direkt an.

»Mit Johann? Nein, noch nicht, aber ich denke darüber nach«, behauptet sie und versucht, nicht zu grinsen.

Holger umgreift ihren Kopf und drückt sie kurz unter Wasser. »Wage es nicht!«

»Spinnst du?«, beschwert Kristin sich nach dem Auftauchen und wischt sich mit dem Handrücken das Wasser aus dem Gesicht.

»Du wolltest doch ohnehin deine Haare waschen«, erwidert er, nimmt die Flasche Shampoo und verteilt einen Klacks auf ihrem nassen Schopf.

Kristin genießt seine Kopfmassage. »Das tut gut«, gurrt sie mit geschlossenen Augen. »Das hat mir gefehlt.«

»Du fehlst mir mehr. Ich denke vom Aufwachen bis zum Einschlafen an dich.«

Sie öffnet einen Spalt weit die Augen und blinzelt ihn belustigt an. »Du kannst einschlafen, wenn du an mich denkst? Dann kann es mit deiner Sehnsucht nicht weit her sein«, veralbert sie ihn.

Holger wird sauer. »Warum nimmst du mich nicht ernst? Du fehlst mir. Ich leide.«

»Du leidest nicht, es kratzt lediglich an deinem Ego, dass sich ein anderer Mann für mich interessiert. Ein jüngerer als du.«

»Der Typ ist eine Pfeife und deiner nicht würdig!«

»Drescher, du bist eifersüchtig. Ich lache mich kaputt. Dazu hättest du früher Grund gehabt, als ich noch jung und knackig war und jeden Mann um den Finger wickeln konnte. Aber jetzt?«

Holger könnte den Ball aufnehmen und ihr versichern, dass sie noch immer wunderschön sei. Aber das sagt er nicht. Er will wissen, ob Kristin ihm jemals untreu war.

»Nein. Obwohl ich dazu mehr als eine Gelegenheit gehabt hätte, wäre mir das nie in den Sinn gekommen. Mir nicht!«

Zärtlich streicht er über ihren Rücken. »Wirst du mir jemals verzeihen können?«

»Ich weiß nur, dass ich es dir nicht verzeihen werde, solltest du das Essen versauen. Es riecht schon verdächtig angebrannt.«

Holger springt auf, um ihre Vermutung zu überprüfen. Noch bevor er den Flur erreicht, geht der Rauchmelder los.

»Verdammt!«, schimpft er, doch gleich darauf gibt er Entwarnung. »Zum Glück waren es nur die Kartoffeln, ich schäle gleich neue.« Mit einem Besenstil klopft er an die Decke und stellt den Alarm ab.

Kristin grinst, sie spült ihre Haare aus und verlässt die Wanne. In ihren Bademantel gehüllt, tritt sie zu Holger in die Küche und nimmt ein zweites Messer aus der Schublade. Sie will ihm helfen, aber Holger besteht darauf, es allein zu erledigen. »Du hast heute bereits genug geleistet.«

»Wir waren zu dritt. Mit den Mädels war das eine schnelle Nummer.«

Holger legt den Arm um sie. »Ich hatte es erst für einen deiner Späße gehalten, als du von deinen Freundinnen gesprochen hast. Ich freue mich für dich. Die Frauen sind sehr sympathisch.«

»Ja, wir sind schon ein lustiges Quartett.«

»Wer ist die vierte?«

»Lena, sie macht uns komplett. Am Wochenende helfen wir Nicole bei der Ernte.«

Holger schaut Kristin irritiert an. »Wer bist du? Ich erkenne dich nicht wieder. Aber dein neues Ich gefällt mir. Endlich hast du mal etwas anderes im Kopf als deinen beruflichen Erfolg.«

»Der ist mir nach wie vor wichtig. Ich werde dieser Lucie Wellenberg die Harke zeigen. Die soll sich warm anziehen.«

»Wer?«

»Diese Schnepfe, die mir seit geraumer Zeit die Aufträge vor der Nase wegschnappt.«

»Lucie Wellenberg? Bist du dir sicher?«

Kristin nickt und mopst sich einen lauwarmen Kloß aus dem Topf und probiert. »Hm, ist das lecker«, schwärmt sie, während Holgers Gesichtsausdruck gefriert.

Nach dem Essen schläft Kristin auf dem Sofa ein, während er sich am Esstisch dem Gutachten widmet.

Es ist bereits weit nach Mitternacht, als sein Handy klingelt. Kristin wacht auf. Schlaftrunken erhebt sie sich von der Couch. »Gute Nacht. Ich gehe jetzt ins Bett«, grummelt sie und schlurft ins Schlafzimmer.

Eine Minute später legt er auf, folgt ihr und deckt sie zu. »Schlaf gut, Liebling«, wispert er und küsst sie zärtlich auf die Stirn.

Antonia

Kaufrausch

Am übernächsten Tag begeben sich Toni, Kristin und Nicole auf Shoppingtour. Im Möbelhaus haben sie bereits ein Sofa, einen Esstisch und passende Stühle ausgesucht. Bislang waren sie sich einig, doch in der Dekoabteilung bereut Toni, Nicole mitgenommen zu haben. Ständig schlägt sie Nippes vor, der so gar nicht zum vereinbarten Farbkonzept der neuen Einrichtung passt. Kristin erinnert wiederholt daran, dass sie sich an die bereits vereinbarten Designrichtlinien halten sollten. Aber das hält Nicole nicht davon ab, indiskutable Vorschläge zu unterbreiten.

»Seht doch mal. Dieser Teppich ist doch hübsch.«

»Ja, sehr hübsch. Wenn er dir gefällt, kauf du ihn«, erwidert Toni zunehmend ungeduldig. Ihr läuft die Zeit davon. Sie möchte schnellstens nach Hause, denn dort warten bereits Käufer, die auf ihre Ebay-Anzeigen reagiert haben. Während sie darüber nachdenkt, ob sie vielleicht einen höheren Preis hätte verlangen sollen, schieben die Frauen drei prall gefüllte Einkaufswagen zur Kasse.

Kristin bezweifelt, dass der gesamte Einkauf ins Auto passt. Sie schlägt vor, sich alles liefern zu lassen. Doch das ist kurzfristig nicht möglich.

»Dann sollten wir einen Transporter mieten. Auf diese Weise können wir auch die großen Möbelstücke mitnehmen.«

Toni stimmt zu und überlässt es Nicole und Kristin, einen zu organisieren, und macht sich allein auf den Heimweg.

Vor ihrer Tür wird sie bereits von den Käufern erwartet. In Windeseile wechseln Sideboard, Stühle, Tisch und die Ledercouch gegen Barzahlung den Besitzer. Toni hilft beim Heraustragen, als sie plötzlich Maik auf sich zukommen sieht. Vor Schreck rutscht ihr das Herz in die Hose. Mit zittriger Stimme fragt sie ihn, was er will.

»Wieso verscherbelst du den ganzen Hausstand?«

»Was geht es dich an?«

»Den Kaffeeautomaten verkaufst du nicht! Der gehört mir.«

»Geschenkt«, antwortet sie und geht in die Küche, um ihn zu holen.

Gegen ihren ausdrücklichen Wunsch folgt Maik ihr ins Haus. Erstaunt schaut er sich um. »Mir ist zu Ohren gekommen, dass du Nicole auszahlen willst.«

»So? Wer sagt denn so was?«

»Paddy hat es angedeutet.«

»Und wenn? Das ist allein meine Sache. Nimm den Kaffeeautomaten und dann verschwinde!«

»Ich war in der Residenz, um dich zu sprechen. Man sagte mir, du hättest gekündigt.«

»Was ist an dem Wort ›verschwinde‹ nicht zu verstehen?«

Noch bevor er ihrer Aufforderung nachkommt, fahren Kristin und Nicole im Transporter vor. Toni will unbedingt verhindern, dass er sieht, was sie sich gerade angeschafft hat. Auf gar keinen Fall darf er Lunte riechen. Doch dafür ist es zu spät. Kristin kommt ihr in die Quere.

»Fass mal mit an. Allein können wir das schwere Sofa nicht tragen«, ruft sie.

»Wow, Designermöbel«, staunt Maik. »Wie kannst du dir das als Arbeitslose leisten?«

»Kann sie«, ruft Nicole und tritt ihm kampflustig entgegen. »Und wie geht es dir, Adam1978? Weiß deine neue Flamme eigentlich, dass du dich noch immer auf Datingportalen herumtreibst?«

Maik verstummt.

»Halte dich fern von uns, andernfalls stecke ich deiner Josephine, auf wen sie sich eingelassen hat«, raunzt sie ihn an.

Er haut ab. Kristin lobt Nicole für ihre Schlagfertigkeit. Nur Toni bekommt noch immer kein Wort heraus. Sie zittert am ganzen Leib, denn sie befürchtet, dass er den Braten gerochen hat.

»Du siehst Gespenster«, meint Kristin. »Er wird annehmen, dass du eine Hypothek aufgenommen hast, um Nicole auszuzahlen und dir neue Möbel zu kaufen.«

»Meinst du?«

»Ja, sicher. Das ist doch das Normalste von der Welt. Und nun entspann dich! – Nicole, schalte bitte die Kamera ein.«

Gemeinsam schleppen sie das neue Mobiliar ins Wohnzimmer. Kristin ist gerade damit beschäftigt, Bilder an die Wand zu hängen, als Toni bemerkt, dass die Leuchte der Kamera nicht rot aufleuchtet.

»Hast du sie nicht angestellt?«

Nicole schwört Stein und Bein darauf, es gemacht zu haben.

»Vielleicht ist der Akku leer«, mutmaßt Kristin und verzieht das Gesicht. »Dann können wir an dieser Stelle abbrechen. Ich brauche die Aufnahmen, sonst macht diese ganze Aktion keinen Sinn für mich.«

Sie packt Johanns Equipment zusammen und verabschiedet sich.

Kurz darauf fährt Toni Nicole nach Hause.

Als sie am Hof von Bauer Hansen vorbeifahren, stößt Nicole einen Seufzer aus. »Es ist ein Jammer, dass er nur kleine Wohnungen baut. Ich kann es kaum erwarten, dass Sarah und Paddy ausziehen. Um die Kinder tut es mir leid. Die werden mir fehlen. Aber seit unserem Streit herrscht eine derartig eisige Stimmung, dass ich in meinem eigenen Haus Gefrierbrand bekomme.«

»Dann schlage endlich mit der Faust auf den Tisch. Das werde ich auch gleich tun, wenn ich in der Residenz meine persönlichen Sachen abhole.«

Toni setzt Nicole ab und fährt weiter. Sie hat erst wenige Hundert Meter zurückgelegt, als ihr an der Bushaltestelle ein Mann auffällt. In einer Hand trägt er einen Koffer, mit der anderen hält er einen Hund an der Leine. Toni tritt auf die Bremse, denn sie hat Herrn Gruber und Lilo sofort erkannt.

Langsam kurbelt sie das Fenster hinunter und spricht ihn an. »Wollen Sie verreisen?«

Er schaut demonstrativ zur Seite. Toni kennt seine Spielchen, sie lässt sich nicht darauf ein, stellt den Motor aus und verlässt den Wagen.

»Hau ab! Ich will nicht mit dir reden. Du hast mich bitter enttäuscht.«

»Falsch! Sie sind es, der mich enttäuscht hat. Wie konnten Sie annehmen, ich hätte Ihrem Sohn verraten, wo Sie sind? Er hat gewartet, bis ich das Haus verlassen habe und ist mir heimlich gefolgt.«

»So?«

»Ja, genau so war es! Verraten Sie mir jetzt, was Sie vorhaben?«

»Ich ziehe um. Die Wirtin im Forsthaus hat mir ein Zimmer vermietet. Bis Jahresende können Lilo und ich bleiben, danach schließt sie das Haus.«

»Ist das nicht sehr teuer?«

»Es ist günstiger als das, was die Residenz mir abknöpft, das Essen ist auch besser, und Lilo ist willkommen.«

Toni strahlt. »Das ist großartig, Herr Gruber. Sie ahnen nicht, wie sehr ich mich für Sie freue.« Sie streichelt Lilo. »Ich hab dir doch versprochen, dass alles gut wird, du Süße.«

»Der Bus kommt. Auf geht's.«

»Lassen Sie ihn fahren. Ich bringe Sie zum Forsthaus.«

Kristin

Dreihundertsechzig Grad

Um zu vermeiden, dass Johann seine Ausrüstung in Kristins Wohnung abholt, trifft sie sich mit ihm in ihrem Stammlokal.

»Na, hat alles geklappt?«, fragt er und nimmt ihr die kleine Tasche ab.

»Leider nicht. Wir waren heute einkaufen und haben alle Möbel ins Haus geschleppt, aber leider lief die Kamera nicht. Sie lässt sich auch nicht mehr anstellen. Entweder ist der Akku leer oder der Speicher ist voll. Im schlimmsten Fall ist sie kaputt.«

»Wir werden sehen«, antwortet er und schließt das kleine Gerät ans Netzkabel an. »Kaputt ist sie nicht. Egal, mach dir keinen Kopf, dann komme ich noch einmal in die Heide, und wir wiederholen den Dreh.«

»Sorry«, entschuldigt Kristin sich. »Insbesondere tut es mir für Toni leid, denn eigentlich wären wir heute mit dem Wohnzimmer fertig geworden.«

»Rom ist auch nicht an einem Tag erbaut worden. Willst du dich nicht setzen?«

Kristin schüttelt den Kopf. Sie möchte schnellstens nach Hause, den Abend endlich mal wieder allein verbringen, denn sie geht davon aus, dass Holger mittlerweile abgereist ist.

Doch sein Wagen parkt noch immer vor dem Haus. Sie nimmt sich vor, ein ernstes Wort mit ihm zu reden und ihm freundlich, aber bestimmt klarzumachen, dass sie keine gemeinsame Zukunft haben. Dazu kommt es nicht, denn er ist nicht da. Ihren Anruf auf dem Handy nimmt er auch nicht an.

Plötzlich wird die Tür aufgeschlossen. Holger tritt mit einer Einkaufstüte in den Flur.

»Wolltest du nicht längst auf dem Weg nach München sein?«, fragt sie gereizt.

Wieder küsst er sie ungefragt auf die Wange. »Erst müssen wir reden, Schatz.«

»Ja, das müssen wir dringend«, erwidert sie.

»Ich versuche dir seit zwei Tagen etwas zu sagen. Deine Umsatzeinbrüche haben weder etwas mit deinem Alter noch mit deinem Aussehen zu tun. Du bist noch immer enorm attraktiv.«

»Fein, nun bin ich gespannt auf deine Erklärung«, erwidert Kristin und schaut ihn erwartungsvoll an.

Holger bittet Kristin, im Wohnzimmer Platz zu nehmen. Er hockt sich neben sie und holt tief Luft. »Lucie Wellenberg ist Severins Nichte. Sie unterbietet dich bei jedem Projekt, das ich dir vermittelt habe. Bitte glaube mir, ich hatte keine Ahnung von ihren Machenschaften.«

»Deine Tussi steckt dahinter?«, schreit Kristin aufgebracht. »Weshalb? Was will sie denn noch? Sie hat doch alles bekommen, was sie wollte.«

»Hat sie nicht. Mein Herz gehört noch immer nur dir.«

Holger stellt sich an, nach ihrer Hand zu greifen, aber Kristin springt unvermittelt vom Sofa auf. »Verschone mich mit deinen schmalzigen Liebesbeteuerungen! Ich bin gerade derartig wütend, dass ich ausflippen könnte. Wie kann man so garstig sein? Richte ihr aus, dass …«

»Das ist nicht mehr nötig. Ich habe bereits die Konsequenzen gezogen. Sie wird mein Haus verlassen. Ich habe ihr vier Wochen Zeit gegeben. Bis dahin würde ich gern bei dir bleiben, wenn du erlaubst.«

Kristin ist platt. Die Nachricht hat sie regelrecht aus den Socken gehauen. Sie geht in die Küche und schenkt sich ein Glas Wasser ein. Nachdem sie es in einem Zug geleert hat, findet sie ihre Stimme wieder.

»Vier Wochen? Hier bei mir? Und was ist mit deinem Geschäft?«

»Wozu bezahle ich Mitarbeiter? In dringenden Fällen bin ich erreichbar.«

Er packt die Tüte aus, die noch immer auf dem Wohnzimmertisch liegt. »Das habe ich heute für dich besorgt«, erklärt er und überreicht ihr ein Päckchen. »Ich hatte noch vor, es hübsch zu verpacken, aber du bist früher heimgekommen, als ich vermutet habe.«

Sage nicht heimgekommen, das hier ist nicht dein Heim, liegt Kristin auf der Zunge. Doch sie spricht ihren Gedanken nicht aus und nimmt das Geschenk entgegen. »Eine Dreihundertsechzig-Grad-Kamera?«

»Es ist das neueste Modell. Die Bedienung ist kinderleicht. Dafür braucht man keinen Experten.«

Kristin versteht, was Holger beabsichtigt, sie schmunzelt.

Offensichtlich hat er sich beim Kauf eingehend beraten lassen, denn er weiß, was das Gerät kann und wie es zu handhaben ist.

Während Kristin das beiliegende Handbuch studiert, kümmert er sich in der Küche um das Abendessen. »Heute gibt es Pasta Alfredo.«

»Das Teil verfügt sogar über eine Sprachsteuerung!«, ruft Kristin ihm begeistert zu und beginnt damit, die nötige Software auf ihr Smartphone zu laden.

»Das ist ein tolles Spielzeug«, quietscht sie Minuten später, während sie im Netz Tutorials und Filme von Usern anschaut, die mit diesem Gerät spektakuläre Aufnahmen gepostet haben.

»Siehst du, es ist kein Hexenwerk. Sag diesem Spinner ab!«

»Aber Johann ist mehr als nur ein Kameramann. Er kümmert sich auch um die Kampagne.«

Mit einem Dackelblick schaut Holger sie an. »Schatz, hast du diesen Quatsch wirklich nötig? Wir wissen doch jetzt, woran es gelegen hat. Die Wellenberg wird dir künftig nicht mehr in die Quere kommen, dafür habe ich gesorgt.«

Skeptisch schaut Kristin ihn an. »Warum hast du mir dann die Kamera geschenkt?«

»Für Privataufnahmen. Damit können wir unsere gemeinsame Zukunft filmen.«

Ein fieses Kneifen macht sich in ihrer Nase breit. Es ist der Vorbote von Tränen, die sich ihren Weg bahnen. Sie presst fest die Lippen zusammen, bevor sie ihm jaulend antwortet.

»Ich weiß nicht, ob ich das kann.«

»Du kannst alles, Liebes. Die Frage ist, ob du es willst.«

Mit Holger an ihrer Seite alt zu werden, war schon immer Kristins Traum. Sie wollte nie enden wie Ilse, die zwar nicht einsam, aber doch allein ist.

Kristin krabbelt auf seinen Schoß und legt ihren Kopf auf seine Brust. »Ja, ich will. Aber solltest du mich noch einmal verlassen, kommst du nicht mit einer Backpfeife davon. Dann werde ich dich in tausend Stücke zerlegen und dich in Hagenbecks Zoo den Löwen zum Fraß vorwerfen.«

»Okay, das ist mehr als fair«, stimmt er zu und drückt sie ganz fest. »Ich fliege morgen nach München, packe ein paar Klamotten zusammen und bin rechtzeitig zurück, um euch am Wochenende beim Pflücken zu helfen.«

»Was für eine blöde Idee.«

Holger schaut sie entgeistert an.

»Das Geld, das du für Hin- und Rückflug ausgeben musst, kannst du ebenso gut in neue Klamotten investieren.«

Erleichtert atmet er aus. »Ach so, ich dachte schon, du wolltest mich nicht dabeihaben.«

»Nicole freut sich gewiss über jede helfende Hand«, erwidert sie und greift zum Handy, um Johann mitzuteilen, dass sie sich gegen Instagram und Co. entschieden hat. Doch zuerst informiert sie Toni darüber, dass sie morgen kommen wird, um mit ihr das zu Ende zu bringen, womit sie heute begonnen haben. Als sie auflegt, nimmt Holger ihr das Handy ab.

»Ich freue mich wirklich sehr, dass du neue Freundinnen gewonnen hast, aber ich bin auch noch da. Stell mich nicht wieder hinten an.«

Kristin gibt nach. Sie weiß, dass, wenn es diesmal mit ihr und Holger klappen soll, sie seine Bedürfnisse nicht wie früher ignorieren darf.

»Ich stelle das Telefon aus«, verkündet sie. *»Let's have quality time.«*

Lena

Zweiunddreißig

Es ist Freitagmorgen, als Lena noch immer mit der Entscheidung ringt, ob sie Nicole absagen und stattdessen mit Martin und Timo zu ihrer Schwester fahren soll, als drei Männer die Apotheke betreten. Sie halten kein Rezept in der Hand, sondern einen Durchsuchungsbefehl.

»Das muss ein Irrtum sein«, beteuert Lena wiederholt. Doch die Männer verschaffen sich Zugang zu ihrem Büro und beschlagnahmen den Server.

»Wenn es um Paxlovid geht, kann ich Ihnen versichern, dass wir …«

Doch man lässt Lena nicht aussprechen. »Ja, darum geht es. Und exakt Ihre Versicherung ist der Grund für diese Maßnahme«, antwortet einer der Kripobeamten, ohne weiter ins Detail zu gehen.

Inzwischen haben auch Kunden von dem vorherrschenden Tumult Kenntnis genommen. Sie stecken die Köpfe zusammen und tuscheln, andere verlassen kopfschüttelnd die Apotheke.

Lena steht kurz vor einem Nervenzusammenbruch.

Julia, der ebenfalls der Schock ins Gesicht geschrieben steht, eilt zu ihr. »Das wird sich alles aufklären«, versucht sie ihre Chefin zu beruhigen.

Maria, die sich bisher passiv verhalten hat, fragt, wie sie ohne Computeranbindung weiterarbeiten sollen.

»Sie sollten schließen. Das werden Sie ohnehin endgültig tun, wenn unsere IT-Spezialisten Ihren PC überprüft haben«, rät ihr ein junger Schnösel von der Staatsanwaltschaft.

»Das ist Geschäftsschädigung«, winselt Lena. Sie kann noch immer nicht fassen, was sich gerade abspielt. »Sie gefährden meine Existenz wegen zweiunddreißig Einheiten?«

»Wenn es nur so wenige gewesen wären, hätten wir uns diese Aktion gespart, Frau Pape.«

»Meine Mitarbeiterin wird Ihnen bestätigen, dass alles seine Richtigkeit hat. Sie hat akribisch alle Bestellungen der letzten zwei Jahre zusammengetragen.«

»Die decken sich jedoch nicht mit unseren Zahlen. Offensichtlich hat sie es versäumt, zwei Nullen anzuhängen.«

Lena ruft Maria zu sich. Doch Maria erscheint nicht. Sie hat die Apotheke bereits fluchtartig durch den Hintereingang verlassen.

»Das glaube ich nicht«, wimmert Lena und bricht in Tränen aus. Sie hat Maria stets blind vertraut.

»Verschwinden Sie!«, hört Lena Julia schimpfen. »Hier gibt es nichts zu sehen.«

Lena lugt um die Ecke und sieht einen Reporter von der Kreiszeitung im Verkaufsraum stehen.

Er macht Fotos und lässt sich trotz Julias Protests nicht davon abhalten.

Lena greift ins Regal, schnappt sich eine Plastikflasche Franzbranntwein und wirft sie dem renitenten Berichterstatter des Käseblattes direkt vor die Füße. »Raus hier! Das nächste Mal nehme ich einen Glastiegel, der landet an Ihrem Kopf.«

Antonia

Aufgeflogen

Tonis Morgen beginnt unaufgeregt. Da sie über keinen Kaffee-automaten mehr verfügt, bereitet sie sich in der Küche einen Tee zu. Der Kessel pfeift, als sie jemanden am Fenster vorbei-huschen sieht. Der Postbote kann es nicht gewesen sein. Der kommt erst gegen Mittag. Dennoch möchte sie wissen, wer sich auf ihrem Grundstück befindet.

Sie öffnet die Haustür und hört einen Wagen abfahren. Bis sie es auf die Straße schafft, ist vom Fahrzeug nichts mehr zu sehen. Dafür fällt ihr ein gelber Post-it-Zettel auf, der an ihrem Briefkasten heftet. *Wichtige Nachricht* ist darauf zu lesen. Ge-spannt friemelt sie einen weißen Bogen Papier aus dem Post-kasten. Zunächst geht sie davon aus, dass es sich um ein Rund-schreiben der Jugendfeuerwehr handelt, in dem regelmäßig zu Spenden aufgerufen wird, aber schnell wird ihr klar, dass sie einen Drohbrief in Händen hält.

Ich weiß Bescheid. Glaubst du, ich lasse dich damit durchkom-

men? Zahle mir meinen Gewinn aus, sonst schalte ich die Polizei ein. M.

Für einen Moment hat Tonis Herz aufgehört zu schlagen. Sie ringt nach Luft. Es ist ihr kaum möglich, regelmäßig zu atmen. Ihre Beine geben nach, dennoch gelingt es ihr, unbeschadet in die Küche zurückzukehren.

Dort verharrt sie, bis Kristin bei ihr klingelt.

»Er weiß es«, bricht es aus Toni heraus, und sie zeigt ihr das Schreiben. »Hast du gequatscht?«

Kristin weist den Vorwurf entschieden von sich. »Ich kenne deinen Ex doch gar nicht. Sag mir, weshalb ich das tun sollte.«

»Ob Nicole …?«

»Nie und nimmer. Du hast doch gehört, wie sie ihn des Platzes verwiesen hat. Sie ist auf deiner Seite.«

»Wenn er mich anzeigt, bin ich erledigt«, jammert Toni. »Dafür wandere ich in den Knast.«

»So schnell kommt keiner hinter Gitter. Vielmehr beschäftigt mich die Frage, wie Maik so schnell Wind davon bekommen konnte. Und weshalb schreibt er dir einen Drohbrief, statt dich persönlich zur Rede zu stellen. Wenn du mich fragst, stinkt die Sache gewaltig.«

Mittlerweile kommen auch Toni Zweifel, ob ihr Ex wirklich dahintersteckt. »Du hast recht. So ein Verhalten passt gar nicht zu ihm. Er hätte auch nicht mit M. signiert.«

»Wer weiß außer Nicole und mir noch von dem Lotteriegewinn?«

»Nur Herr Gruber. Oh, mein Gott, er ist der Erpresser. Dieser Mistkerl! Wie kann er mir das antun, nachdem ich ihm stets beigestanden habe?«

»Du hast ihn ins Vertrauen gezogen? Das war leichtsinnig.«

Wutentbrannt schnappt Toni sich das Schreiben. »Ich fahre jetzt zu ihm. Der Alte wird mich kennenlernen!«

In der aufgebrachten Verfassung, in der Toni sich befindet, traut Kristin ihr alles zu. Deshalb besteht sie darauf mitzukommen.

»Was hast du denn jetzt vor?«, will sie auf der Fahrt zum Forsthaus von Toni wissen.

»Ich werde ihm klarmachen, dass er sich mit der Falschen angelegt hat.«

Minuten später stürmt Toni, von Kristin gefolgt, in die Pension.

»Ich möchte zu Herrn Gruber. Ist er da?«

Die Wirtin nickt. »Er sitzt draußen im Biergarten.«

Toni eilt in den Außenbereich und entdeckt ihn sogleich. Er ist in die Zeitung vertieft und bemerkt sie gar nicht, aber Lilo rennt schwanzwedelnd auf sie zu.

»Sie halten sich wohl für besonders schlau«, schimpft sie. »Zeigen Sie mich doch an! Aber dann sind Sie wegen Erpressung dran. Ihnen sollte klar sein, was das bedeutet. Lilo kommt wieder ins Tierheim.«

Herr Gruber schaut auf. »Wovon redest du?«

Toni knallt den Drohbrief auf die Tischplatte.

Er liest und reißt die Augen auf. »Du glaubst, dass ich dahinterstecke? Schalte deinen Kopf ein, Kindchen. Der Brief wurde auf einem Computer geschrieben. Ich besitze keinen und auch keinen Drucker. Das solltest du wissen. Oft genug warst du in der Residenz bei mir im Zimmer.«

Toni ist nicht überzeugt. »Das entlastet Sie nicht. Das Schreiben können Sie überall verfasst haben.«

»Nenne mir einen vernünftigen Grund, weshalb ich das tun sollte. Ich brauche kein Geld. Das Einzige, was mir wichtig ist, habe ich bei mir«, beteuert er und streichelt Lilos Kopf. »Statt mich zu verdächtigen, solltest du dich lieber fragen, wem du sonst noch davon erzählt hast.« Er deutet auf Kristin. »Sie scheint auch Bescheid zu wissen.«

»Bezichtigen Sie jetzt mich?«, empört Kristin sich.

»Ich stelle nur fest, dass Toni entgegen ihrer festen Absicht, niemandem etwas zu sagen, doch gequatscht hat.«

»Für Kristin und Nicole lege ich meine Hand ins Feuer.«

»Wo hast du ihnen davon erzählt?«, will Herr Gruber wissen. »Vielleicht hat euch jemand belauscht.«

»Nein, wir waren allein bei mir zu Hause.«

Kristin und Toni setzen sich zu ihm an den Tisch und zermartern sich den Kopf. Sie gehen Punkt für Punkt ihrer Unterhaltung durch, als Kristin plötzlich aus heiterem Himmel ausruft: »*Holy shit!* Ich glaube, ich weiß, was passiert ist. Die Kamera hat uns aufgezeichnet. Das erklärt auch, weshalb der Akku leer war. Als Johann sich die Aufnahmen angesehen hat, konnte er auch hören, worüber wir gesprochen haben.«

»Wir müssen ihm das Teil schnellstens abnehmen.«

Kristin stimmt Toni zu und ist heilfroh, Johann nicht abgesagt zu haben, wie sie es vorhatte. Doch dann kommen ihr Bedenken. »Was ist, wenn er die Daten bereits auf seinen Computer übertragen hat?«

»Dann bin ich geliefert.«

Kristin seufzt. »Vielleicht ist es doch klüger, Maik den Gewinn zu überlassen, dann hat Johann nichts mehr gegen dich in der Hand.«

Zähneknirschend willigt Toni ein.

»Immer langsam mit den jungen Pferden. Wir sollten die Sache nicht übers Knie brechen«, mischt Herr Gruber sich ein. »Ich habe mich schon einmal für Maik Schneider ausgegeben. Die Rolle beherrsche ich aus dem Effeff.«

»Was haben Sie vor, Herr Gruber?«

»Das erkläre ich euch auf der Fahrt zu Tonis Zuhause.«

Nicole

Bauerntheater

Es ist bereits später Vormittag, als Nicole sich entschließt, in den Nachbarort zu fahren und auf dem Markt einzukaufen. Sie möchte ihren Helferinnen am Wochenende einen deftigen Eintopf servieren. Irish Stew schwebt ihr vor. Bei der Gelegenheit will sie bei Lena vorbeischauen und sich vorsorglich eine Salbe besorgen, denn dass sie nach der Ernte einen heftigen Muskelkater haben wird, ist so sicher wie das Amen in der Kirche.

Lenas Apotheke ist geschlossen, obwohl es auf dem Schild mit den Geschäftszeiten heißt, dass durchgehend geöffnet ist. Es brennt auch kein Licht im Innenraum, wie Nicole nach einem Blick durch die Glastür feststellt. »Was ist denn hier los?«

»Hier gab es heute eine Razzia«, verrät ihr die Marktfrau. »Es ist das Stadtgespräch schlechthin. Ich hoffe, wir erfahren morgen Näheres aus der Zeitung, denn die Presse war auch schon da.«

Nicole begibt sich zum Hintereingang und klingelt bei Pape privat. Keine Reaktion. Lena geht auch nicht ans Handy. Mit einem mulmigen Gefühl fährt Nicole nach Hause.

Dort wird sie bereits von Toni, Kristin und einem älteren Herrn erwartet.

»Lenas Apotheke ist geschlossen. Bei ihr soll heute Morgen eine Durchsuchung stattgefunden haben.«

»Darum kümmern wir uns später. Zuerst müssen wir meine Katastrophe abwenden.«

Mit einer Kopfbewegung deutet Toni nach oben. »Sind sie da?«

»Nein, Sarah und Paddy sind bei der Arbeit. Was ist denn los?«

Nicole wird in Kenntnis gesetzt.

»Wir haben einen Plan geschmiedet. Dazu ist es notwendig, dass wir uns duzen. Hast du das kapiert?«, fragt Herr Gruber.

»Sicher habe ich das verstanden, ich bin doch nicht blöd.«

»Das erleichtert die Sache«, raunt er. »Nun zu dir, Kristin. Ruf den Kerl an und bestelle ihn ein. Vergiss nicht, dass du den gelben Zettel wieder an den Briefkasten kleben und den Drohbrief zurück in den Schlitz stecken musst. Es muss so aussehen, als hätte noch keiner etwas bemerkt.«

»Sie müssen es nicht ständig wiederholen, Herr Gruber, das habe ich längst verstanden«, antwortet sie ihm genervt.

»Hast du nicht, sonst würdest du mich Maik nennen.«

Nicole rauft sich die Haare. »Sie wollen den Maik spielen?« Prüfend schaut sie Herrn Gruber an. »Bei allem Respekt, niemand wird glauben, dass Sie und Toni ein Paar sind. Die ganze Idee ist idiotisch.«

»Hast du einen besseren Vorschlag?«

»Ja, geben Sie sich als Maiks Dad aus, der gekommen ist, um mit seinem Sohn und Toni mit einem Glas Sekt auf den Lotteriegewinn anzustoßen. Wenn Johann erfährt, dass Toni nicht nur Maik, sondern sogar seinem Vater von dem Gewinn erzählt hat, besteht für ihn kein Grund mehr, sie zu erpressen.« Nicole geht zum Kühlschrank und nimmt eine Flasche heraus und überreicht sie ihm.

»Und wer soll den Maik geben?«, fragt er.

»Niemand, Herr Gruber«, entgegnet Nicole. »Wir führen doch kein Bauerntheater auf.«

»Mein Name ist jetzt Schneider! Meine Güte, das wird nie was, wenn du dir noch nicht einmal meinen Namen merken kannst.«

Nicole verzieht das Gesicht und watschelt ins Schlafzimmer.

Kurz darauf kehrt sie zurück und legt einige Kleidungsstücke auf den Tisch. »Das sind Sachen von Lutz. Nimm sie mit und verteile sie im Haus«, trägt sie Kristin auf. »Wenn Maik schon nicht persönlich anwesend ist, soll wenigstens der Eindruck entstehen, als wäre er dort gewesen.«

Tonis Adrenalinspiegel steigt sekündlich. Sie händigt Kristin ihren Schlüssel aus. Nach einer Gruppenumarmung lässt Kristin sich von Nicole zu Tonis Haus bringen.

Wie vereinbart präpariert sie den Briefkasten, hängt die Jacke an die Garderobe, legt das Hemd über das neue Sofa und deponiert im Bad eine zweite Zahnbürste. Gespannt wartet sie auf Johanns Eintreffen.

Als es eine Viertelstunde später klingelt, öffnet sie die Tür und strahlt Johann mit einem aufgesetzten Lächeln an. »Danke, dass du es so kurzfristig einrichten konntest.«

»Bist du allein?«

»Ja, aber die anderen müssten auch gleich eintreffen.«

Laut Plan hätte er nun fragen sollen, wen sie mit den »anderen« gemeint hat, aber darauf geht er nicht ein. Wortlos betritt er das Wohnzimmer und stellt seine Kamera auf.

Unauffällig tippt Kristin auf ihr Handy. Sie sendet Nicole das Signal, dass die Zeit für ihren Einsatz gekommen ist.

Eine Minute später betritt Nicole das Parkett. »Habt ihr noch gar nicht angefangen?«

»Nein, wir warten erst auf Toni und Maik. Nachdem wir Frauen bisher alles allein gemacht haben, kann er heute auch mal einen Finger krümmen.« Kristin stimmt einen geheimnisvollen Ton an. »Unter uns, hättest du erwartet, dass sie wieder zusammen sind?« Sie kichert. »Ich dachte, ich falle vom Glauben ab, als ich Toni morgens wecken wollte und Maik neben ihr im Bett lag.«

Auch Nicole spielt ihre Rolle überzeugend. Niemand käme auf die Idee, dass ihr die nachfolgenden Sätze nur schwer über die Lippen kommen. »Ich bin so froh darüber, dass die beiden sich versöhnt haben. Toni und Maik gehören einfach zusammen. Trotzdem hätte ich gern sein Gesicht gesehen, als sie ihm vom Gewinn erzählt hat.«

Johann zeigt erste Reaktion. Er hält inne, neigt den Kopf und runzelt die Stirn.

»Ich glaube, sie kommen!«, ruft Nicole und öffnet Herrn Gruber die Tür. »Hallo, Edwin«, begrüßt sie ihn.

Mit der Flasche Sekt in der Hand stiefelt Herr Gruber ins Wohnzimmer.

»Darf ich euch Maiks Vater vorstellen?«, sagt Nicole.

»Hallo zusammen. Ich bin Edwin Schneider.«

Johann nickt nur.

»Wie nett, ich bin eine Freundin von Toni«, sagt Kristin und reicht Herrn Gruber die Hand. »Soll ich Ihnen den Schaumwein abnehmen?«

»Ja, bitte, aber stellen Sie ihn nicht zu weit weg. Schließlich wollen wir gleich auf den unerwarteten Geldsegen meines Sohnes anstoßen.« Er wendet sich an Nicole. »Draußen klebt ein gelber Zettel am Briefkasten. Es soll sich wichtige Post darin befinden. Weißt du, wo der Schlüssel ist?«

»Der hängt im Flur am Bord. Es ist der kleine.«

Nun hält es Johann nicht mehr im Wohnzimmer. Zunehmend nervös folgt er Herrn Gruber und beobachtet ihn, wie er die Klappe öffnet. Als Johann sieht, dass er die Post ungelesen in die blaue Tonne wirft, atmet er erleichtert auf.

»Was war denn so wichtig?«, erkundigt sich Nicole.

»Nichts! Vermutlich handelt es sich um die ersten Bettelbriefe. Damit war zu rechnen. Ich habe alles entsorgt.«

Plötzlich hat Johann es verdammt eilig. »So langsam sollten wir mit dem Ausräumen beginnen. Ich habe nicht den ganzen Tag Zeit.«

Kristin schaut demonstrativ auf die Uhr. »Wo bleiben die beiden bloß? So lange kann ein Beratungsgespräch bei der Bank doch nicht dauern.«

»Maik ist immer akkurat, was Finanzen angeht. Das hat er von mir«, behauptet Herr Gruber.

Nicole mischt sich ein. »Die Bank hat längst geschlossen. Bestimmt sind die beiden in ein Nobelrestaurant eingekehrt und lassen es krachen.«

»Ohne uns?«, empört sich Herr Gruber. »Dann sollten wir wenigsten auf das Wohl der glücklichen Gewinner anstoßen. Nicole, würdest du die Flasche für uns öffnen?«

Johann lehnt das Glas Sekt ab. »Sorry, Leute, aber ich muss jetzt los«, erklärt er und geht auf Kristin zu. »Es tut mir leid, aber du solltest dir einen anderen für deine Kampagne suchen. Die Distanz von Hamburg in die Heide ist mir zu weit. Ich hoffe, du bist mir nicht böse.«

»Schade«, antwortet Kristin und schaut ihm dabei zu, wie er die Kamera vom Stativ schraubt.

Sie verabschiedet ihn im Flur, während Herr Gruber seinen Posten am Küchenfenster einnimmt. Die Tür fällt ins Schloss.

Sekunden später sehen die drei, wie Johann den Deckel der Mülltonne lüftet, den Bogen herausnimmt, ihn zerknüllt und in die Hosentasche steckt.

»Er hat es geschluckt«, jubelt Kristin.

Hand in Hand tanzen sie um den Küchentisch und feiern ihren Triumph.

»Von wegen Bauerntheater«, feixt Herr Gruber. »Wir sind reif für das Schauspielhaus. Hoffentlich ist Toni in Zukunft vorsichtiger. Sie quatscht zu viel.«

»Edwin, du warst großartig«, lobt Kristin ihn.

»Die Show ist vorbei. Ihr könnt mich wieder Herr Gruber nennen, oder ihr sagt einfach Horst zu mir, denn so lautet mein wahrer Vorname.«

»Prost, Horst. Du bist einmalig.«

Er lacht. »Ihr seid auch eine bemerkenswerte Truppe.«

Kristin

Freundinnen halten zusammen

Kristin möchte wissen, was bei Lena geschehen ist. Sie fährt zu ihr und klingelt.

Ein junger Mann öffnet die Tür. Ein Blick in sein angespanntes Gesicht genügt, um zu erkennen, dass etwas Schlimmes passiert ist.

»Ich bin Kristin, eine Freundin von Lena. Ist alles in Ordnung?«

Er schüttelt den Kopf. »Ich bin Martin, ihr Bruder. Es ist kein guter Zeitpunkt für einen Besuch. Besser, Sie kommen ein anderes Mal wieder.«

»Lass sie eintreten«, tönt es aus dem Wohnzimmer. »Jetzt ist ohnehin alles egal. Morgen wird man es in der Zeitung lesen können«, hört Kristin Lena wimmern.

»Was ist denn passiert? Nicole hat gesagt, in deiner Apotheke habe eine Durchsuchung stattgefunden. Stimmt das?«

Lena bringt keinen Laut heraus.

»Meine Schwester wurde unverschuldet in einen Medikamentenskandal verwickelt. Eine gewissenslose Mitarbeiterin von ihr ist dafür verantwortlich. Sie hat hinterrücks krumme Geschäfte gemacht«, berichtet Martin.

Kristin setzt sich zu Lena aufs Sofa. Passende Worte, um ihr Trost zu spenden, fallen ihr spontan nicht ein, deshalb streichelt sie wortlos über ihre Schulter.

»Mein Leben ist vorbei«, krächzt Lena.

»Was redest du? Dein Leben fängt erst an!«

»Danke für deinen Zuspruch, das ist lieb von dir, aber es ändert nichts daran, dass ich erledigt bin.«

»Du brauchst einen guten Anwalt.«

Lena schnieft. »Du glaubst, den könnte ich mir leisten? Ich bin fertig. Es ist aus und vorbei. Ich muss mich damit abfinden.«

Kristin schaut hilfesuchend Lenas Bruder an. Doch er zuckt nur die Schultern. »Ich weiß nicht, ob sich ein Rechtsstreit überhaupt noch lohnt. Die Apotheke steht doch bereits seit geraumer Zeit vor dem Aus«, stammelt er.

»Es geht doch nicht nur ums Geschäft, sondern um Lenas Reputation«, widerspricht Kristin engagiert. »Sie bekommt in diesem Kaff keinen Fuß mehr auf den Boden, solange der Vorwurf an ihr haftet. Allein deshalb müssen wir in die Offensive gehen.«

»Wer sind wir?«, krächzt Lena.

»Nicole, Toni und ich. Wir alle werden fest zu dir stehen. Schließlich sind wir Freundinnen, die sich niemals im Stich lassen.«

Ende